Le bocage à la nage

Du même auteur

En Attendant le roi du monde, L'Esprit des Péninsules, 2006 ; Pocket, 2008 ; rééd. La Nouvelle Librairie, 2021.

Les Évangiles du Lac, L'Esprit des Péninsules, 2008 ; rééd La Nouvelle Librairie, 2021.

Derrière l'Horizon, L'Esprit des Péninsules, 2009.

Petit Monarque et catacombes, L'Esprit des Péninsules, 2009 ; rééd. La Nouvelle Librairie, 2021.

Les Lumières du Ciel, Balland, 2011 ; Pocket, 2013.

Le Dernier Contrat, éd. La Branche, 2012.

Gueule de bois, Denoël, 2014 ; Pocket, 2016.

La Fête est finie, Denoël, 2016 ; Pocket, 2017.

Les Retrouvailles, Le Rocher, 2017.

Histoire des cocotiers : Journal 1997-1999, Rue Fromentin, 2018.

Le Populisme ou la Mort : et autres chroniques, éd. Via Romana, 2019.

Le Temps des loups, Le Cherche Midi, 2022.

Olivier Maulin

Le bocage à la nage

Roman

LITOS

Litos-Motifs n° 357

La première édition de cet ouvrage a été publiée
par les éditions Balland en 2013.

Pour la présente édition :

Litos – Éditions du Rocher
28, rue Comte Félix Gastaldi – BP 521 – 98015 Monaco

www.editionslitos.fr

ISBN : 978-2-38506-067-1

Première partie

Chapitre I

Philippe Berthelot râlait tout seul dans sa voiture garée sur le bas-côté de la route, à un croisement, juste après la sortie d'un village. Sa carte routière était dépliée sur le volant, le moteur tournait, il n'arrivait pas à se décider. À gauche, c'était Saint-Elme, il ne savait plus s'il y avait déjà été ou non. À droite, un hameau, probablement deux ou trois fermes éparpillées. Il voulait éviter les fermes, il s'y faisait recevoir comme un malpropre. Des monte-escaliers pour les fermiers ! Perte de temps. Sans compter les frais d'essence.

S'il était plus organisé, aussi. Il avait bien un petit calepin sur lequel il notait les villages visités, mais il oubliait une fois sur deux de le tenir à jour. Et cette façon anarchique qu'il avait de quadriller le pays… Son collègue « Centre » lui avait montré ses cartes lors de la dernière réunion trimestrielle de *Top Indépendance*. Des IGN au 1/25 000, quand lui n'utilisait que les cartes départementales. Les villages et les hameaux étaient surlignés au Stabilo Boss fluo de différentes couleurs et formaient comme des lignes de front. Et ses carnets ! Une page par jour et par village, la date, le nom des rues visitées, le numéro des maisons, et des tas de notes ! Ah, ça, il était fier de sa méthode, le collègue « Centre » ! Comment il s'appelait déjà ? Arnaud Gérard ? Gérard Arnaud ? Voilà, c'est ça, Gérard Arnaud. Arnaud le blaireau ! Il se prenait pour le caïd des représentants. « Un petit coup d'œil à la fenêtre et je sais tout de suite à qui j'ai affaire », qu'il pérorait. Berthelot l'aurait giflé. Cet imbécile avait les meilleurs résultats au niveau national.

Il balança la carte ouverte sur le siège passager, enclencha la première vitesse et prit la route de Saint-Elme. Il imitait son collègue à présent, parlait tout seul en grimaçant : « Un coup d'œil à la fenêtre et je sais à qui j'ai affaire… » Il secouait la tête. « Blaireau ! » cria-t-il. Il riait méchamment, sentait qu'il se détendait. Et voilà qu'il avait envie d'une cigarette. Il évitait généralement de fumer pendant le boulot. Dans l'habitacle, les vêtements s'imprègnent de tabac, sans parler de l'haleine. Certains représentants sucent des bonbons mentholés avant les rendez-vous. D'autres se vaporisent du spray dans la bouche. Tous des blaireaux ! Il enfonça l'allume-cigare, baissa la fenêtre, colla une cigarette entre ses lèvres.

Il roulait entre deux champs de blé, en paysage ouvert. À l'est, le ciel était d'un bleu lavasse, mais de gros nuages gris arrivaient par l'ouest. Au loin, il distinguait un petit bosquet et deux ou trois maisons isolées. Des fermes ? Impossible à savoir. Une petite route y conduisait. Il décida de l'emprunter. Elle était plus basse que celle qu'il quittait, si bien que l'horizon lui fut bouché par les blés. Elle était aussi plus étroite et constellée de nids-de-poule. Il ralentit l'allure pour ne pas abîmer sa voiture, croisa un calvaire. Parfois, il se demandait quel sens avait sa vie. À droite, le champ de blé laissa la place à un pré au milieu duquel était planté un arbre. Cinq ou six vaches blanches et crottées, couchées dans la gadoue, ruminaient bêtement. Le premier bâtiment était bien une ferme, mais le second était une maison individuelle qui sentait le retraité. Il gara sa voiture sur le bas-côté, écrasa sa cigarette dans le cendrier, but une gorgée d'eau minérale tiède avant de sortir du véhicule, sa mallette à la main.

C'était une maison en pierre blanche de deux étages avec un toit en ardoise et un petit perron central de quatre marches recouvert d'une sorte de véranda. Le jardin était entouré d'une haie végétale soigneusement taillée. La pelouse était tondue, les massifs de fleurs entretenus. Berthelot poussa le petit portillon et suivit l'allée de gravier qui conduisait à la porte d'entrée à laquelle il sonna. Il s'éclaircit la voix, tritura machinalement son nœud de cravate, fit quelques grimaces et se fabriqua un sourire avenant.

La porte s'ouvrit sur un petit vieux courbé et décrépit qui s'appuyait sur une canne. Berthelot sentit son cœur se serrer. La cible idéale! Il regretta immédiatement la cigarette et son haleine de fennec. Il le salua, se présenta, parlant légèrement en coin. Il avait un sourire mielleux, les yeux humides, essayait de paraître le plus rassurant possible. Le plus dur dans ce métier, c'était l'accroche. Là, sur le palier, il fallait en moins d'une minute susciter suffisamment d'intérêt pour qu'on vous laisse entrer. Avec la méfiance naturelle des anciens, tu parles si c'était coton ! La plupart du temps, il n'avait pas le temps de dire deux mots qu'on lui claquait la porte au nez. Berthelot déclina l'objet de sa visite, la présentation d'une gamme complète de monte-escaliers, faciles à installer, faciles à utiliser, absolument sûrs, offrant parmi de nombreux et considérables avantages la possibilité aux personnes à mobilité réduite de conserver leur indépendance. Surtout ne jamais demander à ce stade si la camelote intéresse. C'est la faute typique du bleu. On vous répond : « Pas du tout » et vous êtes baisé.

— C'est qu'avec l'âge on a parfois du mal à gravir les marches dix fois par jour, pas vrai ? disait Berthelot d'un air entendu. Sans parler des chutes, le col du fémur, eh oui, ça ne pardonne pas… Que là, en un tournemain, on vous installe un bon fauteuil électrique à télécommande pour grimper à l'étage comme un (il faillit dire lapin)… jeune homme, et quel que soit le type d'escalier… Vous voulez me faire voir votre escalier ? Votre chambre est à l'étage, n'est-ce pas ?

Le petit vieux regardait Berthelot sans rien dire avec des yeux inexpressifs.

— Tiens, je vais vous montrer à quoi ça ressemble, ajouta Berthelot en ouvrant sa mallette. Oh, ça n'engage à rien…

Le petit vieux changea l'appui de son corps d'un pied sur l'autre et déplaça légèrement sa canne sur le sol. Il avait manifestement du mal à tenir sur ses guibolles. « Si sa chambre est à l'étage, c'est bingo pour ma gueule », pensait Berthelot en tirant une plaquette de son attaché-case.

— C'est vous qui remplacez l'Armand pour les pommes de terre ? demanda finalement le vieux d'une voix chevrotante.

Berthelot se figea, le prospectus à la main. Putain de merde ! Le vioque était sourd comme un pot. Il lui décocha un sourire qu'il aurait voulu attendri, mais qui était affreusement jaune. C'est qu'avec les sourds, on entre dans la quatrième dimension, question négoce. Il mit machinalement les mains en cornet et haussa la voix.

— C'est pour les monte-escaliers… Un fauteuil électrique sur monorail… pour monter à l'étage (avec ses deux doigts, il mimait deux jambes qui montent) … Vingt-cinq pour cent de crédit d'impôt, confort, sécurité… Ça vous change la vie…

Le petit vieux le regardait avec le même air absent. Berthelot lui colla le prospectus sous le nez et pointa du doigt la photo d'un monte-escalier sur lequel était assise une senior souriante.

— On peut l'installer sur tout type d'escalier… L'étude d'implantation est gratuite…

Le petit vieux examina attentivement la photo et se mit soudain à glousser. Ça avait l'air de bien l'amuser, le vieux schnoque ! Berthelot sentait ses tics le reprendre. Dès qu'il était contrarié, sa paupière gauche se mettait à trembler, ainsi que le coin de la lèvre, gauche également, ce qui lui donnait un visage de débile. Il se frotta l'œil, souffla, récupéra son sourire. Mais le ton de sa voix montrait qu'il n'y croyait plus.

— Vous dormez à l'étage ? cria-t-il en tendant le doigt vers le ciel.

Le petit vieux regarda en l'air, haussa les épaules et déclara que les nuages ne feraient peut-être que passer. Un sourire mauvais passa sur le visage de Berthelot qui faisait maintenant des clins d'œil incontrôlés, en série. Il regarda autour de lui, baissa le ton de sa voix.

— Tu dors à l'étage, dis, vieux débris ?

Le pépé souriait. Berthelot également. Il prit sa voix la plus aimable, baissa encore d'un ton.

— Ça te dirait pas un fauteuil pourri pour vieux blaireau impotent. Parfois, ça pète et ça redescend à cent à l'heure. Ça te fera faire un peu de gymnastique. Regarde-toi, t'es tout vilain, tu dois puer si ça se trouve.

Le petit vieux acquiesçait en hochant la tête.

— Tout ce que j'espère, c'est qu'un jour tu vas proprement te casser la gueule dans ton escalier de m…

Un type apparut dans l'encadrement de la porte derrière le pépé. Du genre costaud et gras. Un mètre quatre-vingt-dix, le menton carré, les cheveux en brosse, le bide tendu sous un tee-shirt trop court. Berthelot déglutit, toussota, émit un petit rire de chèvre.

— Il remplace l'Armand pour les pommes de terre, dit le pépé à l'intention du mastard qui le poussait légèrement pour prendre sa place.

— Je peux savoir pourquoi vous insultez mon père ? demanda celui-ci en retroussant ostensiblement ses manches.

— Insulter ? Ah bon ? Non, non… C'est-à-dire que je… euh… (sa voix montait dans les aigus)… monte-escalier… Top Indépendance… Ha, ha ! Je ne sais pas ce qui m'a pris, peut-être le surmenage…

Le mastodonte le saisit lentement d'une main par le col et lui colla un bourre-pif de l'autre. Un seul, mais un vrai.

CHAPITRE 2

La voiture était arrêtée sur un chemin de terre menant à une ferme. Berthelot avait incliné son siège et se tenait immobile, les yeux ouverts, une flammèche de mouchoir en papier enfoncée dans le nez. Sa paupière tremblait. Il retira la flammèche rougie par le sang, la jeta par la fenêtre, déchira un autre petit morceau de mouchoir, l'enroula et l'enfonça dans sa narine. Il se redressa subitement, balança un coup de poing dans le vide, et se laissa retomber sur le siège. Il renfonça la flammèche dans sa narine et regarda l'heure à son poignet. Dans dix minutes, le téléphone sonnerait pour le rapport quotidien. Tu parles si la perspective l'enchantait ! Son patron lui mettait une sale pression ces derniers temps. Tous les jours, un coup de fil en fin d'après-midi qui se terminait immanquablement en avoinée. Il tira son portable de sa poche, songea un instant à l'éteindre. Mais ce serait pire ! Ça le rendait furax, Boulbanec, de tomber sur la messagerie. Môssieur Boulbanec ! Boule-de-merde, il l'appelait. Un petit bonhomme affreux, le front toujours luisant, du genre à se curer le nez en public et à en faire des boulettes. Il sortit de la voiture, alluma une cigarette, fit quelques pas sur le chemin de terre.

— C'est quoi ton problème, Boule-de-merde ? dit-il en se mettant en garde. T'as qu'à y aller, toi, vendre tes fauteuils de naze à des vieux qui puent. Quoi, t'es pas content ? Tiens, prends toujours ça.

Il balança un coup de poing dans le vide, et puis un autre, et puis deux ou trois uppercuts. Il essaya d'envoyer un coup de pied chassé à hauteur de visage, mais sa jambe raide ne se souleva que de vingt centimètres. Il sautilla sur place, fit deux autres pas menaçants et mit un gros coup de boule dans l'air, ce qui le décoiffa et fit tomber sa cigarette ainsi que la flammèche de sa narine. Il récupéra la clope, estima que le gros plein de soupe était à terre et le roua de coups de pied dans le ventre. Le téléphone sonna dans la voiture. Berthelot balança la cigarette et se rua sur le siège du conducteur. Il toussa et décrocha, reprit sa voix de commercial.

— Allô ?

— Boulbanec. Alors ?

— Ah, bonsoir, monsieur Boulbanec. Comment allez-vous ?

— Alors ?

Son nez s'était remis à pisser le sang. D'une main, il sortit un mouchoir du paquet et se l'enfonça tout entier dans la narine. Il se coucha sur le siège, inclina la tête en arrière.

— Alors, Berthelot, c'est pour aujourd'hui ou pour demain ?

— J'ai fait plus de quatre-vingts prospects, monsieur Boulba…

— Rien à foutre. Combien de rendez-vous technicien ? Combien de ventes fermes ?

— Ben, c'est-à-dire… Ah, ça, y a des gens intéressés, on peut pas dire le contraire… J'ai laissé beaucoup de documentation… Seulement la crise, n'est-ce pas… Les gens sont regardants à la dépense par les temps qui courent…

— Dis-moi, Berthelot, tu crois que je dépense trente-quatre centimes d'euros de téléphone tous les jours pour avoir ton analyse de la conjoncture économique ?

— Non, monsieur Boulbanec.

— Combien de ventes ?

— Ben… presque deux aujourd'hui.

— Hier, c'était presque trois. Et avant-hier, presque cinq. Tu te fous de ma gueule ?

— Non, monsieur Boulbanec.

— Tu dis qu'il y a des gens intéressés ?

— Mais certainement, c'est un si bon produit…

— Si t'arrives pas à vendre un bon produit à des gens intéressés, c'est que tu dois être une truffe.

— C'est-à-dire…

— T'es dans un des départements où il y a le plus de vioques et t'en branles pas une, continua Boulbanec.

— Justement, le problème avec les gens âgés, c'est qu'ils sont méfiants, monsieur Boulba…

— Méfiants ?

— Vous savez ce que c'est…

— En somme, les vioques, c'est pas la bonne clientèle pour des produits destinés aux vioques. Tu préférerais sans doute un coin avec des cités universitaires et des crèches. Tu sais quoi, Berthelot ?

— Oui, monsieur Boulbanec ?

— Je crois bien que t'es le roi des cons. Plus nullard, tu meurs. Un bourricot serait plus efficace. T'as intérêt à te remuer sérieusement parce que je vais pas continuer longtemps à te financer pour te gratter le cul.

Clac. Il raccrocha.

— C'est bien noté, monsieur Boulbanec. (Il vérifia le cadran de son téléphone.) Ah, j'oubliais une dernière chose. Je vous emmerde, monsieur Boulbanec. Je vous pisse à la raie du cul. Je vous chie sur la gueule. La prochaine fois que je vous croise, je vous mets une tête au carré que même votre boudin de femme ne vous reconnaîtra pas !

Il rangea rageusement le téléphone dans la poche de sa veste, ralluma une cigarette. Sa paupière dansait le tango. « Me financer ! dit-il à haute voix. Avec ton fixe de misère ! Grosse salope ! » Il remplaça le mouchoir de sa narine par une petite flammèche, mit le contact de la voiture, manœuvra pour sortir du chemin de terre et rejoignit la route. À l'entrée du village suivant, il s'arrêta devant les poubelles collectives et se débarrassa d'une trentaine de plaquettes de présentation des produits Top Indépendance, des monte-escaliers, mais aussi des élévateurs de bain, des baignoires à porte, des fauteuils électriques pour l'extérieur (sortes de scooters à trois roues surmontés d'un fauteuil moelleux et d'un petit guidon sur lequel était attaché un panier pour les courses) et des déambulateurs. Les gens ne voulaient même pas d'un prospectus gratuit ! Il redémarra, traversa le village. Le téléphone retentit dans sa poche. Chaque fois que son téléphone sonnait, son cœur se décrochait. Boulbanec l'obsédait ! « Oui, mais là je conduis, dit-il, alors va te faire enculer, Boule-de-merde. » « Et le kit mains libres, ça a été inventé pour les putois ? T'es vraiment une buse, Berthelot. » S'il les connaissait, ses réponses ! Il en avait marre de Boulbanec ! Toujours le dernier mot ! Il klaxonna plusieurs fois pour se passer les nerfs. Le téléphone émit un bip pour annoncer un message. Il l'écouta. Ça disait : « Hou hou… houou… kouwitt… » Il se détendit un peu. Au rond-point suivant, il prit la direction d'Ernée, puis redescendit la départementale 137 jusqu'au Bourgneuf-la-Forêt qu'il dépassa. Il jeta un coup d'œil à sa jauge d'essence. Il carburait à un plein tous les trois jours ! À l'entrée du bois de Misedon, il tourna à gauche sur un chemin de terre qui s'enfonçait dans la forêt et roula au pas. Il gara sa voiture au bout du sentier, dans une sorte de clairière, à côté d'une caravane en piteux état, posée sur des cales. Elle était en partie recouverte de mousse et de lierre, certains panneaux en polyester se décollaient. Il sortit de la voiture, mit ses mains en porte-voix, émit un cri guttural, « hou hou… houou… », et avança vers la porte d'entrée de la caravane. « Hou hou… houou… kouwitt », lui répondit-on de l'intérieur. Berthelot poussa la porte en tôle lisse. Son pote Cro-Magnon était avachi dans un canapé devant la télévision, une bière à la main. Il avait une trentaine d'années comme lui. Il était grand et gros, musclé et gras, très poilu, d'où le surnom.

— T'as eu mon message ? fit-il sans tourner la tête.

— Sinon je serais pas là, tête de nœud, répondit Berthelot en se laissant tomber sur le canapé.

Dans l'évier du coin cuisine, de la vaisselle grasse s'amoncelait. Ça sentait le graillon. Sur un placard, un vieux poster jauni d'une Playmate des années 1980 se décollait. Cheveux blond vénitien bouclés et laqués, gueule de Bavaroise, grosses loches, tétons roses. Par terre, des fringues en boule, des chaussures et des canettes de bière en aluminium vides et broyées. La télévision diffusait un jeu. L'image sautait. « Avec les poils de quel animal fabrique-t-on les blaireaux? » demandait le présentateur. « Les chats ? » répondit une candidate. Cro-Magnon éclata de rire et se tapa sur la cuisse.

— Ah, la betterave ! s'exclama-t-il ! Les blaireaux, tarte !

Il mit un coup de coude à Berthelot tout en continuant à se marrer.

« Ah non, c'est le blaireau », dit le présentateur.

— Tiens, tu vois ! cria Cro-Magnon.

« Mais bien sûr, que je suis bête », dit la candidate en rougissant et en partant dans un petit rire nerveux. Cro-Magnon se leva du canapé :

— Si ça s'appelle blaireau, c'est bien parce que c'est fait avec des poils de blaireau, pas vrai, Berth ? Si c'était fait avec des poils de chat, ça s'appellerait chat. Ah, la conne. Tu veux une mousse ?

Berthelot acquiesça en dénouant sa cravate. Il remarqua une tache de sang, ce qui le fit jurer.

— Et une cravate de foutue !

Cro-Magnon se retourna et le regarda pour la première fois depuis qu'il était entré. Il remarqua le petit bout de mouchoir en papier qui sortait d'une narine.

— Ben, qu'est-ce qui t'est arrivé au tarin, mon vieux ? C'est tes vioquards qui t'ont mis une savate ?

— Arrête tes conneries, fit Berthelot en ôtant la flammèche de sa narine.

Il mit un doigt dans son nez et le ressortit pour voir si ça saignait encore. C'était sec. Il déposa le papier rougi dans le cendrier posé sur la table basse.

— Celui qui me mettra une baffe est pas encore né, ajouta-t-il. Je me suis pris une porte, qu'est-ce que tu crois.

— Ah bah, quel maladroit !

Cro-Magnon broya la canette en aluminium qu'il avait dans la main, la balança contre un mur de la caravane d'où elle rebondit sur le sol, en prit deux autres dans le minifrigo du coin cuisine et en tendit une à Berthelot.

— Et tes escaliers à la con, t'en vends ? demanda-t-il en se rasseyant.

Berthelot pensa à Boulbanec, l'immonde salaud ! Il décapsula la boîte métallique et but une longue gorgée de bière, ce qui l'apaisa.

— Nib, répondit-il. Et j'ai l'autre enculé aux trousses, si tu veux savoir. Tous les soirs, j'ai droit à la savonnade.

— T'as pensé à ce que je t'ai dit ? demanda Cro-Magnon avant de boire une gorgée de bière à son tour. M'est avis que ce serait rudement plus rentable que ton bizness de traîne-savates.

Berthelot posa sa bière sur la table, alluma une cigarette.

— Laisse tomber, je te dis.

— Tu sais c'est quoi ton problème, Berth ? Le manque d'ambition.

Berthelot leva les yeux au ciel.

— Sûr que, chez toi, elle déborde de partout, l'ambition. Y a qu'à voir l'état de ta roulotte.

— Qu'est-ce qu'elle a, ma caravane ?

— Elle pue. T'es même pas capable de balancer tes canettes vides dans la poubelle.

— T'oublies que j'suis un traumatisé de guerre, mon pote.

— Je vois pas le rapport avec les canettes.

— Les traumatisés de guerre sont désorientés dans leur quotidien, c'est une psy qui l'a dit à la télé. Probable que c'est pour ça que j'arrive pas à balancer mes canettes à la poubelle.

— Ouais, dit Berthelot, pas convaincu.

Ils se turent. Le public applaudit à la télé tandis que le générique de l'émission défilait. Cro-Magnon avait fait trois ans d'armée, dont six mois en Afghanistan : 126e régiment d'infanterie. Au cours d'une permission, il avait déserté et s'était réfugié dans la forêt. Il disait que se faire trouer le cul par des Kanaks sans savoir pourquoi, c'était pas son truc. Depuis il vivotait, aidait les fermiers dans le bocage contre quelques billets, volait des poules et des fruits par-ci, par-là. La nuit tombait.

— Et si on allait prendre l'apéro chez la mère Marine ? proposa Cro-Magnon.

— Ouais. Mais tu devrais te laver avant. Tu sens pire qu'un bouc.

Cro-Magnon leva le bras droit et renifla un grand coup.

— T'es devenu une vraie chochotte, ma parole.

— On est vendredi soir. Y aura sûrement la petite Léonie.

Cro-Magnon finit sa bière en une gorgée, broya la canette et la balança contre la porte d'entrée sur laquelle elle rebondit avant de tomber par terre. Il sortit sans rien dire de la caravane, revint avec deux grands seaux remplis d'eau et les posa contre la porte en plastique transparent de la douche, au fond, à côté de la chambre. Il se déshabilla, entra dans la douche en prenant un seau d'eau avec lui. Berthelot se leva du canapé pour aller chercher une deuxième bière dans le frigo. Au passage, il alluma la lumière qui s'éteignit aussitôt, ainsi que la télé. Cro-Magnon gueula de la douche :

— Faut éteindre la télé avant d'allumer la lampe, putain !

Il avait bricolé une installation pirate sur le secteur, mais ça disjonctait sans arrêt. Il sortit à poil de la douche, tout blanc de savon. Il était vraiment énorme avec des poils partout, une vraie bête des cavernes. Il passa devant Berthelot en le fusillant du regard et bondit hors de la caravane. Avec une longue perche, il se mit à tapoter sur le transformateur fixé à la ligne électrique, duquel un fil partait jusqu'à la caravane. Il reposa le bâton, regagna la caravane, éteignit la télé et alluma la lumière, une petite ampoule nue sur une douille suspendue à un anneau. Il laissait des traces de boue partout sur le sol en linoléum. Il regagna la douche. Berthelot prit sa bière dans le frigo, éteignit la lumière et ralluma la télé. Une minute plus tard, Cro-Magnon lui demanda de lui apporter des œufs. Berthelot regarda autour de lui. Sous l'évier, cinq plateaux de quarante-huit œufs étaient empilés. Il emporta un plateau jusqu'à la douche. Cro-Magnon ouvrit la porte, prit six œufs et les cassa un à un sur sa tête en balançant les coquilles hors de la douche. Le blanc et le jaune coulaient sur son visage, lui donnant l'air d'un dégénéré de film d'horreur.

— Pourquoi que tu te pètes des œufs sur la tête, t'es devenu con ou quoi ? demanda Berthelot.

— C'est bon pour les cheveux, répondit Cro-Magnon. Et puis, qu'est-ce que tu veux que je foute de deux cent quarante œufs ?

— Et pourquoi que t'as deux cent quarante œufs chez toi ?

— Je les ai piqués, eh, Andalou.

Il récupéra du blanc et du jaune d'œuf sur son torse et sur ses cheveux et se frotta les aisselles, les poils pubiens et la raie des fesses. Berthelot referma la porte du pied, rangea le plateau d'œufs sous l'évier et se rassit devant la télé.

Un instant plus tard, Cro-Magnon attrapa le second seau d'eau et se rinça. On entendait l'eau couler sous la caravane. Il se rhabilla avec les mêmes fringues, un pantalon de treillis et une chemise à gros carreaux rouges et blancs, puis revint devant la télé. Il avait du jaune d'œuf sur les sourcils.

— Bon alors, on y va ? dit-il.

— Sans blague, répondit Berthelot.

Ils s'apprêtaient à sortir de la caravane quand ils entendirent le hululement d'une chouette au loin. Cro-Magnon saisit le bras de Berthelot et se figea.

— De Dieu, t'entends ? Elle est revenue.

Ils se ruèrent à la fenêtre, l'ouvrirent, se mirent tous les deux à hululer.

— Hou hou… houou… kouwitt…

— Hou hou… hououououou…

La chouette répondit: « Hou hou… houou… » Ils hululèrent à nouveau. La chouette écoutait et leur répondait quand ils avaient fini. Ils se mirent à rire de plaisir. Cro-Magnon tendit sa paume, Berthelot tapa dedans.

— Ce coup-ci, on est opérationnels ! annonça Cro-Magnon.

Des mois qu'ils s'entraînaient au cri du chat-huant. À une centaine de mètres de la caravane se trouvait la grotte où s'était réfugié Jean Chouan. Cro-Magnon avait appris qu'il parlait le langage des chouettes et ça lui avait donné l'idée de l'apprendre à son tour. Du reste, il ne savait pas exactement qui était Jean Chouan. Il avait entendu dire qu'il avait fait chier la République. Ça lui suffisait amplement.

Chapitre 3

Ils traversèrent une partie de la forêt et coupèrent par le bocage. Cro-Magnon hulula pendant tout le trajet, mais la chouette ne répondait plus. Ils prirent les petits sentiers, longeant les haies de chênes pédonculés, s'enfoncèrent dans un petit vallon, remontèrent. Un renardeau niché sous un arbuste détala sous leurs pas. Ils passèrent devant la ferme des Maisons-Neuves dont la grosse masse en pierre se découpait dans la nuit. Ils s'arrêtèrent et hululèrent à nouveau. Un chien se mit à aboyer. Un hululement foireux leur parvint bientôt de la ferme et Jeannot apparut dans l'obscurité quelques minutes plus tard. Il était maigre, presque décharné, portait une salopette bleue dans laquelle il paraissait flotter et de grosses bottes vertes pleines de boue. Il tenait une fourche à la main dont il se servait comme d'une canne, les dents en l'air, de la paille collée au métal. Cro-Magnon rigola, poussa Berthelot du coude.

— Eh ! Pas vrai que, quand il fait le huant, on dirait un dindon !

Jeannot haussa les épaules. Il louchait, n'avait aucun sens de l'humour.

— Tu bois un coup chez la mère Marine ? demanda Berthelot.

Jeannot montra ses bottes et son bleu de travail.

— J'nettoye l'étable, lâcha-t-il.

— À quoi ça sert que tu nettoyes l'étable puisque les vaches vont y chier demain, remarqua Cro-Magnon.

Jeannot haussa à nouveau les épaules.

— Bon, ben, t'auras qu'à nous rejoindre, dit Berthelot.

— P't'être.

Il fit demi-tour et disparut dans la nuit. Cro-Magnon hulula, Jeannot répondit du même gloussement de dindon, ce qui mettait décidément en joie l'homme des cavernes qui se tapa sur le ventre.

Ils reprirent leur chemin par les sentiers du bocage et arrivèrent à Port-Brillet. Ils traversèrent le village silencieux, pénétrèrent dans le café de la Marine. Il y avait une dizaine d'hommes au comptoir, autant de jeunes gens attablés au fond de la salle.

— Tiens, v'là les chouettards, lança un type accoudé au bar.

Ses deux voisins ricanèrent.

— Et ma main dans ta gueule, ça te remettrait les idées en place ? menaça Cro-Magnon.

— Oh, ça va, quoi, on peut pus plaisanter, merde, répondit le type.

Ils s'accoudèrent au bout du comptoir. Le café était tout en bois et ressemblait vaguement à l'intérieur d'un bateau. De faux hublots étaient accrochés au mur, ainsi que des filets de pêche, des cordages, des harpons et une ancre. De gros tonneaux redressés faisaient office de tables. Derrière le bar, au milieu des bouteilles, trônaient un vieux sextant et une casquette de marin couverte de poussière. La mère Marine était en train de tirer un demi à la pompe, une pompe avec un grand manche en bois comme en Angleterre. Elle avait soixante-quatre ans, portait le tablier à l'ancienne. Elle était fière de sa décoration, la mère Marine, même si jamais un seul marin n'avait fréquenté son boui-boui. Elle vint saluer les nouveaux arrivants, prit leur commande, tira deux autres demis. Ça discutait bagnole au bar, cylindrées, turbo, bas de caisse. Parmi les jeunes gens attablés, Berthelot remarqua Léonie assise devant un tonneau en train de boire une bière à la cerise avec deux copines. Il donna un coup de coude à Cro-Magnon qui tourna la tête et se mit à rougir ! Berthelot n'en revenait pas. Le gros singe tout en muscles perdait ses moyens face à une gamine de dix-huit ans.

— Viens, on va la saluer, proposa Berthelot.

Cro-Magnon bougonnait, tordait sa bouche dans tous les sens. Mais déjà Berthelot s'approchait de la table. Il but une longue gorgée de bière et le suivit en sautillant. Il marchait les épaules rentrées, l'air gauche, comme sur des œufs. Il se grattait la joue, mettait la main dans sa poche, la ressortait immédiatement, croisa finalement les bras haut sur la poitrine comme un premier communiant. Quand elle les vit, le visage de Léonie s'illumina. Elle se leva pour les saluer, se pendit au cou du mastard et déposa un baiser sur sa joue.

— Salut, Vincent !

Elle était la seule du canton à ne pas l'appeler Cro-Magnon.

— Salut, Lénio, Léino, Léonie, bafouilla le balèze. Ça… ça avance dans les livres ?

Léonie éclata d'un rire joyeux. Elle l'aimait bien, ce gros bêta. Elle était consciente de l'effet qu'elle lui faisait. Cro-Magnon rougit de plus belle. Berthelot trouvait la scène écœurante.

— Oui, ça avance…, répondit Léonie. Bientôt la fin de l'année.

Elle était apprentie libraire à l'Institut supérieur des métiers, une semaine de cours à Laval, trois semaines de stage à l'espace culturel du centre Édouard Leclerc de Mayenne-City. Cro-Magnon ne comprenait pas qu'il faille deux ans d'études pour apprendre à vendre des livres. Selon lui, il suffisait d'encaisser l'argent et de le mettre dans une boîte à cigares. Et si le client veut un conseil ? lui demandait Léonie. Ah, bah, on lui refile le plus cher, répondait Cro-Magnon. Et les outils de gestion pour le fonctionnement du rayon ? La sociologie du livre ? Le monde de l'édition ? La comptabilité ? Merde alors, le monde est devenu si compliqué, pensait Cro-Magnon. À sa décharge, il avait dû en lire deux ou trois dans sa vie.

— Et ça te plaît toujours de vendre des livres ? demanda-t-il, histoire de parler.

Une petite lueur de tristesse passa dans les yeux de Léonie. Le centre Édouard Leclerc de Mayenne-City n'était pas exactement ce dont elle avait rêvé. Elle imaginait parfois une petite librairie bien à elle avec un éclairage feutré, une table ronde en verre, trois fauteuils club en cuir râpé et du jazz en sourdine.

— Malheureusement, j'ai pas trop le temps de les lire ! répondit-elle.

— Ben, ouais.

Léonie se rassit à la table de ses copines. Cro-Magnon restait debout à se tordre les mains, un sourire niais sur sa face de brute. Berthelot le saisit par le bras et l'entraîna au bar.

— Allez, viens, couillon, ta bière va réchauffer.

Léonie reprit sa conversation avec ses copines et son visage s'assombrit. Elle parlait de son beau-père, un fieffé salaud qui l'avait battue à coups de ceinture pendant des années sous l'œil bovin de sa mère. Si elle était à présent tirée d'affaire (elle avait quitté la maison le jour de ses dix-huit ans, trois mois auparavant, et s'était installée chez sa grand-mère au village), sa petite sœur restait dans la maison de l'ogre et ça la rendait malade. Elle échafaudait des plans pour la sortir de là.

Ses copines acquiesçaient toutes les deux secondes et secouaient la tête d'un air dégoûté.

Arrivé au bar, Cro-Magnon se souvint du baiser sur la joue. Il gonfla la poitrine, une sorte de force l'envahit subitement ; c'est ainsi qu'il ressentait le bonheur. Il eut envie de faire la chouette, mais se retint. Il vida son verre cul sec, le reposa en le faisant claquer, recommanda bruyamment une tournée. Très vite, il se mit à raconter ses histoires d'Afghanistan. Tout le monde les connaissait par cœur, mais on l'écoutait quand même, ça faisait passer le temps. Et puis, ça ou les bagnoles.

Il commençait toujours par les gosses qui leur lançaient des caillasses, les villageois qui leur crachaient à la gueule, les Américains qui étaient tous des pédés, les patrouilles en montagne pour quadriller le terrain, et puis il embrayait sur son vrai sujet : l'embuscade.

Une patrouille de trente hommes. Un col. Cent cinquante insurgés qui se mettent à tirer de tous les côtés. Un feu à trois cent soixante degrés. On se réfugie derrière les VAB, on riposte, on balance quelques grenades et on alerte l'arrière. Un hélicoptère débarque dans le quart d'heure, mais se met à cibler comme une patate malgré les corrections qu'on lui fournit par radio. Et puis la catastrophe : l'hélicoptère touché qui s'éloigne en lâchant une grosse fumée noire et Cro-Magnon mimait d'une main tremblante l'hélicoptère en difficulté qui frôlait les verres de bière, tout en imitant le bourdonnement du rotor. Les buveurs au bar acquiesçaient mollement. La mère Marine regardait l'hélicoptère d'un air absent.

— Les gars s'étaient réfugiés sous les blindés légers, continuait Cro-Magnon. Tout le monde pensait que c'était la fin, qu'on finirait égorgés par les Kanaks (personne ne lui avait jamais dit qu'il n'y avait pas de Kanaks en Afghanistan). Les salopards à turban sortaient de leur trou à rat sans cesser de tirer et se rapprochaient des blindés... C'est alors qu'on s'est dit : merde les gars, plutôt crever debout...

Cro-Magnon s'éloigna du comptoir, le visage fermé, et arma la culasse d'un fusil-mitrailleur qu'il tenait collé au bassin. Il ressemblait maintenant à l'incroyable Hulk, moins le vert. On était au *climax* de son histoire. Les gars sortaient à découvert et se mettaient à arroser l'ennemi en hurlant. Cro-Magnon se mit à hurler lui aussi et à produire le son des rafales. Il mitraillait partout dans le bar en tournant sur lui-même, son corps vibrait, il faisait trois pas en arrière à cause du recul, vidait son chargeur, en remettait un autre, un vrai carnage. Les types au comptoir s'étaient tous retournés et le regardaient en silence. Quelques jeunes au fond de la salle ricanaient discrètement. Une vieille chanson de Renaud où il était question d'un dernier bal couvrait le bruit de la guerre.

Cro-Magnon revint au comptoir, but une gorgée de bière, s'essuya le front et poursuivit. Cinq hommes étaient tombés pendant l'assaut, mais les Kanaks avaient reculé. Une quinzaine de soldats continuèrent le barouf pendant que les autres chargeaient les cadavres et les blessés dans les VAB transformés en passoire.

— Pour rentrer, je peux vous dire qu'on a mis la gomme malgré qu'on avait les quatre pneus crevés, conclut Cro-Magnon. Et croyez-moi si vous voulez, c'est plus difficile de conduire un VAB avec les quatre pneus crevés que de pousser une brouette dans le bocage.

Il y eut un petit silence. Cro-Magnon vida son verre et fit signe à la mère Marine de lui en remettre un.

— Aussi, qu'est-ce qu'on est allés foutre là-bas, dit finalement un type en levant son verre.

— Magouille et compagnie, répondit un autre.

— Pas d'accord, dit un troisième. Ils voilent les gonzesses.

— Et alors, ils voilent les gonzesses, qu'est-ce qu'on en a à foutre. Elle est voilée ta gonzesse ? Bon alors.

La moitié du comptoir acquiesça.

— Moi j'ai crevé un jour en BM à cent trente kilomètres à l'heure sur l'autoroute de Paris, annonça un quatrième type. Ça fait un drôle d'effet. Alors quatre pneus, bon sang. Les jantes en prennent un coup.

La conversation repartit sur les bagnoles, chacun dressant l'inventaire des pépins mécaniques qu'il avait rencontrés.

Trois quarts d'heure plus tard, Jeannot faisait son entrée. Il s'était changé, portait un pantalon propre et de gros godillots en cuir de marcheur. Il salua la compagnie d'un signe de tête, s'installa à côté de Cro-Magnon et de Berthelot et commanda une bière. C'était un timide, Jeannot. Un simplet, disaient les mauvaises langues. Mais vrai, il n'était pas causant. Il écoutait, acquiesçait parfois. Quand on lui demandait son avis, il se contentait généralement de hausser les épaules. Un des clients au comptoir était Alain Lambert. Il avait une ferme derrière le bois de Clermont avec une cinquantaine de vaches laitières. Mais ce soir, ce n'était pas du lait qu'il avait bu ! Il était complètement poivré. Dès qu'il vit entrer Jeannot, il se précipita sur lui en titubant pour lui parler des quotas laitiers dont on annonçait la fin imminente. Il avait bien essayé de lancer le sujet sur le tapis, mais tout le monde s'en foutait. À peine le sujet évoqué devant Jeannot, il partit au quart de tour et laissa éclater sa colère.

— S'ils suppriment les quotas, j'm'immole par le feu devant la préfecture ! gueulait-il.

Il y eut un éclat de rire général.

Lambert se figea, se gratta la tête, fit un bras d'honneur qui faillit le déséquilibrer et regagna l'extrémité du comptoir. Il se mit à parler du lupin que l'on cultivait de plus en plus pour le donner en fourrage aux bêtes et qui, d'après lui, les intoxiquait.

Là encore, il se scandalisait, parlait de saloperie australienne, affirmait que tout foutait le camp. Mais personne ne l'écoutait plus.

— Eh, les gars, j'ai une idée, proposa soudain Cro-Magnon en se tapant sur la poitrine.

— On t'écoute, répondit un client.

— Si on buvait un coup ?

La proposition rencontra l'unanimité générale.

Chapitre 4

La mère Marine avait eu du mal à jeter tout le monde dehors. Le dernier verre pour la route, c'est la prière des bistrots, l'*Ave Maria* des ivrognes. On sait quand ça commence, jamais quand ça s'arrête. Il y a le dernier, le p'tit dernier, le tout dernier, le der des der, le promis-juré-après-je-m'en-vais, j'en passe et des meilleurs. Sans poigne, un zinc est condamné à servir des derniers verres jusqu'à la fin des temps. C'est qu'il en faut de l'autorité pour tenir un comptoir. Réussir à fermer sans émeute, c'est un miracle au quotidien.

Berthelot, Jeannot et Cro-Magnon raccompagnèrent Lambert à sa ferme par le bocage. Ils contournèrent l'étang, longèrent le petit bois de Clermont. Lambert zigzaguait, trébuchait, était entraîné par les reliefs. Il continuait dans sa colère, pestait contre Bruxelles, Lactalis, les Chinois, les Australiens. À peine sorti du village, Cro-Magnon fit la chouette. Lambert se figea, dressa l'index en titubant.

— Z'entendez, les gars ? Une putain de chou… chouette. À croire que vous les attirez.

Cro-Magnon n'en pouvait plus de se marrer. Il donnait des claques dans le dos de Berthelot. Soudain,

Lambert avait disparu. Ils fouillèrent l'obscurité et le découvrirent allongé dans une haie, les bras en croix. Il était tombé et dormait. Cro-Magnon le porta sur ses épaules et ils se remirent en route. À l'étang, ils prirent de l'eau dans le creux de leurs mains et lui aspergèrent le visage. Lambert râla, se remit sur ses jambes tel un boxeur groggy. Il continuait à parler, mais on ne comprenait plus rien à ses propos. Il avançait en automate, regagnait sa ferme à l'instinct. Il trébucha dans une petite pente, roula sur trois mètres et se rendormit au creux d'un minuscule vallon. Cro-Magnon le releva, lui secoua un peu la tête en le tenant par la mâchoire.

— J'm'immole, nom d'Diou, bafouillait Lambert.

On le soutint sous les bras. Il dormait en marchant. Ses yeux étaient fermés, mais il alignait les pas, enjambait les obstacles. Ils s'engagèrent dans une prairie. Berthelot et Cro-Magnon, entourant Lambert, faisaient des embardées, ployaient, partaient à la dérive avant de se remettre à marcher droit pour quelques mètres. Jeannot suivait derrière en regardant la lune. Cro-Magnon pensait à Léonie qui était venue déposer un autre baiser sur sa joue au moment de partir. Il riait de plaisir, se mit à hululer tout son saoul.

— Eh bé, chou… chou… saloperie, murmura Lambert en entrouvrant laborieusement les paupières.

Ils traversèrent un dernier pré qui débouchait sur une petite route en terre au bout de laquelle était la ferme. Ils le laissèrent devant la porte d'entrée.

— Ça va aller ou tu veux qu'on te borde? fit Cro-Magnon.

Lambert prit un air outré et se tapa la poitrine, ce qui lui fit perdre l'équilibre et tomber le long de la porte. Cro-Magnon le remit debout.

— T'en tiens une belle, constata Berthelot.

— Allez, va vite te pieuter, ajoutait Cro-Magnon.

Lambert se remit un coup de poing sur la poitrine. Il vacilla. Cro-Magnon s'apprêtait à le rattraper, mais il se stabilisa tout seul. Il laissa passer cinq secondes, les yeux à moitié clos, le corps tanguant d'avant en arrière.

— J'm'immole, lâcha-t-il finalement d'une voix faiblarde.

Il ouvrit la porte et s'enfonça dans l'obscurité de la ferme en titubant. Berthelot referma la porte d'entrée et les trois hommes rebroussèrent chemin sur la petite route en terre. Bientôt, on entendit un grand bruit à l'intérieur de la maison, Lambert avait heurté un seau en métal pour les granulés qui traînait là. La lumière s'alluma. La voix criarde de sa femme déchira la nuit. Cro-Magnon, Berthelot et Jeannot s'éloignèrent en ricanant.

Après le pré, au lieu de reprendre la direction de Port-Brillet, ils remontèrent vers le bois de Misedon et arrivèrent à la ferme des Maisons-Neuves. Jeannot proposa de boire un dernier coup. Ils s'installèrent dans la grange, comme d'habitude. C'était un gros carré, quatre murs de planches grossières, recouvert de tôle et rempli de bottes de paille, de gros sacs de grains posés par terre et de pneus pour maintenir la bâche couvrant le silo. Une échelle permettait d'accéder à une mezzanine où étaient entreposés du foin et encore de la paille. Au fond de la grange, une petite table en bois avec un monticule de cire au milieu, sur lequel une bougie était plantée, et quatre chaises branlantes. Jeannot alluma la bougie et saisit une bouteille de gnôle de poire ainsi que trois verres rangés dans un petit meuble qui contenait de nombreux outils et des clous de toutes sortes. Ils s'assirent autour de la table, Jeannot remplit les verres, Cro-Magnon but le sien cul sec, ouvrit la bouche, inspira un grand coup, puis expira en gonflant les joues.

— Enculé, lâcha-t-il.

— Personne t'oblige à boire comme un tordu, dit Berthelot en se penchant sur la bougie pour allumer une cigarette.

— Gaffe à la paille, murmura Jeannot.

Cro-Magnon fit claquer sa langue sur son palais et se resservit un verre de tord-boyaux. C'est le père de Jeannot qui distillait. Il avait un petit verger de poiriers et profitait une fois l'an du passage de l'alambic pour produire une centaine de bouteilles, vingt déclarées. Si ça n'avait tenu qu'à lui, il en aurait déclaré zéro ! Taxer une gnôle fabriquée à la maison avec ses propres fruits, ça lui paraissait un crime aussi moche que le goulag.

Seulement, quand il distillait, tout le pays embaumait, et celui qui s'approchait à moins de cent mètres de la ferme était paf rien qu'en respirant.

Ils burent en silence. Dehors, le vent s'était levé et pénétrait dans la grange par les interstices des planches. La flamme de la bougie se couchait et se redressait. Soudain, on entendit un bruit à l'étage, comme un petit râteau raclant le plancher. Berthelot leva la tête et regarda le plafond.

— C'est quoi ce bruit ? demanda-t-il à Jeannot.

— Sûrement un rat, répondit Cro-Magnon.

Jeannot fit la moue.

— À moins que tu vas encore nous dire que c'est tes nains ! ajouta l'homme des cavernes avant de ricaner.

Jeannot haussa les épaules. Un mois auparavant, il avait prétendu voir défiler une dizaine de nains sur la lande derrière l'étable, au crépuscule. Ils portaient des robes multicolores, marchaient à la queue leu leu et lui avaient tous fait un petit coucou de la main quand ils l'avaient aperçu. L'histoire n'avait pas arrangé sa réputation ; il s'était même fait traiter publiquement de farfelu par le maire de Port-Brillet, qui était aussi le pharmacien du village. À vrai dire, il avait une drôle de conception des choses, Jeannot. Il pensait qu'il y avait trois mondes : le nôtre, celui des morts et celui des nains. Pourquoi un monde des nains ? Mystère. Personne ne savait où il avait été pêcher sa cosmogonie, pas même lui. Mais il n'en démordait pas. Il évoquait les farces que lui jouaient les nains, comme faire cailler le lait ou déposer un escargot dans ses bottes tandis qu'il dormait. Depuis qu'il avait vu le défilé, il était de surcroît convaincu que l'entrée du monde des nains n'était pas loin de la ferme, si bien que, quand il se promenait dans le bocage, il ouvrait l'œil.

Son père pensait avoir engendré un imbécile. Il se souvenait qu'à la fin de sa vie son beau-père parlait aux arbres, riait tout seul, assis sur le banc devant sa maison. Pour lui, cela ne faisait aucun doute, l'idiotie venait de là. Mais sa mère voyait les choses autrement. Petite, elle avait vu une « houbille » comme elle disait, c'est-à-dire un fantôme. Il fallait bien qu'il vienne de quelque part. Or, à partir du moment où il y avait un monde des fantômes, pourquoi n'y aurait-il pas un monde des nains ? C'était son raisonnement. Cela donnait lieu à des discussions pointues à la ferme, le père plaidant que, s'il y avait un monde des nains, ça se saurait avec la science ; la mère répondant à juste titre qu'il y avait des tas de choses qui ne se savaient pas, malgré la science. Quant à Berthelot et Cro-Magnon, ils s'en foutaient plus ou moins. Jeannot avait beau voir des nains et hululer comme une chèvre, c'était leur copain. Et même quand un copain a un courant d'air qui lui passe entre les deux oreilles, ça reste un copain, disait fièrement Cro-Magnon.

Sur le meuble où était la gnôle se trouvait un vieil appareil à cassettes. Jeannot le posa sur la table sans rien dire, rembobina la cassette et mit l'appareil en marche. Un impromptu de Schubert envahit la grange et se mêla au sifflement du vent. C'était la plainte au piano de celui qui sait qu'il va mourir, d'une tristesse infinie. Jeannot se leva bientôt et se mit à sillonner la grange, les yeux clos, en battant lentement des bras comme si c'étaient des ailes, et les ombres dansaient elles aussi. Il courait au ralenti, faisait de petits bonds, sautait d'une pointe à l'autre. Cro-Magnon et Berthelot le regardaient sans rien dire, habitués qu'ils étaient à voir leur copain faire l'oiseau sur Schubert. Encore un élément à charge contre le pauvre Jeannot ! Il avait trouvé cette cassette à la brocante de Saint-Ouën-des-Toits et depuis il volait et pleurait en l'écoutant, et les gens plaignaient son cerveau dérangé.

Le vent soufflait de plus en plus fort. La porte de la grange s'ouvrit brutalement, une bourrasque entra et éteignit la bougie. Jeannot alla refermer la porte et mit la barre pour la maintenir. Berthelot ralluma la bougie.

— Eh bé alors, c'est la tempête, dit Cro-Magnon.

Il saisit la bouteille de sa grosse paluche et ajouta :

— Je crois bien qu'on va devoir attendre que ça se calme pour rentrer.

— Sûr que ce serait pas raisonnable de sortir maintenant, répondit Berthelot en approchant son verre.

Cro-Magnon remplit les trois verres et, se tournant vers Jeannot :

— Au pire, t'as une deuxième bouteille dans l'armoire, pas vrai ?

Jeannot leva les yeux au ciel.

— J'en ai trois.

Il se remit à sautiller à travers la grange.

Chapitre 5

Un long cri aigu réveilla Berthelot à dix heures du matin. Sa grand-mère venait de tordre le cou à un lapin. Il se leva et ouvrit les volets en se frottant les yeux. Il faisait grand soleil. Il l'aperçut quelques secondes dans la cour, juste avant qu'elle ne rentre dans la cuisine, le lapin mou entre les mains. Il s'habilla et descendit l'escalier. La grand-mère était assise à la table de la cuisine en train d'écorcher la bête. Deux chats couchés sur le frigidaire observaient la scène. Berthelot fit une grimace, la vieille marmonna entre ses dents. Elle avait soixante-dix-huit ans, un visage mangé de rides, des cheveux gris en chignon. Elle avait passé un tablier bleu brodé de petites marguerites blanches sur sa robe noire élimée.

Berthelot vérifia qu'il restait du café dans la cafetière et s'en servit une grande tasse dans laquelle il laissa tomber deux sucres. Il fit valdinguer un autre chat qui, deux pattes dans l'évier, était en train de lécher le robinet, remua le café et le but en silence adossé à la gazinière. Le lapin sans peau ressemblait à un *alien* sorti du mixeur. La grand-mère posa soigneusement la peau à l'autre bout de la table. Elle faisait des toques en feutre pour l'hiver avec les poils et stockait les peaux tannées dans la remise pour confectionner on ne sait quoi.

À l'âge de 10 ans, les parents de Berthelot l'avaient confié à sa grand-mère pour les grandes vacances et ne l'avaient jamais récupéré. La mère était institutrice, le père professeur d'éducation physique, tous deux enseignaient à Changé, à côté de Laval. Tout allait bien jusqu'au jour où ils étaient devenus hippies, à une époque où plus personne ne l'était. Ils avaient mis des bandeaux dans leurs cheveux, s'étaient mis à fumer des pétards en s'extasiant sur la vanité du monde, avaient suivi un couple d'amis pendant deux mois dans une communauté au Brésil et s'y étaient finalement installés, abandonnant tout derrière eux. Une fois par an, ils écrivaient une lettre dans laquelle ils racontaient qu'ils avaient enfin trouvé l'harmonie cosmique, avant d'inviter mollement le fils et la grand-mère à venir les rejoindre. La vieille évoquait à voix basse le méchant et dégoûtant fléau de la drogue, puis rangeait les lettres dans la commode de la salle à manger.

La maison avait été longtemps isolée, à la sortie du Bourgneuf-la-Forêt, mais le bourg s'était étendu, et à présent elle était entourée de maisons modernes habitées par des cadres qui travaillaient à Laval, tondaient leur pelouse le samedi et râlaient parce que le coq de la vieille les réveillait à l'aube. Il y avait eu des pétitions, des réclamations au maire, des tentatives d'empoisonnement même, mais la vieille n'avait pas cédé. Elle conservait ses poules, ses oies, ses lapins, ses deux chiens et sa dizaine de chats. Les services sociaux étaient venus la voir plusieurs fois pour essayer de la convaincre d'entrer à l'hospice, jusqu'au jour où elle avait sorti un vieux tromblon chargé au gros sel. « Un pas de plus et je vous fabrique un deuxième trou du cul », avait-elle annoncé en pointant l'arme sur les deux fonctionnaires. L'affaire en était restée là. Ses voisins ne l'appelaient plus que « la vieille folle » et ne la saluaient jamais.

— Tu veux que je t'amène aux courses ? proposa Berthelot en rinçant la tasse.

La vieille haussa les épaules tout en ouvrant le ventre du lapin.

— Bon alors, je m'en vais. Salut, la mémé.

— Tu vas encore chez la secte ? demanda-t-elle.

— T'inquiète pas, je te dis.

— Tu finiras drogué comme ton père, lâcha la vieille.

Berthelot leva les yeux au ciel et monta dans sa chambre. Chaque fois qu'il empruntait l'escalier, il avait une petite pensée pour sa camelote. Il avait essayé de vendre un monte-escalier à sa mémé ! Elle avait failli ressortir le tromblon… Il récupéra sa veste, son portable et ses cigarettes, sortit alors que les premières tondeuses se mettaient en marche. En passant, il s'arrêta devant les clapiers, ouvrit la porte grillagée de l'un d'eux et se mit à caresser un gros lapin blanc qui s'immobilisa quelques instants.

— J'crois bien que t'es le prochain sur la liste, mon pauvre vieux, murmura Berthelot.

Il referma la porte, sortit du jardin, monta dans sa voiture et démarra. Direction la gentilhommière du Haut-Plessis où il arriva un quart d'heure plus tard. Il pénétra dans la propriété, longea l'étang sur la gauche, la petite forêt de chênes sur la droite et gara sa voiture sur le gravier devant le manoir. Cro-Magnon était déjà là, en train de fendre du bois devant la remise. Il fit un signe de la main tandis que Berthelot sortait de la voiture.

— L'est pas là, le frappadingue ? demanda Berthelot quand il l'eut rejoint.

— Dort encore, répondit Cro-Magnon avant de planter sa hache dans une bûche. Paraît qu'il a encore passé la nuit dans son laboratoire.

Berthelot regarda machinalement sa montre. Il alluma une cigarette et s'allongea sur l'herbe pour la fumer. Des petits nuages blancs filaient vers l'est.

Le frappadingue, c'était Michel Rabinière, le propriétaire de la gentilhommière et des quatre-vingt-dix hectares environnants de prés et de forêt. C'était un homme de cinquante-cinq ans, toujours très élégant avec ses gilets en flanelle et ses bottes de cheval. Très *gentleman farmer*. Il n'hésitait pas à porter le monocle et à se faire appeler seigneur du Haut-Plessis ou comte de la Petite-Touche, du nom de ses deux terres aujourd'hui réunies. Son manoir datant du XVIIIe siècle, entièrement rénové au XIXe, tombait en ruine. Les murs se lézardaient. Le toit était troué. L'activité principale quand il pleuvait consistait à déplacer les bassines de pièce en pièce et à les vider par les fenêtres. La tour, séparée du bâtiment principal et datant du XVe siècle, menaçait carrément de s'écrouler. Plus personne n'y montait, à part Rabinière qui avait une confiance quasi magique en ses vieilles pierres.

Le seigneur du Haut-Plessis n'avait qu'un seul ennemi, mais de taille : le monde moderne. Il l'exécrait sur tous les plans, mais toujours de manière très courtoise. Il pensait que l'on vivait une grande période de chute et que celle-ci s'accélérait constamment. Il déplorait que les seules vérités fussent désormais physiques et se disait opposé au matérialisme, à la démocratie et aux congés payés.

Il vivait retiré dans son manoir avec sa gouvernante, mam'zelle Coco, une vieille femme acariâtre à l'hygiène douteuse qui fumait la pipe et s'habillait, été comme hiver, du même pantalon de survêtement en polyester noir à bandes blanches et de sa veste assortie.

Vingt-cinq ans auparavant, Rabinière avait accueilli un couple de routards pendant trois jours. L'info avait circulé dans le milieu de la cloche et les vagabonds s'étaient mis à affluer de tout le pays, trop heureux de trouver le gîte et le couvert pour quelques nuits. Le seigneur du Haut-Plessis avait fini par proposer aux plus dégourdis de s'installer sur place, mettant à leur disposition une partie de ses terres propres à la culture. Des cabanes, des granges et des maisons en bois avaient poussé sur les prés derrière le manoir, ainsi que sur la lande, de l'autre côté de la colline du Clossin, et une trentaine de personnes, ainsi que quelques familles, vivaient à présent sur le domaine, travaillant la terre, élevant des vaches et des moutons.

À l'origine, chacun avait sa petite parcelle qu'il cultivait à loisir. Le comte de la Petite-Touche avait fait construire un four à pain et mettait à disposition de ses paysans une charrue Brabant et un cheval, moyennant quoi ces derniers étaient tenus à quelques heures de travail mensuel dédiées à la réparation du manoir ou à la coupe du bois de chauffe. Mais ça, c'était la théorie. En pratique, les paysans se contentaient de donner sa quote-part au comte, et basta. Quand ils produisaient plus que nécessaire, ils vendaient le surplus sur les marchés de la région. Une partie de la dîme due à Rabinière était ainsi payée en argent, ce qui permettait au seigneur du Haut-Plessis d'embaucher des gars du pays pour les tâches en principe dévolues aux paysans, et d'acheter du vin en Anjou dont il était grand consommateur.

Mais l'organisation du domaine avait été révolutionnée trois ans auparavant par l'arrivée de Louis et Ninette, un couple d'anarchistes. Ils avaient trente-quatre ans tous les deux, étaient beaux et éloquents, avec des idées bien arrêtées. À l'âge de vingt ans, convaincus que le monde courait à sa perte et que rien ni personne ne pourrait le changer, ils avaient décidé d'appliquer le principe de non-coopération. Ils n'avaient jamais été salariés, n'avaient jamais rien réclamé à l'État, ne lui avaient jamais rien donné. Après une petite période de banditisme (à peine deux braquages : une clinique et une entreprise funéraire), ils avaient découvert les expériences de vie communautaire naturiennes menées notamment par Rimbault et Butaud au début du XXe siècle : milieu libre de Vaux, Terre Libérée de Luynes, colonie naturiste de Bascon. Ils avaient décidé de s'en inspirer. L'objectif était de retourner vivre à la campagne afin de rompre radicalement avec la vie hors nature que le capitalisme avait imposée aux hommes, brisant la communion qu'ils avaient avec l'esprit de la terre, rompant avec l'appréhension directe de la nature, son contact instinctif. Pour les théoriciens comme Beylie, Gravelle ou Zaïkowska, la conséquence de cette coupure avec la nature était la dégénérescence de l'espèce humaine, idée qu'avaient reprise à leur compte Louis et Ninette. Avec six autres anarchistes recrutés à Paris, ils avaient créé une colonie dans le Jura et s'étaient convertis au crudi-végétarisme, persuadés que la viande et la cuisson des aliments faisaient partie des besoins artificiels, qu'ils appelaient également « faux besoins » et à l'éradication desquels ils consacraient toute leur énergie militante. Mais l'expérience avait tourné court au bout de quelques mois, les colons passant leur temps à fumer des joints sur leur paillasse et à vivre sur leur dos. Louis et Ninette étaient des êtres droits. Ils n'aimaient ni les parasites, ni les drogués, ni les paresseux, qu'ils considéraient en bloc comme des petits-bourgeois dégénérés. Se considérant comme l'avant-garde éclairée du grand retour en arrière, ils se sentaient en outre investis d'une certaine responsabilité morale et ne rechignaient pas à la tâche tant que celle-ci n'était pas spoliée par les exploiteurs de tout poil. Après cette expérience douloureuse, ils avaient vécu en vagabonds durant de longues années, replongeant un temps dans le brigandisme (kidnapping contre rançon d'un entrepreneur des Landes et braquage d'une station-service), sans pour autant jamais renoncer à leur idéal communautaire. En janvier 2008, un ivrogne croisé sur la route évoquait une « vache de chouette château ousqu'on peut cultiver des salades et boire des coups toute la noye ». Deux mois plus tard, ils débarquaient à la seigneurie du Haut-Plessis.

À peine leur cabane sur pied et leur potager délimité, ils dénoncèrent le féodalisme ambiant et entreprirent de transformer le domaine en colonie agraire communiste-libertaire de tendance crudi-végétarienne. Ils parlèrent de bannir vaches et moutons du domaine, décrétèrent l'amour libre, instituèrent le nudisme et la collectivisation des terres. La belle Ninette, au corps sain et musclé, se mit à cultiver son potager en tenue d'Ève, si bien que la plupart des hommes du domaine se convertirent à l'anarchisme et retirèrent leur pantalon. Les champs devinrent communs, les récoltes équitablement partagées, et les décisions relatives à l'agriculture potagère prises collectivement. Mais une autre partie des paysans du domaine, et notamment les femmes, ne voyaient pas les choses de la même façon. Ils refusèrent le changement, conservèrent leurs animaux, leurs parcelles en l'état, leurs coutumes alimentaires et leurs habits, et continuèrent à vivre comme avant. Le domaine était dès lors divisé en deux. D'un côté, les « brouteurs d'herbe », comme les appelaient les omnivores ; de l'autre, les « nécrophages dégénérés », ainsi que les qualifiaient les crudi-végétariens, Louis en tête.

L'affaire faisait du bruit dans le pays. On ne parlait plus que des anarchistes et de leurs mœurs dévoyées, et principalement de la belle Ninette qui alimentait les fantasmes du bocage. La presse locale de droite, très remontée, qualifiait le domaine de « kolkhoze de la honte ». Celle de gauche, non moins remontée, de « seigneurie des pouilleux ». Mais Rabinière s'en fichait. Il ne lisait jamais la presse.

Son temps libre, il le passait dans son cabinet de lecture ou au coin du feu, l'hiver, à lire des traités d'alchimie. Il s'enfermait également des heures entières dans un laboratoire qu'il avait aménagé dans les caves du manoir. Qu'y faisait-il ? Nul ne le savait. Probablement des expériences tirées de ses livres. Personne n'était autorisé à entrer dans son antre, pas même mam'zelle Coco qui désapprouvait le temps passé dans cette cave humide, un coup à finir perclus de rhumatisme. Sur la porte en bois du laboratoire était gravé un vers de Clovis Hesteau de Nuysement, dont il possédait l'édition datée de 1620 du *Traittez de l'harmonie et constitution generalle du vray sel* : « Je parle aux entendus. Éloignez-vous, profanes ; car mon âme s'élève aux plus secrets arcanes. » Quand on lui demandait ce qu'il fabriquait au juste dans sa cave, il se contentait de répondre qu'il recherchait les symboles universels oubliés et qu'il luttait contre le chaos et l'imperfection en unissant la matière, faisant taire les tendances contraires, et en la faisant mourir, permettant à l'âme d'accomplir son salut. Tout le monde se marrait. « En somme, je rejoue le drame cosmique », concluait le seigneur du Haut-Plessis en réajustant son monocle. On le prenait pour un dérangé du ciboulot.

Berthelot était en train de s'endormir sur l'herbe quand le comte de la Petite-Touche apparut sur le perron du manoir, en robe de chambre lie-de-vin, bonnet de nuit blanc cassé et monocle. Cro-Magnon planta la hache dans le billot et lui adressa un salut.

— Salut, grand-duc, c'est à cette heure-ci qu'on se lève ! C'est du beau ! J'espère au moins que tu nous as pondu des beaux lingots pendant la nuit !

Berthelot gloussa. Rabinière s'étira de tout son long.

— Venez donc manger, mes bons amis. Mam'zelle Coco nous a préparé un délicieux civet de lièvre, cria-t-il avant d'écarquiller les yeux, de laisser tomber son monocle dans sa main et de tourner les talons.

— Un civet de rat, oui, murmura Berthelot en grimaçant de dégoût.

Mam'zelle Coco était désagréable et puait fort. Mais plus grave encore, elle était très mauvaise cuisinière.

Chapitre 6

Le déjeuner était infect comme prévu. Heureusement, il y avait le vin d'Anjou. Le seigneur du Haut-Plessis l'achetait par tonneaux de six cents litres et le faisait mettre en bouteilles au manoir par mam'zelle Coco. La gouvernante râlait une semaine avant le début des opérations, une semaine après qu'elles s'étaient terminées, et pendant, bien sûr. En tout, un mois. Elle ne se privait pourtant pas d'aider à les descendre. Les huit cents bouteilles faisaient à peine un an.

Le seigneur du Haut-Plessis avait conservé son bonnet de nuit à table. Il prenait tous ses déjeuners et ses dîners dans la grande salle du manoir dont les fenêtres (des verrières plutôt, garnies de vitraux) donnaient sur les prés, présidant l'immense table en bois rectangulaire, dos à la cheminée. La plupart du temps, c'est lui qui faisait le service. Après avoir apporté le pain et le vin, mam'zelle Coco s'asseyait en face de lui, s'affalait sur sa chaise et se plaignait de ses varices. Comme elle prenait ses repas à l'office avant ceux de son maître, elle passait son temps à table à fumer sa pipe, à médire sur les nudistes et à enquiller les verres d'Anjou.

Le seigneur du Haut-Plessis était un être profondément débonnaire, rempli d'attentions pour autrui. Il parcourait souvent le domaine, les mains derrière le dos, admirant les potagers, s'informant des récoltes et de la santé des enfants. La plupart des anarchistes, convertis de date récente pour les raisons que l'on sait, continuaient de lui donner du « monsieur le comte » en lui faisant des courbettes, et seuls Louis et Ninette se montraient méfiants à son égard. Quand ils le croisaient, ils l'appelaient « camarade comte », ce dont le seigneur du Haut-Plessis ne se formalisait pas le moins du monde. D'ailleurs, il les trouvait tous deux forts sympathiques et pleins d'entrain.

On ne l'avait vu discourtois qu'une seule fois, face à des gendarmes venus enquêter pour un vol de poule commis dans une ferme voisine. Ils soupçonnaient les anarchistes d'en être les auteurs (en fait, c'était Cro-Magnon). Le seigneur avait mis son monocle et avait fait remarquer avec mépris que ses hôtes étaient crudi-végétariens et qu'ils étaient par conséquent incapables d'un tel larcin. « Revenez donc nous voir quand vous aurez un vol de laitue sur les bras », avait-il conclu en leur fermant la porte au nez. Non mais.

Pendant le repas, Rabinière veillait à ce que Berthelot et Cro-Magnon ne manquassent de rien. Il remplissait leur verre, les encourageait à se resservir en civet, les mettait à l'aise, si tant est qu'il y eût besoin de mettre Cro-Magnon à l'aise. Il leur était reconnaissant des menus travaux qu'ils effectuaient pour le manoir et, à vrai dire, il les aimait bien, ces deux gaillards.

— Et comment se passe votre si terrifiant travail, cher ami ? demanda-t-il à Berthelot.

Celui-ci leva les yeux au ciel et secoua la tête, la bouche pleine.

— Lui en parlez pas, répondit Cro-Magnon. Son patron le persécute.

Rabinière prit un air contrit.

— Un triste sire à ce que j'ai cru comprendre.

Berthelot avala sa bouchée.

— Un triste sire ? Un enculé, et je pèse mes mots. Boule-de-merde, que je l'appelle. Oh, mais attention, un jour ça va barder. Ma patience a des limites. C'est avec une tête au carré qu'il va se retrouver, il va rien comprendre…

— Monde, ô dramatique monde, machine à broyer les hommes, clama le seigneur du Haut-Plessis.

— Pas faux, philosopha Cro-Magnon en se suçant les dents.

— Vous êtes dans quoi déjà, les ascenseurs ? questionna mam'zelle Coco.

— Les monte-escaliers, corrigea Berthelot.

Elle réfléchit un instant.

— Moi, si j'aurais de l'argent, m'étonnerait que je le dépense dans un monte-escalier, pas vrai, m'sieur le comte ?

— Bah, répondit celui-ci. Chacun fait ce qu'il veut de son argent.

« De quoi je me mêle, la vieille chouette en survêtement », songea Berthelot.

— Si j'aurais de l'argent, et si m'sieur le comte me permettrait de m'absenter une quinzaine, je crois bien que je ferais une croisière, continua mam'zelle Coco, soudain rêveuse.

— Une croisière, tiens donc. Et où donc iriez-vous, chère mademoiselle ? questionna le comte.

— Ah, ça, bigre, j'en sais rien, m'sieur le comte. Je préférerais pas m'aventurer sur les mers pour au cas où qu'on coule.

— Alors une croisière fluviale…

— Voilà, c'est ça, fluviale. Que si on coule, on est pas loin du bord.

— Mais dites-moi, mademoiselle. Savez-vous nager ?

— Ah non, j'ai point appris.

— Alors vous couleriez même dans un fleuve, ma chère.

Mam'zelle Coco réfléchit quelques instants, le front plissé.

— Dame, si c'est comme ça, je crois bien que j'vas tout bonnement renoncer à la croisière.

— Ça me paraît en effet plus raisonnable.

Le repas était terminé quand on sonna à la porte d'entrée. Mam'zelle Coco fit mine de lever son popotin de la chaise en râlant, mais Rabinière la pria poliment de rester assise. Il se leva, quitta la pièce et se dirigea vers la porte d'entrée du manoir qu'il ouvrit. Un petit homme se tenait debout sur le perron. Barbu, les cheveux longs, il était vêtu de guenilles et d'une couverture passée sur les épaules et tenait un âne à la longe (qui, par parenthèse, était en train de brouter les rosiers de mam'zelle Coco).

— Salut Toto, c'est ici qu'on boit un coup ? dit le petit homme.

— Mais certainement, répondit le seigneur du Haut-Plessis. À qui ai-je l'honneur, cher monsieur ?

— Jésus, dit sobrement le petit homme en tendant la main.

— Jésus… comme Jésus-Christ ? s'informa Rabinière en la serrant.

— Lui-même. Pote-Jésus pour les intimes.

Il montrait ses mains, paumes ouvertes ; elles avaient chacune la trace d'une vieille blessure au beau milieu, comme un cal noirâtre.

— Diable, lâcha Rabinière.

— Je te le fais pas dire, Toto.

Il entra dans le vestibule en tirant son âne, mais mam'zelle Coco surgit de la salle à manger alors que l'animal avait déjà deux sabots à l'intérieur.

— Salut, Beauté, lui lança Pote-Jésus.

— V'là aut'chose, râla-t-elle. Les ânes, ça reste dehors. Et on s'essuie les nougats avant d'entrer.

Elle repoussa l'âne qui se cabra, puis, remarquant des pétales de roses qui lui sortaient de la gueule, elle jeta un coup d'œil à son parterre de fleurs.

— Mais y m'a bouffé mes roses, ce saloperie. J'vas l'transformer en salami, ma parole. Allez, demi-tour, erreur de la nature.

L'âne se mit à braire. Mam'zelle Coco lui donnait des claques sur le museau. Elle essayait de le faire reculer, le poussait par le col, s'adossait sur sa tête, faisait peser tout son poids. L'âne ne bougeait pas et gueulait tout ce qu'il pouvait. Pote-Jésus rigolait.

— Je vous présente Ali Baba, une fameuse tête de mule, vous l'aurez remarqué. Quand y veut pas, y veut pas. Parfois, y bloque comme ça pendant des deux-trois jours. Y a plus qu'à prendre son mal en patience.

— Deux-trois jours, ça me ferait mal, siffla mam'zelle Coco. Dans cinq minutes, je sors le hachoir et j'y transforme en salami.

— Il n'y a qu'à le laisser là, trancha Rabinière.

— Bonne idée, répondit Pote-Jésus.

Il attacha la longe à la poignée de la porte et pénétra dans la salle à manger à la suite du comte. Au mur, il y avait des tapisseries et des portraits antiques d'hommes en perruque. Pote-Jésus regarda autour de lui en sifflant. Le seigneur du Haut-Plessis le pria de s'asseoir, ce qu'il fit en saluant Berthelot et Cro-Magnon.

— Salut les poteaux, c'est bon la graille ?

Berthelot fronça les sourcils. Le nabot lui disait quelque chose. Pote-Jésus se servit un verre d'Anjou et se frotta les mains. Rabinière demanda à mam'zelle Coco d'avoir l'obligeance de réchauffer le restant de civet de lièvre pour leur nouvel hôte (elle haussa les épaules et râla) et se rassit à sa place.

— Alors, mon ami, d'où nous venez-vous comme ça ?

— Oh là là, je rentre d'un long voyage, Toto ! Deux fois le tour du monde pour apporter la bonne parole. À la bonne vôtre.

Il vida son verre de vin cul sec, s'en servit un autre.

— Avec votre âne ? questionna le comte.

— Pardi. C'est toujours mieux qu'en trottinette.

L'âne ! Ça y est, Berthelot se souvenait. Il avait croisé ce clodo à plusieurs reprises dans la région ces derniers mois. Il avait même failli le renverser à la sortie d'un village, avec son bourricot tout râpé.

— Deux fois le tour du monde, répéta Cro-Magnon, songeur. Et t'as traversé quels pays au juste ?

— Tous, je crois.

— Tous les pays du monde ?

— Ben ouais, Toto.

— Et la Chine, tu l'as traversée ?

— Possib'.

— Comment ça, possible, intervint Berthelot.

— Ben possib', quoi. Quand je voyage, je suis concentré sur l'âne et je ne vois rien du tout.

— Et l'Amérique ? demanda Cro-Magnon.

— Quoi, l'Amérique.

— Tu l'as traversée, l'Amérique ?

— J'crois bien.

— Tu te rappellerais pas d'un monument ou d'un truc typique que t'aurais vu par là-bas ?

— Non, rien du tout... Ah, si, je me souviens des nuages qu'étaient tout blancs.

Cro-Magnon et Berthelot commencèrent à se faire des clins d'œil. Ce Pote-Jésus avait l'air d'un sacré farceur. Il disait que, quand il voyageait, c'était son âne qui décidait de la direction pour lui. Il disait également qu'il avait toujours tout fait à pied, jamais pris le bateau ni l'avion (forcément, avec un âne).

— À mon avis, t'as fait le tour du bocage, annonça Cro-Magnon.

Pote-Jésus se vexa et haussa plusieurs fois les épaules. Mais ça ne dura pas longtemps car mam'zelle Coco venait d'entrer avec une assiette de civet qu'elle déposa devant lui.

— Merci, Beauté, ça sent rudement bon.

Il attaqua son civet, déclara entre deux bouchées qu'il n'avait jamais rien mangé d'aussi bon. C'était bien la première fois que quelqu'un faisait un compliment de ce genre à mam'zelle Coco. Elle-même n'en revenait pas. Elle se mit à rougir, à se tortiller de plaisir sur sa chaise. De ce moment-là, Pote-Jésus devint son petit protégé.

Quand il eut fini son assiette, Pote-Jésus s'essuya la bouche, fit un petit rot et se mit à prêcher. Son truc, c'était la nouvelle Nouvelle Alliance qu'il entendait proposer aux hommes de bonne volonté. Il disait qu'il était l'émissaire d'une vieille civilisation située sur une planète d'un système solaire distant de cinquante-cinq années-lumière de la Terre, la planète Mer, civilisation qui nous surveillait (nous, les Terriens) depuis vingt-cinq mille ans et organisait régulièrement des expéditions de reconnaissance et de prélèvements d'espèces. Par une ironie de l'histoire intergalactique, sa planète s'appelait Mer, mais la mer sur Mer se disait ter, si bien que l'été sur Mer on allait au ter, quand sur la Terre on allait à la mer. Cro-Magnon se mit à loucher.

— T'es alcoolique ? demanda Berthelot.

— On a tout classé, tout étudié, tout conservé, continua Pote-Jésus. On a des zoos avec des cailloux, des plantes et des animaux… On a même des dodos de l'île Maurice.

— Il faut être sacrément cons pour mettre des cailloux dans des cages, remarqua Berthelot.

D'après Pote-Jésus, les expéditions de la planète Mer n'avaient jamais cessé tout au long de l'histoire humaine, mais toutes n'avaient malheureusement pas toujours fait preuve de la plus grande discrétion. Pour ne parler que des bavures les plus récentes, en 1949, un collègue, victime d'un crash, fut capturé par l'armée américaine et gardé en détention à Los Alamos jusqu'en 1953, date à laquelle il mourut de mélancolie. En 1965, à Valensole, une expédition chargée de collecter de la lavande fut surprise en pleine nuit par un paysan qui tira un coup de carabine sur le vaisseau en second, esquintant le carburateur atomique. Quant à l'expédition de 1989-1991, la dernière en date, n'en parlons pas, elle fut désastreuse sur tous les plans. Elle ne ramena aucune espèce nouvelle, se fit repérer par des milliers de badauds et se termina par la prise en chasse du vaisseau amiral par deux F-16 de l'armée belge pendant près de deux heures !

Pote-Jésus se resservait verre sur verre. Il était parti maintenant, loquace comme trente-six mille perroquets. Il dissertait sur sa nouvelle Nouvelle Alliance. Il disait qu'il était temps d'établir une nouvelle relation entre Terre et Mer, fondée sur la reconnaissance réciproque, et pourquoi pas d'organiser des échanges commerciaux en bonne et due forme. Il disait également qu'il était chez lui l'équivalent d'un général cinq étoiles et qu'il avait été choisi pour cette mission délicate qui consistait à faire connaître l'existence de Mer et à rassurer les humains sur ses intentions, fort pacifiques, il va sans dire. Qu'avions-nous à y gagner, nous autres Terriens ? Eh bien, à peu près tout. La vieille civilisation de la planète Mer était très avancée dans divers domaines et se proposait de partager certains savoirs avec les habitants de la Terre. Exemple parmi mille : sur Mer, la morve du nez avait été éradiquée voici plus de sept siècles, si bien que l'on avait complètement perdu l'habitude de se moucher. Autre exemple : on avait développé une force mentale télépathique qui permettait de rapprocher les objets par la seule volonté.

— On sait par chez moi ouvrir un frigo et téléporter une canette de bière jusqu'à soi sans bouger, expliquait Pote-Jésus.

Les habitants de la planète Mer avaient une véritable passion pour la glace à la fraise. En échange du transfert de technologie qu'ils étaient prêts à concéder aux habitants de la Terre, ils ne demandaient ainsi qu'une seule chose : le monopole du commerce mondial des fraises. Cette condition n'était pas discutable. Au final, Pote-Jésus était assez content de sa mission et assura n'avoir jamais été victime du racisme ni de l'antisémitisme.

Il se tut enfin, s'étira en bâillant, se resservit un verre d'Anjou et se mit à siffloter.

— Bien, bien, bien..., répéta Rabinière, légèrement sonné.

— Putain de merde, murmura Cro-Magnon, les yeux ronds.

Un ange passa.

— Alors, comme ça, vous êtes général ? s'exalta finalement mam'zelle Coco. J'm'en serais doutée, va. Une telle classe. Une telle tenue. Un tel goût. Ah, ça nous change bien des va-nu-pieds qu'on a l'habitude de voir par ici, j'vous jure.

— Merci, Beauté, répondit Pote-Jésus en clignant de l'œil.

Il but encore deux ou trois verres de vin et se mit à se curer soigneusement les dents avec la pointe de son couteau.

Chapitre 7

Cro-Magnon avait un copain sur le domaine, un ancien militaire comme lui. Il avait pris le parti des omnivores et vivait ainsi sur les terres du Haut-Plessis, les nudistes s'étant progressivement regroupés de l'autre côté de la colline du Clossin, au lieu-dit la Petite-Touche, au bord de la rivière. Il s'appelait Joseph, c'était un solitaire. Il était toujours vêtu de noir et se promenait avec un corbeau apprivoisé sur l'épaule droite. Il possédait une vache et un petit poulailler, travaillait seul son lopin de terre et vendait le surplus au marché du Bourgneuf-la-Forêt. Il avait un fusil de chasse accroché au mur de sa cabane, dont il se servait quelquefois pour tirer des lapins ou des perdreaux, si bien que Louis le considérait comme un dégénéré doublé d'une brute. Joseph détestait les brouteurs d'herbe, mais désirait secrètement Ninette, même s'il ne l'avouait à personne. Quand il allait se laver à la rivière et qu'il l'apercevait, avec ses seins lourds et sa toison dorée scintillant au soleil, il se mordait la lèvre inférieure, plongeait dans la rivière et criait des obscénités sous l'eau. Son corbeau l'attendait, perché sur la branche d'un aulne. Un jour, Ninette l'avait rejoint dans la rivière et lui avait proposé de faire l'amour. Et ton mari? avait demandé Joseph. Ninette avait rigolé avant d'évoquer la liberté des corps et des consciences. Joseph avait refusé l'offre en se drapant dans sa morale. Depuis, il soupirait plusieurs fois par jour en repensant à la scène.

Cro-Magnon avait décidé d'aller le saluer. Il descendit dans les prés derrière le manoir, accompagné de Berthelot et de Pote-Jésus qui tenait Ali Baba à la longe. Pote-Jésus regardait autour de lui, admirait les petits potagers. L'âne s'arrêtait tous les cinq mètres pour brouter.

— C'est chouette ici, Toto. Ça me rappelle ma planète, dit-il au bout d'un instant.

Berthelot soupira.

— Dis donc, l'avorton, tu vas continuer longtemps à nous prendre pour des cacahouètes? demanda-t-il.

— Qu'est-ce que tu veux dire par là? répliqua Pote-Jésus.

— Général cinq étoiles, hein?

— Parfaitement.

— Et amateur de glace à la fraise par-dessus le marché…

— Et alors?

Cro-Magnon et Berthelot ricanèrent.

— À mon avis, t'as pas sucé que de la glace à la fraise dans ta vie, fit remarquer Cro-Magnon.

Pote-Jésus haussa les épaules et tira Ali Baba. Ils arrivèrent à la cabane de Joseph. Il était assis par terre devant la porte d'entrée, en train de se frotter les pieds avec des écorces sèches de bouleau. Son corbeau Hugin, debout à côté de lui, s'éloigna en sautillant quand il vit l'âne et se percha finalement sur le toit de la cabane d'un coup d'aile. Les hommes se saluèrent. Cro-Magnon présenta Pote-Jésus à Joseph.

— C'est un extraterrestre. Il vient d'une planète où on ne se mouche jamais.

— Ah bon, répondit Joseph en continuant à frotter ses pieds.

Joseph était vosgien, de Cornimont. Il avait passé sa jeunesse dans la forêt. Il était très versé dans l'art des plantes, si bien qu'il était devenu le médecin de la communauté. Il faisait sécher des feuilles, des baies, des écorces, concoctait des poudres qu'il gardait dans des sacs de jute et qu'il distribuait aux paysans pour soigner les lumbagos, les maux de ventre ou les constipations. Il avait été para pendant quatre ans, puis plus ou moins nazi (viré de l'armée pour avoir tendu le bras droit vers la lune), buveur de bière et revanchard, et enfin mécanicien dans un grand garage du Mans. C'est là qu'il avait eu son illumination primitiviste. Il s'était mis à prendre en grippe les bagnoles, la télévision, les boîtes de nuit, les fruits industriels, les lampadaires et les ordinateurs et avait plongé dans le clochardisme avant de s'installer quinze ans auparavant dans le domaine, d'y cultiver la terre et d'y élever des poules gâtinaises. Sa cabane en rondins, construite sur pilotis, était entourée d'un beau balcon sculpté d'un mètre de large. Elle n'avait qu'une pièce, laquelle était meublée d'un lit, d'une table rectangulaire, d'une commode et d'un poêle posé au milieu, recouvert d'une plaque de cuisson en fonte et relié à la cheminée par un conduit en coude. L'odeur de la viande qu'il y faisait griller, quand il y avait un vent d'ouest, allait polluer ceux de la Petite-Touche qui s'en plaignaient. À présent, Joseph cherchait une femme car il voulait fonder une famille, agrandir sa cabane et oublier Ninette la dépravée.

Ils burent un verre autour de la table en bois, dehors, et décidèrent d'aller faire un tour chez les nudistes. Joseph devait récupérer des carottes en échange desquelles il cédait discrètement des œufs durs à certains tricheurs qui n'arrivaient pas à suivre le strict régime crudi-végétarien et sa célèbre salade basconnaise inventée par le guide d'humanité Louis Rimbault en 1911 : « Toutes verdures potagères, toutes salades, tous légumes verts sont coupés fins, lavés à l'eau salée, rincés à l'eau courante, non épluchés, le tout assaisonné au citron. » Un régal dont on ne se lassait jamais.

Le corbeau Hugin vint se percher sur l'épaule de Joseph et ils se dirigèrent vers la colline du Clossin, saluant au passage ceux qui travaillaient dans les champs. À la Petite-Touche, les potagers étaient collectifs. Quelques nudistes y bêchaient paresseusement, à poil sous un chapeau de paille, mais la plupart faisaient la sieste à l'ombre en cet après-midi ensoleillé. Pote-Jésus regardait autour de lui de manière soupçonneuse à présent, les sourcils froncés, l'air mauvais. Ils contournèrent un petit étang, passèrent une haie. Soudain Ninette surgit de derrière un massif de chênes et les héla. Elle revenait de la rivière, les cheveux mouillés, le corps recouvert de gouttes d'eau brillant au soleil, les tétons durcis par le froid. Elle était grande, superbement faite : la peau dorée, la chair ferme, le ventre plat, des seins généreux aux tétines roses, des bras aux longs muscles de travailleuse, un fessier solide, une épaisse toison blonde cachant l'abîme mystérieux. Pote-Jésus avala sa salive et laissa tomber la longe d'Ali Baba. Joseph se renfrogna.

— Salut Ninette ! lui lança Cro-Magnon.

Elle vint leur faire la bise, frôlant leur torse de sa poitrine. Le plus dur avec Ninette, c'était de la regarder dans les yeux, qu'elle avait bleus et beaux pourtant. Comme la pomme de Newton, le regard des hommes était constamment attiré vers le bas à cause de la fameuse loi de l'attraction. Cro-Magnon était le plus décontracté en la matière. Son esprit était tellement occupé par Léonie que Marilyn Monroe elle-même aurait pu ressusciter et s'offrir à lui dans une pose suggestive, il n'aurait eu aucune idée coupable.

Ninette était une militante prosélyte, certes, mais ce qu'elle voulait avant tout, c'était l'harmonie de la communauté tout entière. Les querelles entre mangeurs de cadavres et brouteurs d'herbe la fatiguaient. Elle leur proposa de venir boire un jus de myrtille chez elle dans l'espoir que Joseph et Louis finiraient par se réconcilier. Joseph bafouilla qu'il avait les poules à nourrir, mais elle insista et lui caressa délicatement la joue en lui décochant un sourire charmeur. Joseph baissa la tête. Tous les quatre la suivirent. Pote-Jésus marchait comme hypnotisé, le regard collé aux fesses musclées qui roulaient de droite à gauche et de gauche à droite. Cro-Magnon récupéra la longe et se coltina Ali Baba qu'il tira sans ménagement.

La maison de Louis et Ninette se dressait à la lisière d'une petite forêt. C'était une vaste yourte composée d'une armature en bois, avec des parois verticales en treillage maintenues par une bande de compression supportant une succession de lattes et formant un chapiteau terminé par une ouverture centrale. Le tout était recouvert d'un feutre de laine pris en sandwich entre deux toiles de coton. L'intérieur présentait un solide plancher en bois impeccablement balayé, au milieu duquel trônait le foyer pour se chauffer l'hiver, et meublé d'une large couche en paille et d'un coffre en bois où étaient rangées les peaux de bêtes que le couple revêtait pendant la saison froide. C'était la seule yourte du domaine et Louis en était très fier. Il était assis sur l'herbe, à poil, les jambes écartées, en train de fabriquer un panier avec des lianes de chèvrefeuille qu'il tressait patiemment. Il était très beau lui aussi, mince et musclé, la peau dorée, les yeux clairs, une barbe blonde clairsemée en broussaille et des cheveux blonds, également, lui tombant sur les épaules. Quand il vit Joseph, son visage s'assombrit. Ils se saluèrent néanmoins. Cro-Magnon attacha la longe à un arbre et les arrivants s'assirent dans l'herbe à côté de Louis.

— Je les ai invités à boire un jus de myrtille, dit Ninette.

— Mmmh, répondit Louis en croisant et en entrelaçant ses lianes.

— Z'auriez pas plutôt un petit coup de pinard, demanda candidement Pote-Jésus qui suait à cause de la chaleur (et peut-être aussi à cause de l'émotion causée par Ninette).

Louis le fusilla du regard.

— Faut pas lui en vouloir, rectifia Cro-Magnon. C'est un extraterrestre. Il est pas au courant des coutumes.

— Un extraterrestre ? répéta Louis en ricanant méchamment. Il m'a pourtant tout l'air d'un petit Terrien dégénéré qui pue la vinasse. Exactement ce qu'attendent les exploiteurs de tout poil : un collabo docile abruti par l'alcool qui se soumet aux institutions et laisse le monde filer au désastre.

Pote-Jésus écarquilla les yeux.

— Le désastre, bafouilla-t-il. Quel désastre ?

— Quel désastre ? répéta Louis en haussant le ton. Ha, ha ! Quel désastre ? Si ça se trouve il vient vraiment d'une autre planète, ce sacré rigolo. Quel désastre ? Celui de la chimie et de la mécanique, pardi ! Celui du soi-disant progrès qui ravage tout ! Celui du commerce et de l'argent roi ! Celui de la civilisation qui a dénaturé les hommes et les a rendus faibles, malades, chétifs, cancéreux, informes, dépravés, onanistes, sodomites et parkinsoniens !

— Parkinsoniens, répéta Berthelot.

Louis posa son panier, s'exalta pour de bon.

— Je tiens la civilisation pour le grand fossoyeur de l'humanité, déclara-t-il avec emphase. Le civilisé vit certes plus longtemps qu'auparavant, mais dans quel état ! Coupé de la nature et de ses instincts, il a perdu son énergie vitale et végète dans les villes pestilentielles et bruyantes, névrosé, faible, débile, aveuglé de lumière électrique, décérébré d'informatique, abruti de viande, de vin, de chimie, de travail absurde et de loisirs infantilisants, bercé par le rythme infernal de l'accumulation sans fin, baignant dans une orgie de science dont il se délecte sans même savoir pourquoi, et tout cela pour le plus grand profit des exploiteurs et des vandales gouvernementaux ! L'État est une prison, camarades ! La société, un asile de fous où la police monte la garde au profit des capitalistes ! La civilisation est consubstantielle à la terreur !

Il reprit son petit panier et se remit à tresser ses lianes de chèvrefeuille. Ninette apporta le jus de myrtille dans de petites tasses en céramique.

— Ah bah, t'as dû en lire des livres pour savoir tout ce que t'sais, déclara Cro-Magnon.

— J'en ai lu quelques-uns, répondit Louis. Mais la plupart sont inutiles, remplis de bavardages et de mensonges. Je tiens l'intellectualisme pour une maladie de la civilisation qui rend les hommes blafards et rabougris. En outre, cela fait trois cents ans que les philosophes doutent de tout, sauf de l'essentiel : la nécessité de vivre dans une société civilisée. Nul besoin de livres pour savoir comment vivre, croyez-moi. D'ailleurs, je suis contre l'écriture.

— Ah.

— Tu dis la civilisation, c'est de la merde, intervint Berthelot. C'est pas un peu exagéré, quand même ?

— Exagéré ? En abandonnant la nature pour la civilisation, l'homme est passé de l'harmonie à la tyrannie, de la liberté à l'esclavage, de l'abondance à la misère, de la virilité à la corruption, de l'union libre à la prostitution, de la vie simple au luxe, des besoins naturels aux besoins factices. Exagéré !

— C'est quoi un besoin factice ? demanda Pote-Jésus.

— Ta chemise. Ton pantalon. Ton caleçon. Tes chaussures. Ta montre.

— Elle est factice, ma montre ?

— Elle te possède. Moi je sais qu'il est l'heure de manger quand j'ai faim, qu'il est l'heure de dormir quand j'ai sommeil, qu'il est l'heure de produire mes légumes quand la nature le commande.

— Et mon pantalon ?

— Il ne sert à rien. D'ailleurs, tu sues, tu as trop chaud, tes testicules marinent dans une humidité malsaine quand les miens sont rafraîchis par la brise.

Pote-Jésus semblait soudain intéressé par le propos. Il se grattait la tête. L'idée d'avoir les couilles au frais le séduisait. Un truc l'embêtait néanmoins.

— Ouais, mais le jaja, ajouta-t-il, pourquoi ne pas en boire un petit coup de temps en temps ? Ça fait de mal à personne, après tout. C'est comme qui dirait naturel. Et puis les Égyptiens trinquaient déjà, pas vrai ?

— Les Égyptiens étaient des dégénérés, affirma Louis avec mépris.

— Alors tout le monde est dégénéré à ce compte-là…

— Non, pas tout le monde. La dégénérescence a commencé il y a environ quatre cent mille ans avec la domestication du feu et la cuisson des aliments. C'est la terrible chute originelle, plus tard accélérée par la découverte de l'agriculture et de l'élevage, par la fondation des villes et l'arrivée de la civilisation maudite. À ce moment-là, on peut considérer que c'est déjà complètement foutu.

Joseph, qui n'avait encore rien dit, s'emporta soudain.

— Ton homme idéal, c'est qu'un gros singe, Louis ! La cuisson de la viande a permis à l'étau musculaire de la mâchoire de se relâcher et a favorisé l'expansion du crâne et de l'intelligence. Moi aussi j'ai lu des livres !

Louis ricana.

— J'ai toujours su que t'étais un progressiste, Joseph…

— Progressiste, moi ? Répète un peu !

— La viande est un poison toxique qui rend nerveux, irritable et violent, il n'y a qu'à voir ta réaction, elle est typique d'un mangeur de cadavres, sanguin et belliciste. Toutes les guerres sont le fait de nécrophages dégénérés. La viande fétide provoque cauchemars et diarrhées et détruit l'espèce humaine à petit feu. Et je ne parle pas de ce droit ignoble que l'on s'est octroyé d'assassiner les animaux !

Pote-Jésus tordait sa bouche dans tous les sens et se grattait toujours la tête.

— Et pour l'amour ? dit-il enfin.

— Quoi, pour l'amour ? demanda Louis.

— Je veux dire, vous êtes pour ou contre ?

Ninette rigola.

— Bien sûr qu'on est pour, répondit Louis. C'est un besoin naturel au même titre que la faim et la soif. Il n'y a aucun mal à l'étancher tant que les vices apportés par la civilisation ne le pervertissent pas.

— Les vices ?

— La sodomie. Les pratiques répugnantes.

— Vous êtes contre la sodomie ?

— Nous condamnons les pratiques répugnantes et contre nature causées par l'affaiblissement du système nerveux, le désir débridé qui n'est qu'un symptôme de la panique liée à la dégénérescence terminale. Quand une espèce se met à avoir des comportements sexuels erratiques et boulimiques, c'est le signe très certain de sa disparition prochaine. La sexualité de nos contemporains, et notamment leur onanisme fanatique, ne laisse aucun doute sur l'issue à court terme de l'humanité, qui consacrera bientôt l'essentiel de son temps et de son énergie à assouvir un désir morbide et pathologique avant de disparaître dans la folie sexuelle. Grâce à notre colonie, nous pourrons alors repartir du bon pied.

— Ben dis donc…

— En revanche, le désir sain des corps et la jouissance sans honte sont considérés par nous comme relevant du sauvagisme le plus naturel, ajouta Ninette. Rien de plus idiot que le sentiment de propriété du corps d'autrui.

Joseph baissa la tête. Pote-Jésus balbutia :

— Alors, ça veut dire… euh… que vous faites… euh… l'amour…

— Avec qui je veux.

Le nabot rougit. Joseph se leva.

— Faut que j'aille nourrir mes poules, annonça-t-il.

— Je remonte avec toi, dit Cro-Magnon.

Ils finirent leur jus de myrtille, se levèrent tous, remercièrent Ninette pour l'invitation et saluèrent le couple.

Sur le chemin du retour, Pote-Jésus était songeur. Il pensait à Ninette tout en grimaçant au souvenir du jus de myrtille. Il l'imaginait couchée sur le dos, mais bientôt elle se transformait en bouteille de vin rouge! Il soupirait, vivait une sorte de dilemme cornélien. Ninette ou le jinjin.

— Alors, tu vas l'enlever ton froc ou non? demanda Berthelot.

Pote-Jésus haussa les épaules.

— Faut que je réfléchisse, Toto. Sûr que c'est pas idiot ce qu'il dit, le Louis. Ça donne à réfléchir sur le monde tel qu'il va...

— Ben voyons.

Joseph regagna sa cabane, Cro-Magnon, Berthelot et Pote-Jésus remontèrent vers le manoir. Mam'zelle Coco vint soudain vers eux en agitant la main et en les hélant. Elle avait acheté de la glace à la fraise et préparé une des plus belles chambres du manoir pour Pote-Jésus.

— Venez donc boire un verre, cher général, dit-elle en lui prenant le bras. Vous me raconterez vos exploits... Ce soir, je vous servirai un bon repas qui s'achèvera par une délicieuse glace à la fraise...

Pote-Jésus la suivit en tirant son âne.

— Il va se la couler douce ici, le nabot de l'espace, dit Berthelot en le regardant s'éloigner.

— Ah bah, la vie est courte après tout, répondit Cro-Magnon.

Chapitre 8

Berthelot regagnait la place de l'église où était garée sa voiture. Il avisa un petit café, y pénétra, sa mallette de représentant à la main. Une horrible valse musette à l'accordéon chuintait d'une petite radio posée à même le comptoir. Le bistrot était désert, hormis le patron qui lisait son journal adossé au percolateur. Berthelot commanda une bière et la but debout devant le zinc. Sa paupière tremblait. Il secouait la tête, soupirait, serrait les dents. Ce soir, c'était la grande réunion trimestrielle des représentants ! « T'as intérêt à te pointer avec une promesse de vente », lui avait dit Boulbanec. Une promesse de vente ! Et comment que je fais ? Je prends un vieux par les cheveux et je lui cogne la tête contre un mur jusqu'à ce qu'il signe ? Il grimaça. Sa colère avait dorénavant pour cible ses clients potentiels. Ça lui paraissait anormal que ces vieux schnoques refusent qu'on les aide. Il les imaginait se traînant dans les escaliers, grimpant laborieusement une marche après l'autre, toujours du même pied, comme les enfants ! Sans parler des risques de chute ! Il avait perdu son sang-froid tout à l'heure, avait accusé un couple de retraités de refuser le progrès !

Il termina sa bière, en commanda une deuxième. Les retraités l'avaient laissé entrer chez eux, il avait inspecté leur escalier, un escalier idéal pour le petit aménagement technologique qu'il leur proposait, un escalier qui n'attendait que ça ! Il s'était fait éloquent, persuasif, authentique, charmeur… un vrai pro. Il suffit d'installer un petit monorail, là, à droite, discret comme tout… Un fauteuil là-dessus, une manette de commande fixée sur l'accoudoir, et roulez jeunesse ! Quand le monte-escalier arrive en fin de trajet, on fait pivoter le fauteuil pour se retrouver dans l'axe du palier. Un système de détection automatique bloque le siège au moindre obstacle… Sécurité absolue… conforme aux normes européennes… On exporte nos produits aux Allemands ! « Ce ne serait pas très beau, ce rail en aluminium », avait tranché le vieux. Bon sang, la beauté ! Il faisait à présent de grands gestes au milieu du café. Le patron l'épiait derrière son journal. On leur parle progrès, ils répondent beauté ! Berthelot était dégoûté de l'humanité. Il avait envie de se lamenter sur son sort. En six mois de boulot, il avait obtenu deux rendez-vous technicien qui n'avaient pas abouti et n'avait vendu au final qu'un déambulateur à cent quarante-neuf euros. Ce soir, ça allait être sa fête.

— Vous ne seriez pas intéressé par un monte-escalier électrique ? demanda-t-il au patron du café.

Celui-ci fronça les sourcils. Il se demanda l'espace d'un instant si le type devant lui n'était pas sinoque.

— Un monte-escalier électrique, répéta-t-il en repliant son journal.

— Je vends des monte-escaliers électriques, reprit Berthelot. Je me demandais si, par hasard, ça ne pourrait pas vous intéresser. C'est du bon produit. On est les leaders sur le marché. On vend aux Allemands.

— Ça sert à quoi ? demanda le patron.

— À monter les escaliers électriquement, répondit Berthelot.

Le patron se mit à réfléchir en se caressant le menton.

— Vous devriez plutôt vous lancer dans les congélateurs, dit-il au bout d'un moment. On surgèle tout maintenant. Les légumes, les viandes, les poissons, et même les plats tout préparés. Pour ma part, j'en ai déjà un, mais j'en cherche un deuxième. Un gros, au moins trois cents litres, de type bahut. Quand mes gosses étaient petits, je n'osais pas avoir un truc comme ça chez moi, j'avais trop peur qu'il y en ait un qui tombe à l'intérieur et que la porte claque sur lui. C'est arrivé en Amérique il y a trente-deux ans, dans l'État du Michigan. Un môme se penche pour chercher un *ice cream*, il bascule sans un cri, le couvercle se referme, on le retrouve surgelé le lendemain matin, la bouche et les yeux grands ouverts. Je peux vous dire que ça a hanté les nuits de ma femme. Du coup, j'ai toujours eu des congélateurs de type armoire. Mais aujourd'hui, la petite a quatorze ans, alors je suis tranquille sur ce point. Oh, je dis pas qu'elle n'est pas un peu farfelue sur les bords, mais pas au point de tomber dans un congélateur et d'y être surgelée. Sacrée Caroline ! Vingt sur vingt au dernier contrôle de mathématiques tout de même. Hé, hé ! Des monte-escaliers, hein ?

— C'est ça.

Il se caressa à nouveau le menton, secoua finalement la tête.

— Non, ça ne m'intéresse pas. Monter un escalier pour moi, ça ne devrait pas poser de problème. Pour vous le dire franchement, j'aurais l'impression de jeter mon argent par les fenêtres. Tandis qu'un congélateur, ça rend bien des services, surtout l'été. Et puis, pour les chasseurs, c'est très pratique, ça permet de garder les gigots de chevreuil plusieurs mois. Remarquez, je ne suis pas chasseur, mais mon père l'était, ainsi que mon grand-père. Je ne sais pas si mon fils le sera, il décidera à sa majorité. C'est que ça coûte cher, maintenant, un permis de chasse ! Et puis, de toute façon, il n'y a plus rien à chasser dans le pays, à part les sangliers qui pullulent. Tiens, pas plus tard qu'hier soir, mon cousin s'en est pris un sur la route de Gorron. Un mastard. Cent quarante kilos. Tué net, dis donc. Vous auriez vu l'état de la voiture. Notez qu'il a eu le bon réflexe. Dans ces cas-là, ce qu'il ne faut surtout pas faire, c'est chercher à éviter la bête, c'est un coup à partir dans le décor. Tant pis pour le cochon, c'est ainsi qu'il faut savoir raisonner dans l'urgence. Il a dû appeler un copain pour le charger dans le coffre… Ah, parce que vous croyez qu'il allait le laisser sur le bord de la route ? Vous connaissez mal mon cousin. Pour cent quarante kilos de bidoche à l'œil, il ferait le tour du monde en patins à roulettes. À la quête, il fait toujours semblant de donner. Il plonge le poing fermé dans la corbeille et fait mine de déposer une pièce, la gueule en extase. Sauf qu'il n'y a rien dans la main, vous pouvez me faire confiance…

— Excusez-moi, l'interrompit Berthelot en clignant de l'œil. Pourquoi vous me parlez de votre cousin ?

— Parce qu'il a tapé un sanglier, pardi.

— Mais pourquoi vous me parlez de… sanglier ?

— Je crois bien que c'est rapport aux congélateurs, si je remonte proprement le fil de la conversation.

— Oui, mais moi je vends des monte-escaliers.

Le patron secoua la tête et se mit à astiquer le bar avec son torchon.

— Alors là, évidemment… Vous voulez que je vous dise ? Selon moi, c'est un business qui manque de poésie.

— Merci du conseil.

— Pas de quoi.

Berthelot paya sa bière et sortit du bistrot. À peine la porte refermée, il hésita à retourner dans le café péter la gueule au taulier ! Il s'imagina faire demi-tour, s'approcher du bar en silence. Vous avez oublié quelque chose, monsieur ? Boum ! Une patate ! Il ricana méchamment, regagna sa voiture. « Tordu, va ! » lâcha-t-il à haute voix en s'installant dans l'habitacle. Il démarra, sortit du village et rejoignit la nationale 162 en direction d'Angers, où avait lieu la réunion. Il fumait cigarette sur cigarette, essayant de calmer ses nerfs. Revoir Boulbanec ! Ses mains se crispaient sur le volant. Il contourna Laval, mit vingt euros d'essence dans sa bagnole. Il connaissait tous les radars de la région, mais se fit pourtant flasher dans le virage à la sortie d'Entrammes, là où finit la double voie. Les salauds avaient déplacé le radar de deux cent cinquante mètres ! Berthelot ne voyait que fourberie partout, complot dirigé contre lui. Il avait aperçu un type, un jour, en train de s'acharner à coups de batte de base-ball sur un de ces engins diaboliques. Il avait klaxonné pour exprimer sa solidarité.

Il arriva à dix-sept heures trente à l'hôtel Ibis. Quelques collègues étaient déjà au bar, donnant sur la réception, en train de picoler. Il y avait Éric Velasquez, du Nord, Fabrice Hegelschmidt et Jean-Bernard Planchette, tous les deux du Sud-Ouest, Francis Bastiano, du Sud-Est, Pascal Simon, de l'Est, Hélène Montfort, la seule femme de l'équipe commerciale, qui s'occupait de la vallée du Rhône, et Gérard Arnaud, du Centre. Arnaud le blaireau ! Berthelot fit semblant de ne pas les voir et gagna la réception. Mais Arnaud le héla.

— Eh, mais c'est Berthelot ! Salut, Berthelot ! Alors, ma poule, on salue plus les collègues !

Berthelot prit l'air étonné et s'approcha du bar. Il souriait jaune. Il serra la main des hommes, fit la bise à Hélène Montfort. Elle avait un de ces décolletés ! Berthelot y plongea furtivement le regard, ce qui n'échappa pas à Arnaud.

— Eh ben, faut plus se gêner, Berthelot ! Note que je te comprends… Elle est sacrément roulée, Miss Côtes du Rhône !

Il donna des coups de coude à son voisin qui acquiesça bruyamment. Hélène Montfort riait, flattée d'être au centre de l'attention. À chaque réunion, c'était la même chose. « Miss Côtes du Rhône » arrivait à moitié à poil et déclenchait le concours des singes en rut. Berthelot savait d'ores et déjà qu'il se branlerait en pensant à elle avant de s'endormir, ce qui lui mina le moral.

— Tu bois un coup ? On a encore une demi-heure avant la réunion, proposa Arnaud.

— Tout à l'heure, répondit Berthelot. J'aimerais prendre une douche…

— Comme tu voudras.

Les représentants commandèrent une nouvelle tournée. Berthelot récupéra la clé de sa chambre et y monta. Il dénoua sa cravate, ôta ses chaussures et s'allongea sur le lit. Un mauvais moment à passer, songea-t-il en soupirant.

L'hôtel disposait de deux salles de séminaire, une petite et une grande. La réunion se tenait dans la grande. Les neuf salariés de l'entreprise, les dix « experts-techniciens » et les trente représentants étaient assis sur des chaises face à la scène et attendaient l'entrée du patron, M. Boulbanec *himself*. Berthelot s'était réveillé en sursaut dix minutes avant. Il s'était douché en vitesse, avait remis son vieux costard-cravate et s'était installé à côté de Velasquez et de Planchette, juste derrière Hélène Monfort, encadrée par Arnaud et Bastiano, le beau gosse du Sud-Est. Les deux, échauffés par deux ou trois apéros, la draguaient maintenant ouvertement.

À dix-huit heures cinq, les lumières s'éteignirent tandis que deux amplis se mirent à cracher *We Are The Champions*, de Queen. La salle demeura quelques minutes dans l'obscurité, puis un projecteur bleu éclaira le pupitre placé au centre de la scène, derrière lequel Boulbanec se tenait immobile, tout petit, en bras de chemise, engoncé, les bras levés, les doigts en V, la mâchoire serrée, petit dictateur raté. La salle se mit à applaudir. « *Mama mia* », songea Berthelot. Boulbanec demeura quelques instants dans la même position, immobile, le front déjà perlé de sueur. La musique se tut et la lumière revint. Les applaudissements baissèrent en intensité avant de mourir. Boulbanec jeta un coup d'œil à ses notes posées sur le pupitre. Il avait prévu quatre parties pour son speech : motivation, formation, félicitation, humiliation.

Il commença par la motivation, rappelant brièvement l'histoire de Top Indépendance et insistant sur ses deux intuitions géniales à l'origine de l'aventure : 1) Les vieux vivent plus longtemps. 2) Ils ne veulent pas quitter leur maison. Et la conclusion fondatrice : nous leur donnons la possibilité de le faire ! Applaudissements nourris. « Quel chemin parcouru depuis l'unique monte-escalier proposé il y a vingt ans et la gamme complète d'aujourd'hui ! » s'époumonait Boulbanec. Et d'énumérer la gamme : le Liberté, le Simplicité, le Majesté, l'Ivoire, le Dynastie I et le Dynastie II. L'innovation au service de nos anciens !

Il suait maintenant tout ce qu'il y a d'affreux. Des auréoles maculaient sa chemise sous les bras, ses tempes luisaient. Il était déchaîné, à fond dans la motivation. Il s'agitait, il gueulait dans le micro :

— Top Top Top ?

— Top Indépendance ! répondait la salle d'une seule voix.

— On est au top ? criait Boulbanec.

— On est au top ! répondait la salle.

Le micro sifflait. Boulbanec postillonnait, faisait l'éloge du représentant toujours sur les routes, ne comptant pas ses heures, se battant comme un lion dans la grande jungle commerciale, se donnant à fond, ramenant les contrats avec les dents ! L'ambiance était survoltée. Les commerciaux donnaient des coups de poing dans le vide. Berthelot lui-même était pris aux tripes. Il avait soudain envie de se défoncer pour son boulot ! « Là où il y a un ancien, il y a Top Indépendance ! » gueulait Boulbanec. Il se faisait lyrique, évoquait les maisons les plus isolées des campagnes les plus isolées des régions les plus isolées de France qu'il voulait voir équipées de monte-escaliers électriques de la gamme Top Indépendance ! « S'il y avait des vieux sur la lune, on irait vendre sur la lune ! » hurla-t-il. La salle entra en délire. « Sur la lune ! Sur la lune ! » scandèrent les commerciaux. Boulbanec fit un signe à la sono qui remit *We Are The Champions*. Tout le monde se leva. Certains représentants pleuraient à chaudes larmes.

La chanson achevée, le calme revint petit à petit. Les commerciaux se rassirent. Boulbanec estima que la salle était suffisamment chauffée. Il passa à la présentation de la nouvelle gamme que Top Indépendance lançait sur le marché : les fauteuils Top Confort pivotants, « tous les avantages pour un meilleur repos ». Il fit monter sur scène Valentine, son assistante, ainsi qu'un type en blouse blanche qu'il présenta comme un kinésithérapeute de renom, mais qui avait tout l'air d'être un ivrogne à qui on avait proposé de se faire un bifton. Valentine mit en marche un rétroprojecteur. Un corps humain apparut sur l'écran, de dos, la colonne vertébrale, les hanches et quelques autres points du corps en rouge. Le kiné s'approcha de l'écran avec une longue baguette et commença à recenser les douleurs les plus fréquentes : raideur cervicale, névralgie cervico-brachiale, tendinite, douleurs dorsales et lombaires, sciatique, cruralgie, douleurs à la hanche et aux genoux… L'énumération terminée, il eut manifestement un blanc et demeura quelques instants face à l'écran à se gratter la tête, la baguette posée sur le genou du corps humain. Il se retourna finalement et récita laborieusement :

— Grâce aux fauteuils Top Confort et à leur position de relaxation ergonomique, votre colonne vertébrale et toutes vos articulations sont placées dans une situation… euh… de moindre contrainte… mais le sentiment de bien-être est différent selon la morphologie de chacun, euh… et c'est pourquoi… euh…

— C'est pourquoi nous avons créé ce concept unique de repos personnalisé spécialement conçu pour les personnes ayant des problèmes de jambes lourdes, de mal de dos, de mauvaise circulation du sang, des douleurs aux genoux ou aux chevilles, c'est-à-dire pour nos chers anciens ! continua Boulbanec.

— Voilà, c'est ça, ajouta le kiné en ricanant bêtement.

Les fauteuils Top Confort pivotants, « tous les avantages pour un meilleur repos », étaient le résultat de patientes années de recherche ayant abouti à une technologie de pointe : une mousse haute densité à « mémoire de forme » qui, grâce à ses milliards (dizaines, centaines de milliards ?) de cellules, permettait une adaptation précise du corps au fauteuil. Stabilité absolue au sol, inclinable à volonté, système « relève-personne » avec télécommande, option chauffage et massage automatiques. Plus qu'un fauteuil, le fauteuil Top Confort pivotant était un allié.

Valentine changea l'image sur l'écran. Le fameux fauteuil apparut, cerné de flèches. Il était plutôt moche, triste et mastoc. Boulbanec prit la baguette des mains du kiné et se lança dans la description du produit : le dossier incurvé et moulé au dos de l'utilisateur, l'assise adaptée à son poids et à sa taille (un expert-ingénieur-technicien-ergonome fera les réglages), les soutiens cervicaux et lombaires adaptés à sa morphologie, l'angle d'ouverture des hanches et des genoux permettant le relâchement musculaire et le redressement lombaire, le repose-pieds enfin pour une meilleure circulation du sang.

Il n'existait qu'un modèle pour le moment, dit « modèle universel », avec un choix de quarante tissus de revêtement velours et de vingt-trois cuirs différents. Pendant que Boulbanec parlait, Valentine avait distribué les plaquettes qui récapitulaient l'essentiel du propos. On pouvait également y lire l'avis encadré d'un « kinésithérapeute diplômé d'État », probablement l'ivrogne présent sur scène, ainsi que des extraits de lettres de remerciements de M. Robert B., 76 ans, de Nîmes, de Mme Jocelyne G., 65 ans, de Grenoble, et de quelques autres vieillards comblés par le confort inespéré que leur apportait le magnifique fauteuil, extraits de lettres évidemment rédigés par M. Boulbanec lui-même. Celui-ci termina son laïus en expliquant combien il était facile, en cas de refus d'un monte-escalier (qui demeurait le produit phare de Top Indépendance), de proposer un fauteuil, cinq à dix fois moins cher. « Si vous ne réussissez pas à vendre un tel bijou technologique, c'est que vous êtes vraiment des buses », conclut-il. Les commerciaux applaudirent, Boulbanec remercia le kiné, qui quitta la scène en saluant comme une star, et passa à la suite du programme, le bilan des régions.

Pour le cinquième trimestre consécutif, la palme du meilleur vendeur revenait à Gérard Arnaud, de la région Centre. Il le fit monter sur scène sous les applaudissements, le félicita chaleureusement et lui remit une prime de cinq cents euros en liquide. Arnaud était ému. Il agita les dix billets de cinquante euros et se mit soudain à chialer comme un gosse. Il tomba dans les bras de Boulbanec, l'enlaça, lui tapota le dos, après quoi il sécha ses larmes, fit plusieurs fois le signe de la victoire en riant et en pleurant en même temps, les billets toujours à la main. Boulbanec lui tendit le micro. Arnaud s'éclaircit la voix et le porta à ses lèvres. Les enceintes sifflèrent.

— Je sais pas quoi dire, les gars. C'est… c'est juste dingue ce qui m'arrive. Je réalise pas encore. Merci à Top Indépendance.

Il regagna sa place sous les applaudissements. Quelques collègues le félicitèrent d'une tape sur l'épaule au passage. Miss Côtes du Rhône l'accueillit d'une grosse bise sur la joue sous les sifflets canailles de la salle.

Et puis le visage de Boulbanec se ferma. Une lueur de tristesse passa dans ses yeux. Il s'éloigna du pupitre et fit quelques pas sur la scène en tenant le micro collé au menton.

— Celui dont je veux vous parler maintenant est la plus grande déception de ma carrière, commença-t-il. Quand il a rejoint la grande famille de Top Indépendance, j'ai eu foi en lui. J'ai cru en lui. Je lui ai fait confiance. Il a trahi cette confiance…

Les regards commençaient à se tourner vers Berthelot qui sentait sa poitrine se serrer. « Courage », lui murmura Velasquez en lui serrant discrètement la main.

— Je lui ai confié le joyau de notre empire, continua Boulbanec. La ruralité parfaite. Un territoire en or. Qu'en a-t-il fait ? Je vous le demande à tous : qu'en a-t-il fait ?

Il secoua la tête, s'arrêta de marcher et pointa son doigt sur Berthelot.

— Rien ! hurla-t-il. Pas une vente en six mois ! Viens ici t'expliquer, Berthelot !

Berthelot se leva et gagna la scène dans un grand silence, la tête baissée. Il prit le micro que lui tendait Boulbanec. Il avait sa tête de débile, rongée de tics.

— Ben… euh… pourtant j'essaie, murmura-t-il en haussant les épaules. Je peux dire que je compte pas mon temps… Que même ce matin, j'ai presque réussi… mais les vieux, ils veulent pas… ils disent que c'est pas beau…

Boulbanec lui arracha le micro des mains.

— Pas beau le Majesté ? hurla-t-il. Pas beau le Dynastie II en acier laqué gris anthracite ?

Les commerciaux huèrent Berthelot qui récupéra le micro.

— Eh, minute, je dis pas que c'est ce que je pense, reprit-il. Moi je trouve que c'est du bon produit… C'est ce que je dis à la clientèle… Mais bon… qu'est-ce que vous voulez que je vous dise… Parfois, je me demande si on devrait pas se lancer dans le congélateur…

Quelques rires fusèrent, vite réprimés.

— Nom de Dieu ! lâcha Boulbanec dont le visage était devenu blanc.

Il lui reprit violemment le micro, mais oublia de le placer sur le menton.

— Le congélateur ? balbutia-t-il. Ah, petit salaud… le congélateur ?

Sa voix était montée d'un ton. Il étouffait. Il reprenait sa respiration à pleins poumons, suffoquait, serrait son bras gauche de sa main droite, vacillait, se retenait au pupitre. Le micro tomba, les enceintes sifflèrent, un son aigu, strident.

— Le congélateur…, répéta Boulbanec en s'effondrant lentement.

Son assistante se précipita sur la scène pour le soutenir à bout de bras. Il la repoussa sans égard, se redressa dans un ultime sursaut.

— Berthelot ! hurla-t-il avant de s'écrouler de tout son long sur la scène.

Chapitre 9

Boulbanec hospitalisé en urgence, le dîner fut plutôt gai. Tout le monde espérait secrètement que le vieux salaud était en train de crever comme un chien, ou tout au moins qu'il resterait handicapé à vie. Les premières blagues s'échangeaient à l'oreille : « On lui installera un monte-escalier Dynastie II. » Même Valentine, qui appelait l'hôpital tous les quarts d'heure et passait de table en table donner de ses nouvelles – le pauvre est toujours dans le coma –, anticipait la virée avec ses copines qu'elle s'autoriserait dès l'annonce que la charogne était froide.

Les commerciaux s'étaient proprement poivrés pendant le dîner. Une dizaine d'entre eux finirent dans un bar du centre-ville. Hélène Montfort était toute débraillée, un sein menaçant régulièrement de bondir hors du corsage. Elle avait les yeux brillants. Bastiano la pelotait tout ce qu'il pouvait. Sa grande angoisse était de savoir s'il arriverait à bander avec ce qu'il avait bu.

Velasquez était paf lui aussi. Il parlait avec Berthelot.

— Tu crois que c'est une vie ? Ah non alors. Tu sais quoi, parfois, je me dis qu'on vivait mieux au Moyen Âge, oui, monsieur.

— Au Moyen Âge ?

— Et alors ! Tout va de plus en plus vite, on sait pas où ça va s'arrêter. On nous invente sans arrêt des trucs pour gagner du temps, mais au final, ça nous en fait perdre encore plus. Tu trouves ça normal ?

Berthelot fronçait les sourcils. Il n'était pas du genre abstrait.

— Prenons l'exemple de la bagnole, continua Velasquez. Quand on l'a inventée, tout le monde s'est dit que ça nous ferait gagner du temps. T'es d'accord ?

— Ouais.

— Eh ben, t'as tout faux, ça nous en a fait perdre.

Il but une gorgée de sa bière.

— Toutes les distances se sont immédiatement agrandies, tout le monde s'est mis à avoir sa bagnole, il y a eu les bouchons, et maintenant on passe plus de temps dans sa bagnole qu'avant à pied. Tu piges ?

Il éclata de rire.

— Alors, t'as pigé ?

— Pas vraiment.

— Pareil pour les mails. C'était censé nous faire gagner du temps sur les lettres. Sauf qu'avant on avait une ou deux lettres par semaine ; maintenant, on a cent mails par jour. Là encore, c'est raté. Tout s'accélère, je te dis. C'est pourquoi je dis que, si ça se trouve, on vivait mieux au Moyen Âge.

— Je vois.

Arnaud avait écouté le raisonnement de Velasquez. Il s'approcha de lui en titubant.

— Eh, Velasquez, espèce d'espingoin, t'oublies juste un truc : au Moyen Âge, y avait l'Inquisition.

— Et alors ? Qu'est-ce qu'on en a à foutre de l'Inquisition… Tant qu'on disait pas de conneries, y avait pas de problème.

— Ouais, c'est vrai ça, admit Berthelot. Que maintenant, y en a même qui proposent de greffer des utérus aux hommes pour qu'ils soyent enceintes, rapport à l'égalité ! Probable qu'avec l'Inquisition, ils auraient fermé leur gueule !

— Pardi. À double tour encore ! La vue d'un bûcher rend modeste ! Et puis, de toute façon, entre les mails et l'Inquisition, je choisis l'Inquisition ! annonça Velasquez en tapant le comptoir du plat de la main.

Arnaud secouait la tête. Il n'était pas du tout d'accord. Il trouvait que c'était bien mieux aujourd'hui qu'au Moyen Âge. Il cherchait des arguments, buvait des grandes lampées de sa bière.

— Et les voyages ? annonça-t-il en reposant son verre sur le comptoir. Tu crois qu'on voyageait au Moyen Âge ? Mon cul ! On restait toute sa vie planté dans son village…

— Et alors ? Qu'est-ce qu'on en a à foutre des voyages ! On cause même pas la langue ! On est aussi bien chez soi.

Arnaud leva les yeux au ciel.

— Tu sais c'est quoi ton problème, Velasquez ? T'es un mou du genou.

Vu l'heure, le serveur venait d'autoriser les consommateurs à fumer. Trente cigarettes s'allumèrent en même temps. Berthelot, Arnaud et Velasquez grillèrent la leur. Velasquez tanguait.

— Parfois, j'ai l'impression d'être un hamster dans une roue qui tourne de plus en plus vite, reprit-il d'un drôle d'air.

Il réfléchit deux secondes à ce qu'il venait de dire et se mit soudain à courir sur place. Berthelot lui tapota l'épaule.

— Allez, quoi, Velasquez…

Il s'arrêta, donna un coup de poing dans le mur.

— Un putain d'hamster, mon vieux… Ça tourne, ça tourne… Ça cavale, ça cavale… Et quand on y arrive plus, on se fait éjecter… et on se sent coupable par-dessus le marché… Toujours coupable… Merde ! C'est pas une vie, j'te dis ! Patron, une tournée ! À la santé du Moyen Âge !

Le serveur remplit les verres de bière. Tout le monde trinqua à la santé du Moyen Âge.

— L'accélération…, murmurait Velasquez en s'endormant debout. Plus vite, encore plus vite, toujours plus vite… Un, deux, trois, quatre… enculé…

Le bar ferma une demi-heure plus tard. Hélène, Bastiano, Arnaud, Velasquez et Berthelot décidèrent de boire un dernier verre à l'hôtel. Le réceptionniste de nuit, qui tenait le bar à cette heure, faisait clairement la gueule.

— Tequila-paf pour tout le monde ! balbutia Velasquez en faisant un grand geste. C'est moi que je régale ! *Room* 219 ! Royal au bar !

Le réceptionniste apporta les verres qu'il chargea en tequila pour se débarrasser au plus vite des emmerdeurs, vu leur état. Il posa le sel et les quartiers de citron vert sur le bar. Velasquez mit du sel entre son pouce et son index, le lécha, boucha son verre de sa main gauche, le cogna sur le bar et le but cul sec avant de sucer le citron. Tout le monde l'imita. Miss Côtes du Rhône gloussait.

Ils avalèrent trois autres tournées, puis commandèrent cinq bières blanches et s'installèrent dans des fauteuils autour d'une table basse. La conversation marquait le pas.

— C'est une vie ? Eh ben non… merde…

— Et ouais…

— Putain…

— Et l'autre, là…

À la moitié de sa bière, Bastiano se redressa, les yeux brillants, cria qu'il voulait baiser Miss Côtes du Rhône comme une salope, s'écroula sur la table basse et se mit à ronfler le front collé au meuble. Arnaud et

Velasquez le portèrent jusqu'à son lit et se traînèrent dans le leur. Berthelot et Miss Côtes du Rhône se retrouvèrent dans le couloir du troisième étage, chacun devant sa porte.

— Tu veux boire un dernier verre ? proposa Hélène Montfort tandis qu'elle essayait de passer sa carte électromagnétique dans la fente.

Berthelot haussa les épaules et la suivit dans sa chambre. Miss Côtes du Rhône prit deux bières dans le minibar et les posa sur la table de chevet. Son rimmel avait coulé. Elle avait le hoquet, marchait en écrasant ses talons hauts. Elle s'excusa et disparut dans la salle de bains. Berthelot décapsula sa bière, en but une gorgée, s'assit sur le bord du lit et soupira. Il entendit la chasse d'eau puis un bruit de flacon qu'on débouche. Hélène Montfort réapparut bientôt en porte-jarretelles et soutien-gorge noirs. Elle se laissa tomber sur Berthelot, bascula sur le lit avec lui.

— Oh, Francis, mon amour, j'ai tellement envie de toi depuis si longtemps, murmura-t-elle en lui caressant la joue.

Berthelot songea qu'il s'appelait Philippe, mais ne dit rien.

— Emmène-moi loin d'ici, mon amour. Fais-moi gravir la montagne des désirs souverains. Fais-moi voyager dans le pays, hic, du plaisir.

— Euh… tu veux que je te baise ? questionna Berthelot.

Elle couvrait son visage de baisers tout en déboutonnant son pantalon.

— Oh, le grand méchant loup ! Oh, le vilain ours sauvage ! Oh, le terrifiant voyou !

Elle l'embrassa sur la bouche avec fougue, défit son soutien-gorge.

— Je veux refaire ma vie avec toi, susurra Miss Côtes du Rhône. On ira au bord d'une lagune. On vivra d'amour et d'eau fraîche. On fera l'amour toute la journée sur le beau sable fin… Oh, le vilain kidnappeur…

Berthelot n'avait pas du tout envie de quitter la Mayenne. Il allait lui proposer de venir plutôt s'installer vers Le Bourgneuf-la-Forêt quand elle lui mit un sein dans la bouche. Tout en tétant, il se mit à imaginer des lagunes vertes et des couchers de soleil, des dauphins rieurs et des poissons colorés.

***

Au réveil, Miss Côtes du Rhône eut un haut-le-cœur en découvrant Berthelot dans son lit. Berthelot le cave ! Le pire vendeur de la boîte, sapé comme un plouc, avec ses tics de débile ! Elle tira le drap sur sa poitrine. Dans son souvenir, c'était Bastiano qui l'avait baisée. Elle ferma les yeux, reconstitua le fil de la soirée, songea un instant à l'accuser de viol, abandonna l'idée en soupirant. Berthelot souriait.

Il était plutôt du matin. Il défit le drap en rigolant, essaya de tâter les loches. Hélène Montfort bondit hors du lit et fila sous la douche.

— Tu connais le bocage par chez moi ? lui demanda Berthelot à travers la porte. Tu verras comme c'est beau…

Il se sentait détendu et loquace. La petite séance de la nuit l'avait attendri, comme pacifié. Il releva l'oreiller, mit les mains derrière la tête, évoqua les haies et les mares, les faucons crécerelles et les chouettes hulottes. De la douche, Hélène Montfort entendait sa voix, mais ne comprenait rien à ce qu'il disait. Elle n'en revenait toujours pas d'avoir couché avec un tel abruti. Elle avait une copine d'enfance à qui elle racontait toutes ses aventures. L'idée du fou rire qu'elles auraient ensemble l'empêcha de sombrer dans la dépression. Berthelot parlait des remembrements qui avaient tué une partie du bocage, des talus arasés, des mares comblées, des haies arrachées, tout ce paysage millénaire saccagé ; et le désastre qui s'en était suivi : sécheresses ici, inondations ailleurs, dégradation des sols partout, sans parler de la pollution de l'eau et des insectes nuisibles qui maintenant pullulaient. Il secouait la tête.

— C'est quand même pas pour rien que les anciens ont fait du bocage, pardi ! Ça permettait de garder de la bonne terre, qu'est-ce que tu crois ? Seulement, le problème, c'est qu'à présent on se croit toujours plus malin que les autres… Ouais, c'est ça, le principal problème à mon avis. On se croit les plus malins.

Hélène Montfort sortit de la salle de bains, une serviette enroulée autour des seins. Une odeur de déodorant pénétra dans la chambre avec elle. Berthelot en était à la chouette hulotte, à son vol silencieux et fantomatique, à sa mauvaise réputation.

— Y en a qui croyent qu'elle est de mauvais augure, dit-il. Seulement, si tu veux mon avis, c'est des conneries. D'ailleurs, les fermiers par chez moi sont bien contents quand elle niche près de leur ferme, elle bouffe les rats et les souris qui s'attaquent aux stocks de grain !

Hélène Montfort soupira en traversant la pièce.

— Avec mon copain Cro-Magnon, on l'imite drôlement bien. Tiens, écoute.

Et le voilà qui fait la chouette dans la chambre d'hôtel. « Bon sang, c'est pas vrai, quel boulet ! » se dit la commerciale. Elle prit des vêtements propres dans sa valise, hésita à retourner dans la salle de bains, s'habilla finalement devant Berthelot. « Après tout, cette bernique m'a sautée », songea-t-elle. Berthelot admirait le corps en sifflant.

— Eh ben, j'peux bien te le dire : j'ai jamais vu une aussi jolie fille, murmura-t-il.

« Profite, asticot, c'est pas demain la veille que t'en reverras une autre », pensa Miss Côtes du Rhône. Elle se retourna en culotte et soutien-gorge.

— Tu veux pas t'habiller ? ordonna-t-elle.

Berthelot releva le drap pour sortir du lit. Il avait la trique ! Miss Côtes du Rhône détourna les yeux en soupirant. Elle le pressa de s'habiller et de partir. Avant qu'il ne sorte, elle entrouvrit la porte et vérifia que le couloir était désert.

— Tu viendras bientôt en Mayenne ? demanda Berthelot sur le pas de la porte. Je te présenterai mon copain Cro-Magnon.

— En Mayenne, répéta-t-elle comme sonnée. Bien sûr. Écoute, je peux te demander un truc ?

— On a couché ensemble ou non ? Demande-moi tout ce que tu voudras, répondit Berthelot.

— Justement… Ne parle à personne de… de ce qui s'est passé, OK ? Je suis mariée, tu vois…

— Zut alors ! Tu vas être obligée de divorcer.

Miss Côtes du Rhône se demanda soudain si ce type n'était pas dangereux tellement il était con.

— Écoute. Promets-moi de ne rien dire, d'accord ? On a passé un bon moment ensemble, ce serait dommage de tout gâcher… Ce sera notre secret…

— Notre secret, répéta Berthelot.

— Voilà, c'est ça. Notre petit secret à tous les deux. Alors, c'est promis, hein ? Allez, salut.

Elle lui fit un baiser sec sur les lèvres et referma la porte. Berthelot, soucieux, regagna sa chambre et s'allongea sur le lit. L'idée de piquer une femme à un autre ne l'enchantait pas. Mais amoureux comme il l'était, tant pis pour la morale !

Chapitre 10

Berthelot et Cro-Magnon étaient assis sur le canapé devant la télévision en train de boire une bière en boîte. Berthelot soupirait entre deux gorgées. Cro-Magnon essayait de lui remonter le moral.

— Allez, quoi, de toute façon, tu gagnais pas lourd…

— Ouais, mais quand même…

L'immonde Boulbanec s'était rétabli en moins d'une semaine. La première chose qu'il avait faite en regagnant son bureau, c'était virer Berthelot.

— Je me demande ce qui me retient d'aller lui péter la gueule, siffla ce dernier.

— Ah bah, ça arrangera pas tes affaires, t'sais, répondit Cro-Magnon en broyant sa canette et en la balançant contre la porte de la caravane.

La télévision diffusait un reportage sur Elvis Presley. Cro-Magnon se leva du canapé et ramena deux bières du frigo qu'il posa sur la table basse. Ils regardèrent la télévision en silence. Non seulement Berthelot avait perdu son travail, mais il n'avait pas de nouvelles d'Hélène Montfort à qui il avait écrit deux lettres pour lui dire qu'elle pouvait venir s'installer en Mayenne quand elle le voulait. « Si ça se trouve, son mari lui fait des complications pour le divorce », se disait-il. Dans la dernière lettre, il s'était fait lyrique :

Ma sirène, ma jolie sirène, après cette nuit passée dans la lagune des désirs avec toi et ton si beau corps de sirène, je voudrais que tu viennes en Mayenne pour replonger dans la lagune des désirs avec toi. Ma grand-mère est d'accord pour que tu t'installes à la maison, il faudra juste aider un peu à préparer le repas et à nourrir les poules et il faudra être discret quand on fera l'amour en haut car la vieille entend mal mais elle entend quand même et ça m'embêterait qu'elle nous entend faire l'amour. Dis-moi quand tu veux arriver pour que je change les draps avant ton arrivée. J'espère que ton mari ne fait pas de problème pour le divorce, s'il fait des problèmes pour le divorce, je peux lui parler si tu veux et lui expliquer que c'est pas mon habitude de prendre les femmes des autres sauf en cas de force majeure, je crois qu'il comprendra, dans un sens c'est moche pour lui mais c'est la vie. Je t'embrasse bien fort et ne t'inquiète pas car je suis là.

Signé : *Philippe Berthelot.*

PS : je n'ai rien dit à personne comme promis sauf à mon copain Cro-Magnon mais ne t'inquiète pas car il ne dira rien à personne et on peut compter sur lui.

Aucune réponse et pas de grève des postes.

Soudain, on frappa à la porte de la caravane.

— Entre, c'est ouvert ! gueula Cro-Magnon, pensant que c'était Jeannot.

La porte s'entrouvrit, la tête de Léonie apparut dans l'encadrement. Cro-Magnon se leva du canapé et piqua un fard.

— Salut, Vincent, excuse-moi de te déranger…, murmura Léonie.

La brute bafouillait, tordait ses mains, souriait bêtement en dansant d'un pied sur l'autre.

— Je suis avec ma petite sœur, on peut rentrer ?

— Euh… Ah oui. Oui, oui, bien sûr…

Elle pénétra dans la caravane, un petit sac de voyage à la main, suivie d'une petite fille de huit ans qui avait un œil au beurre noir et des hématomes sur les joues. Les yeux de Léonie étaient rougis par les larmes. Elle marcha sur une boîte de bière. Cro-Magnon souriait jaune et d'un coup de pied repoussa discrètement la canette hors de la caravane.

— Tu connais ma petite sœur Charline ? demanda Léonie.

— Ah oui, bonjour Charline, t'es grande maintenant, t'aimes ça, l'école ? Ah, bah, qu'est-ce qui t'est arrivé, t'es tombée de bicyclette ?

La petite fille baissa la tête. Léonie salua Berthelot, son regard se posa sur le poster de la Playmate collé sur le placard du coin cuisine. Cro-Magnon rougit de plus belle et se précipita pour l'arracher.

— Oh, ça, c'est des bêtises, c'est… c'est Berthelot qui me l'a apporté pour déconner, je voulais pas le mettre, mais il a insisté, pas vrai, Berth ?

Berthelot rougit à son tour et acquiesça en maudissant son copain. Cro-Magnon jeta le poster à la poubelle et proposa une bière aux deux filles. Léonie eut un petit sourire triste.

— Elle est un peu jeune pour boire de la bière, dit-elle en montrant sa sœur.

— Ah ouais, c'est vrai, ça. J'ai p'être aussi du jus pour le matin.

Il dénicha dans le frigo une brique de jus d'orange, servit un verre à la petite.

— T'en veux aussi un verre ? proposa-t-il à Léonie.

— Moi je veux bien une bière, répondit-elle.

Il lui tendit une boîte et leur proposa à toutes les deux de s'asseoir. Il coupa la télévision, écartant du pied au passage toutes les boîtes vides qui jonchaient le sol, et s'assit sur une chaise en face du canapé. Il regardait Léonie en souriant niaisement. Berthelot avait de la peine pour lui.

— Alors, ça se passe bien dans les livres ? demanda Cro-Magnon.

— J'ai fini mes cours, répondit Léonie, je…

Mais elle éclata soudain en sanglots et se cacha le visage dans les mains ! Cro-Magnon se figea, arrêta de respirer et la regarda d'un air épouvanté, ne sachant pas du tout quoi faire. Berthelot lui fit signe de se lever, de dire ou de faire quelque chose, mais il restait immobile, paralysé, catastrophé, complètement impuissant.

— Ah bah, t'es triste, Léonie ? demanda-t-il finalement.

— Excusez-moi, répondit-elle en séchant ses larmes.

Elle sortit un mouchoir, se frotta les yeux, se moucha.

— C'est à cause de Charline, ajouta-t-elle.

Cro-Magnon prit une voix d'enfant (de débile, pensait Berthelot) :

— Qu'est-ce qu'elle a encore fait cette petite coquine de Charline ? Elle a embêté sa sœur ? C'est pas bien d'embêter sa sœur, petite coquine de Charline…

— Elle s'est encore fait tabasser, dit Léonie.

Il y eut un silence. Berthelot et Cro-Magnon regardaient la petite, l'œil au beurre noir, les hématomes. Ils n'étaient pas du genre rapide à la comprenette.

— Tabassée ? répéta Cro-Magnon. Qui c'est qui tabasserait une petite fille ?

— Mon beau-père, répliqua Léonie.

Berthelot se leva et examina de plus près les blessures de la fillette.

— Le salaud, siffla-t-il.

Léonie était passée chez sa mère en fin de matinée et avait découvert sa sœur en larmes, recroquevillée dans sa chambre, prostrée et tremblante. Sa mère dormait, son beau-père était au bistrot pour l'apéro ; elle avait jeté en vrac quelques affaires dans un sac, avait entraîné sa sœur par la main et avait erré avec elle dans le bocage avant de se décider à venir frapper à la porte de Cro-Magnon. À présent, elle ne savait plus quoi faire. L'alerte serait bientôt donnée, les gendarmes se mettraient en chasse ; si la petite était retrouvée, elle serait ramenée chez l'ogre qui attendrait deux ou trois jours avant de lui remettre une dérouillée.

— Je peux la garder ici, si tu veux, proposa Cro-Magnon.

Il s'adressa à Charline et reprit sa voix d'enfant (de débile) :

— Tu veux bien rester chez tonton Cro-Magnon ? T'aimes ça, les crêpes ? Je te ferai des crêpes si tu veux, et aussi des nouilles…

La petite sourit pour la première fois depuis son arrivée. Le visage de Léonie s'illumina.

— Vrai, tu la planquerais ? Tu ferais ça ?

— Bah, y a pas de problème. Elle dormira dans ma chambre et moi je prendrai le canapé, il est bien confortable.

Léonie bondit du canapé et embrassa Cro-Magnon sur la joue.

— Je viendrai te voir tous les jours, dit-elle à sa sœur, et on trouvera une solution. Je suis majeure, on va faire un dossier, je vais obtenir ta garde, on vivra ensemble, tu verras…

Berthelot fronçait les sourcils. La petite dans la roulotte pourrie de Cro-Magnon, électricité aléatoire, pas d'eau courante, hygiène douteuse, ça ne lui semblait pas une si bonne idée que ça.

— Gaffe qu'on te chope pas pour kidnapping d'enfant, dit-il.

— Bah, personne n'aura l'idée de la chercher ici, pas vrai ?

— J'espère pour toi.

***

Cela faisait des mois que Cro-Magnon proposait une « affaire » à Berthelot qui ne voulait pas en entendre parler. À présent qu'il avait des responsabilités quasi parentales, il revint à la charge, et Berthelot, qui avait immédiatement sombré dans la dèche après la perte de son emploi, lui prêta désormais une oreille attentive. L'affaire était on ne peut plus simple. Cro-Magnon avait un copain breton, marin pêcheur à Saint-Quay-Portrieux dans les Côtes-d'Armor, qui lui avait expliqué la chose suivante : parallèlement aux achats officiels de poissons via une centrale d'achat, une grande chaîne de supermarchés avait organisé un marché clandestin. Deux fois par semaine, le lundi et le jeudi, deux représentants de cette enseigne faisaient l'aller-retour Paris-Saint-Quay-Portrieux en fourgonnette frigorifiée et raflaient pour quinze mille euros de poissons qu'ils payaient en liquide, sans facture, et qu'ils répartissaient quelques heures plus tard dans différents supermarchés de la région parisienne, ni vu ni connu. Ils roulaient de nuit pour arriver à l'aube à la halle aux poissons et s'arrêtaient toujours dans un petit bistrot sur la route de Saint-Quay-Portrieux pour prendre leur petit-déjeuner. C'est là que Cro-Magnon se proposait d'intervenir. Le plan était d'une simplicité biblique :

— On les assomme, on prend le magot et on rentre à la maison.

D'après son copain, les deux gus ne porteraient même pas plainte de crainte que leur petit business ne soit découvert. Berthelot se mit à cligner de l'œil. Voler des poules, d'accord, mais assommer les gens ! Il tordait sa bouche dans tous les sens, secouait la tête. D'un autre côté, quinze mille euros, c'était quand même tentant…

— On ne risque rien, insista Cro-Magnon. J'ai mes renseignements : les types sont des gringalets en bermuda.

Le jeudi suivant, Berthelot vint chercher Cro-Magnon en voiture vers une heure du matin. Charline dormait paisiblement et Cro-Magnon la recouvrit avant de sortir, de ranger un gros bâton en chêne poli dans le coffre de la bagnole et de s'asseoir à la place du passager. Ils prirent la route de Fougères, puis la direction de Saint-Malo et arrivèrent au petit bistrot à trois heures trente. Berthelot tremblait comme une feuille, étant tout disposé à abandonner et à rentrer à la maison. Tant pis pour l'essence ! De là où ils étaient garés, ils pouvaient voir le parking du bistrot. Cro-Magnon nomma Berthelot guetteur en chef, baissa son siège et piqua un petit roupillon. Vers cinq heures moins le quart, comme le jour se levait, Berthelot secoua Cro-Magnon en poussant des petits cris de souris. La fourgonnette était en train de se garer sur le parking. Deux hommes en sortirent et pénétrèrent dans le café. Ils étaient effectivement en bermuda, mais pas si gringalets que ça. Cro-Magnon s'étira, sortit lui aussi de la voiture et récupéra le bâton dans le coffre.

— Dès que tu les vois revenir, tu mets le contact, sans les phares, et tu positionnes la voiture dans le sens de la marche, ordonna-t-il à Berthelot par la fenêtre ouverte.

Il traversa la départementale et s'assit tranquillement contre une roue de la fourgonnette, le bâton posé à côté de lui. Berthelot se rongeait les ongles, avait soudain envie de pisser. Dix minutes plus tard, les deux gus sortaient du bistrot en rigolant et rejoignaient leur véhicule. Berthelot démarra sa bagnole, mais il tremblait tellement qu'il dut s'y prendre à trois reprises. Cro-Magnon se redressa, saisit son bâton et sans un mot assomma un des gus. Le second regarda son collègue à terre, et quand l'information lui parvint au cerveau, ouvrit la bouche pour crier, mais trop tard, boum, assommé lui aussi.

Berthelot manœuvrait la voiture et la positionnait sur la départementale dans la direction de Fougères. Dans le rétroviseur intérieur, il voyait au loin des phares qui s'approchaient ! Un jet de pipi souilla son caleçon, il se retint d'appuyer sur le champignon et de filer tout seul ! « Magne-toi, magne-toi, magne-toi », répétait-il, les yeux dans le rétroviseur, hypnotisé par ces deux petits ronds de lumière jaune qui dansaient sur le miroir. Cro-Magnon faisait les poches des bonshommes et en tira bientôt une belle liasse de billets. Il courut vers la voiture, Berthelot partit sur les chapeaux de roues alors que son copain avait encore une jambe dehors.

— Eh, mollo, t'as failli m'emporter la jambe, râla Cro-Magnon.

Berthelot fonçait tous phares éteints en guettant le rétroviseur intérieur. Au bout de quelques kilomètres, il ralentit l'allure et mit les loupiotes. Cro-Magnon comptait les billets de cent dans la pénombre.

— Cent cinquante ! annonça-t-il. Soixante quinze pour chacun ! Alors, elle est pas belle mon affaire ?

Berthelot n'avait pas le cœur à fêter l'événement. Ses yeux ne quittaient pas le rétroviseur. Il s'attendait à voir surgir des gyrophares de partout. Et aussi des barrages et des herses à chaque virage, des gendarmes avec des mitraillettes, et un hélicoptère comme dans les films américains ! Ce n'est que lorsqu'il pénétra en Mayenne qu'il se détendit un peu, puis complètement lorsqu'il gara la voiture dans la clairière, devant la caravane. Il était sept heures du matin. Cro-Magnon vérifia que la petite dormait bien et fit couler du café. Berthelot, assis sur le canapé, comptait et recomptait ses billets en rigolant.

— On aurait dû en profiter pour leur piquer le fourgon et on doublait la mise, déclara-t-il.

Cro-Magnon servit deux tasses de café. Berthelot rejouait maintenant l'attaque, brandissant un bâton imaginaire.

— Boum et boum ! J'ai jamais rien vu d'aussi facile, pérorait-il. Je me demande pourquoi y a encore des cons qui se crèvent le cul à travailler.

— Probablement pour éviter de se pisser dessus, répondit Cro-Magnon.

Berthelot fit semblant de ne pas entendre. Il alluma une cigarette.

— Soixante quinze patates, mon vieux, c'est une somme, ajouta-t-il en recomptant ses billets. J'crois bien que je vais en utiliser une vingtaine… disons dix pour faire un beau cadeau à Hélène. Mille euros le cadeau ! Disons cinq, c'est déjà énorme. Au diable l'avarice ! Qu'est-ce qu'on a de chouette pour cinq cents euros ?

Cro-Magnon haussa les épaules.

— Des tas de trucs. Mais attends plutôt qu'elle soit là pour l'acheter.

— Pourquoi ?

— C'est mieux.

***

Pour Cro-Magnon, c'était la belle vie depuis que Charline vivait avec lui. Quand elle ne travaillait pas à Mayenne-City, Léonie était toujours fourrée à la caravane, distribuant de gros baisers sur les joues de l'homme préhistorique qui nageait dans le bonheur le plus complet. Ils se promenaient tous les trois dans la forêt, allaient se baigner à l'étang ou à la rivière, cueillaient des baies, volaient des fruits (Léonie lui avait dit que Charline devait manger un fruit par jour), jouaient à la balle dans la clairière devant la caravane. Il s'était attaché à la petite Charline qui avait retrouvé le sourire. Le soir, il lui faisait des crêpes comme promis (il les faisait sauter, elles tombaient par terre, il les remettait dans la poêle) et tous les deux disputaient de longues parties de Monopoly. Mais à présent qu'il avait de l'argent, Cro-Magnon se rendit à plusieurs reprises à l'épicerie de Port-Brillet pour y acheter du lait, du chocolat en poudre, des pains briochés, des gâteaux fourrés au chocolat, des bonbons et même une petite poupée. L'épicière se mit à cancaner et un beau matin on frappa à la porte de la caravane. Charline jouait avec la poupée dans la chambre, Cro-Magnon somnolait sur le canapé. Il se leva, ouvrit la porte : Roger, le beau-père de Léonie et de Charline, se tenait dans l'encadrement, les bras croisés, un rictus mauvais au coin des lèvres.

— Il paraît que t'achètes des poupées chez la mère Robillard, siffla-t-il. T'as régressé en enfance ou quoi ?

— Qu'est-ce que ça peut bien te foutre ? répliqua Cro-Magnon.

— Elle est où ?

— Je vois pas de qui tu veux parler.

Roger fit mine de rentrer dans la caravane, Cro-Magnon lui barra le passage avec le bras.

— Fais pas le con, laisse-moi la récupérer, dit Roger.

— Pour que tu lui cognes dessus comme un tordu ? Va te faire foutre.

— Tu vois que tu l'as, salaud de kidnappeur d'enfant.

Il poussait Cro-Magnon qui des deux mains le repoussait à son tour. Roger fit deux pas en arrière et se mit en garde. Cro-Magnon descendit de la caravane. L'autre faisait des moulinets avec ses poings à présent. Il était bourré, les yeux brillants. Il annonça la couleur :

— Je vais te péter la gueule, espèce de fils de pute de romanichel.

Il s'approcha de Cro-Magnon qui lui colla une droite. L'autre encaissa et revint à l'assaut. Cro-Magnon fit un pas à gauche et à travers la garde de Roger réussit à placer un uppercut au menton. La mâchoire de Roger craqua. Il fit deux pas en arrière, cracha deux dents sanglantes, demeura un instant comme pétrifié et bondit comme un fauve sur Cro-Magnon qui l'esquiva et lui colla successivement un crochet du gauche, un du droit et un direct en plein sur le nez qui l'envoya au tapis. Cro-Magnon frotta ses poings, prit un des seaux dont il se servait pour se doucher et le remplit au petit ruisseau qui coulait derrière la caravane. Il le balança à la gueule de Roger qui se mit à tousser et à cracher. Il avait l'arcade sourcilière ouverte, saignait du nez et de la bouche. Cro-Magnon croisa les bras et le regarda se relever péniblement.

— La prochaine fois que tu te pointes ici, tu repartiras sur une civière, annonça-t-il.

Roger s'éloigna en titubant. Juste avant de sortir de la clairière, il se retourna et montra le poing.

— Je reviendrai plus vite que tu le crois, sale enculé de kidnappeur ! Et pas tout seul, tu peux me croire !

Cro-Magnon fit mine de venir vers lui, Roger détala dans la forêt.

« Ah bah, et maintenant que faire ? » se dit Cro-Magnon en s'asseyant sur la marche de la porte d'entrée. Il réfléchit quelques secondes, la tête entre les mains. « Et pas tout seul, tu peux me croire ! » se répéta-t-il. « J'ai bien mon fusil planqué sous la caravane pour l'accueillir avec ses petits copains, songeait-il. Oui, mais s'il revient avec les gendarmes ? J'vais tout de même pas tirer sur les gendarmes, ça pourra bien me causer des ennuis… »

Il rentra dans la caravane, téléphona à Berthelot et lui demanda de venir le chercher en bagnole. Il se rendit ensuite dans la chambre du fond. Charline grondait sa poupée parce qu'elle ne voulait pas manger sa soupe.

— Dis-moi, t'aimes ça, les châteaux de princesse ? demanda Cro-Magnon.

— Oh oui ! répondit la petite fille.

— Bon, alors zou, on abandonne la roulotte et on va vivre dans un château. Emmène ta poupée, ça lui plaira drôlement où qu'on va.

Il était en train de mettre ses affaires en vrac dans le sac de sport quand Berthelot klaxonna. Il sortit avec Charline, tous les deux montèrent dans la voiture.

— On va où ? demanda Berthelot.

— Au manoir, répondit Cro-Magnon. C'est pas un endroit pour une gamine, cette roulotte.

— C'est ce que je me tue à te dire, soupira Berthelot.

Deuxième partie

Chapitre 11

Le capitaine de police Philippe Béjart était nerveux. Il jouait à un jeu sur son portable pour passer le temps. Le commandant Martin dormait sur le siège à côté, un masque de nuit posé sur les yeux. Dormait-il vraiment ? Impossible de savoir. En tout cas, sa respiration était régulière, et son corps immobile. S'il ne dormait pas, il reprenait des forces, à coup sûr. Béjart admirait le calme de son supérieur. Vingt-cinq ans de DST, ça vous mate les nerfs ! Lui venait de la PJ. Quand il y repensait, un sourire lui venait aux lèvres. Certes, il s'était plu Quai des Orfèvres, il y avait même eu quelques frissons. Mais aujourd'hui, il regardait ses huit ans passés là-bas comme un petit travail pépère sous l'œil des magistrats !

Les trois jours passés à Tripoli l'avaient mis à rude épreuve. Il avait connu la gamme à peu près complète des émotions humaines. Il avait enfin ressenti cette ivresse particulière dont lui avaient parlé les collègues quand il était entré à la DCRI. Ivresse de la puissance, celle qui vous gonfle de force et d'arrogance, celle qui vous amène à vous surpasser, celle qui vous fait prendre la bonne décision au bon moment, celle également qui vous mène à la faute ! Il avait eu peur.

Le capitaine Béjart n'était pas un imbécile. Il savait où l'aurait mené un échec ; il savait également que personne n'aurait bougé le petit doigt pour lui et le commandant Martin. À présent, il était épuisé, les nerfs en compote, l'excitation intacte. Mais impossible de dormir ! Il pilotait machinalement une formule 1 sur son portable en se repassant mentalement les rendez-vous nocturnes avec ces hommes armés et cagoulés. Un faux pas et ils étaient morts, du moins est-ce ainsi qu'il voulait voir les choses. Le commandant avait souri quand il lui avait fait part de son analyse. Pour lui, ces armes et ces cagoules étaient pure mise en scène. « C'était de la politique, Béjart, on ne risquait rien », lui avait-il dit. Le capitaine avait acquiescé en pensant : « Un faux pas et on était mort ! » Parfois, son cœur se décrochait. Mais juste après, il avait envie de rire ! Il passait de la terreur au cabotinage et du cabotinage à la terreur. Mais aussi, quelle fierté ! La mission était cent pour cent réussie, et à défaut des honneurs officiels, il aurait la considération du patron et la jalousie du reste de la boîte. Au fond, aussi bizarre que cela puisse paraître, l'abnégation des honneurs et l'obscurité de sa tâche décuplaient sa fierté.

Le pilote du Falcon 900 demanda aux passagers d'attacher leur ceinture de sécurité. Béjart leva le nez de son jeu, sa voiture partit dans le décor ; il éteignit son portable et attacha sa ceinture. Le commandant Martin releva lentement son masque et se pencha pour jeter un coup d'œil à travers le hublot. On contournait Paris par l'ouest. Il regarda l'heure à sa montre et attacha sa ceinture. L'avion avait quatorze places dont la moitié étaient vides. Les sièges de devant étaient occupés par cinq membres de l'ambassade de France à Tripoli. L'un d'eux sortit des toilettes et regagna son siège sans un regard pour les flics. Ils avaient essayé de les empêcher de monter à bord à Tripoli, leur réclamant leur feuille de route ! Le commandant Martin avait passé un coup de fil. Cinq minutes plus tard, l'attaché militaire recevait un appel sur son portable et se mettait littéralement au garde-à-vous. Un petit plaisir que Béjart avait savouré. Depuis, ils ne leur avaient plus adressé la parole et leur avaient fait sentir tout le mépris qu'ils avaient pour les barbouzes de leur espèce.

L'avion atterrit sur la nouvelle piste de l'aéroport du Bourget. À peine dehors, le commandant Martin repassa un bref coup de fil, puis les deux hommes récupérèrent leurs casques au commissariat de l'aéroport et leurs motos, garées dans le parking réservé aux policiers. Le commandant Martin roulait en Honda Galwin 1800, le capitaine Béjart se contentant d'une Yamaha TDM 900, le modèle utilisé par les policiers en charge de la protection des personnalités. Ils attachèrent leur maigre bagage à l'arrière de leurs engins, sauf une petite mallette en cuir noir râpée que le commandant fixa sur le réservoir de sa Honda.

Ils démarrèrent les motos, firent hurler les moteurs, sortirent du parking et de l'aéroport, traversèrent Le Bourget, rejoignirent l'autoroute et le périphérique Ouest, puis entrèrent dans Paris par la porte Maillot. Un quart d'heure plus tard, ils pénétraient dans la *Villa Corse*, leur bagage sur l'épaule, la mallette en cuir noir pendue à la main du commandant.

Bertrand Manzoni, le directeur central du renseignement intérieur, était attablé devant une bouteille de rosé corse, en train de plaisanter avec le patron du restaurant debout à ses côtés. Il avait une table réservée, à gauche de l'entrée, isolée des autres. Quand il vit les deux hommes venir vers lui, son regard se porta sur la mallette. Le commandant lui serra la main avant de poser celle-ci sur une chaise libre, le bagage et le casque par terre, et de s'asseoir en face de lui. Le capitaine salua à son tour et s'assit. Le taulier s'éclipsa en leur conseillant le pavé d'ombrine aux artichauts et girolles fraîches ; et il ajouta en touchant ses lèvres de ses doigts repliés que c'était un vrai délice.

— Alors, les enfants, bon voyage ? demandait le patron de la DCRI en remplissant leurs verres de vin rosé.

Le commandant acquiesça d'un signe de tête.

— Vous avez fait vite, patron, dit-il en consultant sa montre.

— Exceptionnellement, j'ai mis le gyrophare, répondit Manzoni.

Les deux hommes sourirent. Manzoni posa ses deux téléphones portables sur la table, ôta les puces et remit le tout dans la poche de sa veste. Sans un mot, le commandant et le capitaine firent de même avec leur unique portable.

— Alors ? demanda Manzoni.

— Tout s'est très bien passé, déclara le commandant Martin avant de boire une gorgée de rosé.

— Parfait, répondit le chef du renseignement intérieur. Et les emmerdeurs de diplomates ?

Le commandant Martin évacua le problème d'un revers de main. Manzoni grimaça. Il n'aimait pas que l'on prenne les choses à la légère. Qu'un journaliste apprenne que deux de ses gars avaient passé trois jours à Tripoli et ils se mettraient à fouiner partout. Manzoni détestait les journalistes.

— Ils nous croient de la DGSE, le rassura Martin.

Manzoni ouvrit la bouche, mais le taulier vint apporter les menus.

— Pour moi, c'est le pavé d'ombrine aux artichauts, annonça Manzoni. Je te fais confiance, Tintin. Et une poêlée de supions au thym en entrée…

— Ça marche, dit le taulier en lui tapotant l'épaule.

— Pareil pour moi, dit le commandant Martin.

Le capitaine Béjart s'empressa de lire le menu. Il détestait les artichauts ! Rien ne l'inspirait au demeurant. Il était plutôt du genre steak frites. Il choisit un éventail de jambon artisanal en entrée et un stufatu de veau tigré corse aux olives et romarin.

— Vous restez sur le rosé ? demanda Tintin.

— Mais oui, répondit Manzoni.

Le taulier récupéra les cartes et s'éloigna.

— La DGSE, hein ? fit Manzoni.

— C'est ça, répondit Martin.

Manzoni eut un petit rire mauvais. Il détestait également la DGSE et n'était jamais aussi content que lorsqu'on pouvait la mouiller. Les trois hommes burent en silence pendant quelques instants.

— Vous avez fait une bonne pêche, alors ? demanda Manzoni.

Le commandant sourit. Manzoni fronça les sourcils et joignit les mains. C'était un petit homme chauve et bedonnant.

— On a même un bonus, répondit finalement le commandant Martin.

Le capitaine se crut obligé de sourire à son tour. Son cœur battait la chamade.

— Un bonus ? répéta Manzoni en s'efforçant de cacher son excitation.

Martin prit la mallette sur ses genoux et l'ouvrit. Il en sortit un dossier rouge d'une centaine de pages qu'il tendit par-dessus la table au directeur du renseignement intérieur. Manzoni regarda successivement les deux hommes dans les yeux et se plongea dans le dossier. À cinquante-huit ans, dont trente-cinq passés dans la police et cinq à la tête du renseignement, il en avait vu des dossiers explosifs. Pourtant, son visage perdait sa couleur et devenait gris à mesure qu'il tournait les pages. Il lut pendant dix minutes en silence. Le commandant Martin buvait son rosé par petites lampées. Le capitaine Béjart roulait une boulette de mie de pain entre ses doigts. Le patron du restaurant apporta les entrées. Manzoni referma le dossier et le tendit au commandant Martin qui le rangea dans la mallette. Il fixa un instant les petites seiches dans son assiette, l'air hagard, et ne répondit pas au bon appétit que lui souhaitait Tintin. Le capitaine Béjart, légèrement inquiet, cherchait le commandant Martin du regard.

— Il y a de quoi faire sauter trois fois la République, lâcha finalement Manzoni à voix basse.

Il noua sa serviette à son col, attaqua son entrée. Il ne dit plus un mot avant d'avoir vidé son assiette. Il mangeait vite, presque sans mâcher, le regard posé sur les seiches qu'il engloutissait. À vrai dire, ce dossier l'emmerdait plus qu'autre chose. Il savait d'ores et déjà deux choses : que son devoir était de le détruire ; qu'il ne le détruirait pas. Qui peut se vanter de savoir de quoi l'avenir sera fait ? L'entrée achevée, il repoussa légèrement son assiette vide vers le milieu de la table.

— Il faut me planquer ça loin d'ici, dit-il avant de tapoter ses lèvres avec sa serviette.

Un sourire quasi imperceptible se dessina sur les lèvres du commandant Martin. Manzoni fit mine de taper du poing sur la table, mais retint son geste et reposa doucement sa main sur la nappe. Le capitaine Béjart, qui ne comprenait rien, piqua un fard.

— Je ne veux pas de ça au bureau, ajouta le patron des renseignements en serrant les dents.

Manzoni était réputé très proche du pouvoir. Six mois auparavant, il avait été pris la main dans le sac pour une histoire idiote de journaliste dont il avait fait éplucher les relevés téléphoniques sans autorisation. Les juges enquêtaient à présent et l'affaire jetait un discrédit sur les renseignements. Il n'en avait pas fallu plus pour relancer la guerre au sein de l'institution, d'autant que l'élection présidentielle approchait et que tout le monde se politisait. Manzoni était paranoïaque ; il avait toutes les raisons de l'être. Il se méfiait de tout et de tout le monde.

— Quand vous dites « loin d'ici », vous avez une idée en tête ? se hasarda le commandant Martin.

Manzoni haussa les épaules.

— J'attends vos propositions, dit-il.

— On peut l'enterrer dans les bois, ironisa Martin.

Manzoni ne répondit pas. Il réfléchissait qu'il lui faudrait très vite acheter le silence de ces deux zouaves en donnant un coup d'accélérateur à leur carrière. Le capitaine Béjart toussa pour s'éclaircir la voix.

— J'ai bien une petite maison perdue en Mayenne…, murmura-t-il.

Manzoni le regarda comme s'il remarquait seulement sa présence. Le capitaine paraissait affolé par sa propre audace.

— Elle est discrète… isolée… Elle appartenait à ma mère… Je me disais que peut-être…

— La Mayenne, répéta Manzoni en s'adossant à sa chaise.

— Les marches de Bretagne, précisa Béjart.

Manzoni fixa le capitaine.

— Vous pensez que je ne sais pas où est la Mayenne ?

Béjart rougit de plus belle.

— Une petite maison isolée, hein ?

— Oui, monsieur le directeur.

— Modeste ?

— Tout ce qu'il y a de plus modeste, monsieur le directeur.

— Vraiment isolée ?

— Oui, monsieur le directeur.

— Et les cambrioleurs ?

— Elle est vide, monsieur le directeur.

— Mmmh. Qu'en pensez-vous, Martin ?

— Rien.

— C'est une très bonne idée, capitaine. Vous partez tous les deux dans l'heure me mettre cette saloperie à l'ombre. Ah, voilà les plats. Délicieux, la poêlée de supions, Tintin, vraiment délicieux. Je vais te faire une confidence : quand on la mange et qu'on ferme les yeux, on se croit au pays !

Tintin prit un air modeste, mais qu'est-ce qu'il était flatté ! « Tu vois ce type là-bas, disait-il à certains clients. C'est le grand boss des renseignements, un ponte de la police. Il déjeune ici tous les deux jours en moyenne. Avec le temps, on est devenus copains tous les deux. »

***

Le commandant Martin et le capitaine Béjart fonçaient sur l'autoroute A11. Plus on avançait vers l'ouest, plus le ciel se couvrait. Vers Le Mans, il se mit à pleuvoir. Le commandant actionna son clignotant et s'engouffra dans une station-service, le capitaine suivit. Ils se garèrent sous l'auvent, Béjart alla chercher deux cafés qu'ils burent en silence à côté des motos. Le capitaine essaya de briser la glace.

— Fait pas chaud, dit-il en se frottant les mains.

— Il ne fait pas froid non plus, répondit le commandant en portant le gobelet à ses lèvres.

Soudain, le ciel s'obscurcit davantage. La pluie redoubla en intensité. Un petit nuage semblait flotter sur l'asphalte de la station-service. Un homme courut de la pompe à la boutique et entra trempé en pestant. Les voitures quittant la station allumaient leurs phares. Le commandant regardait droit devant lui sans rien dire. Il avait dû insister pour pouvoir repasser chez lui chercher sa combinaison de cuir. Manzoni voulait qu'ils partent sitôt le déjeuner achevé, en jean et veste légère ! Planquer des documents aussi sensibles dans une maison isolée en Mayenne... Quelle idée de con ! Le capitaine l'avait agacé avec ses « monsieur le directeur » obséquieux. C'est qu'il devenait ambitieux, le péjiste. Il trouvait en outre que le patron vieillissait. Il perdait la main, le pauvre vieux. Depuis l'affaire du journaliste espionné, l'ombre des RG planait sur la boutique. Le commandant estimait qu'on avait bien fait de supprimer ces clowns, même si la DST était passée avec. Ce n'était plus une casserole qu'ils traînaient, mais une batterie complète de cuisine. Une nouvelle direction toute propre au service de l'intérêt national, ça avait quand même de la gueule. Le commandant était très attaché à l'intérêt national. Et voilà que le boss se faisait attraper comme un bleu dans une barbouzerie minable ! Et tout ça pour quoi ? Pour une affaire de concierge. Ancienne méthode, ancienne mentalité, rien ne changeait sous le soleil des renseignements. Et puis, c'est bête, mais il n'en pouvait plus de sa Corse. Dès qu'il bâfrait, il évoquait la Corse. La Corse par-ci, la Corse par-là, son maquis de merde, ses femmes en noir, son honneur chatouilleux à la con, tout le toutim ! D'ailleurs, il avait du mal à supporter tout ce qui était au sud de la Loire, Martin. La volubilité, les médailles en or sur les torses velus, les hommes qui s'embrassent, les larmes, les accolades, tout ça le révoltait. Le commandant

Martin était du Nord. Du pays des taiseux. Chez lui, on se serrait la main entre hommes et on ne faisait pas tant de chichis.

— C'est une véritable averse, dit le capitaine Béjart.

Sans blague, pensa Martin. La faute à qui si on est là comme deux cons sous la pluie alors qu'on pourrait se la couler douce à boire un whisky dans un bain chaud en ce moment précis ?

— Il y a une baignoire dans cette maison ? demanda-t-il.

Le capitaine crut à une blague et se mit à rire, mais en voyant le visage du commandant, il reprit son sérieux.

— Oui, mais il n'y a ni serviette, ni savon, ni rien du tout, mon commandant.

Ça y est. Voilà qu'il l'appelait à nouveau « mon commandant ». Il finit son café et jeta le gobelet dans la poubelle.

— Qu'est-ce qu'on fait ? On y va malgré la pluie ? questionna Béjart.

— On attend que ça se calme, répondit Martin.

Une belle femme blonde arriva vers eux en courant, l'imperméable tiré sur sa tête. Elle s'arrêta sur le pas de la porte de la boutique et remit l'imperméable sur ses épaules en jetant un coup d'œil sur les motos. Elle décocha un sourire au capitaine Béjart et entra dans la boutique pour payer son essence. Béjart la suivit des yeux et soupira.

— Vous avez envie de baiser, Béjart? demanda Martin.

Le capitaine, surpris par la question, rougit.

— Je la trouve jolie, c'est tout.

Le commandant savait qu'il était injuste, mais après trois jours de promiscuité, certains détails agacent. Faire du bruit en mangeant. S'étirer tous les matins au petit-déjeuner. Regarder tous les culs qui passent. Il tapota sur la mallette attachée au réservoir.

— Je vais pisser. Ne vous éloignez pas de la moto.

Un sacré flic peut-être, mais quel caractère de cochon! pensa Béjart en le regardant s'éloigner.

Quand le commandant sortit des toilettes, il vit par la porte vitrée Béjart en train de bavarder avec la femme blonde. Il acheta une petite bouteille d'eau, en but une gorgée et les rejoignit. La pluie s'était un peu calmée. Béjart expliquait à la femme que ce que redoutait tout motard, c'étaient les taches d'huile sur la chaussée. La pluie plus l'huile: ziiip; et il faisait un grand geste de la main.

— Je préfère décidément ma voiture, répondait la femme en riant.

Le commandant Martin mit son casque sans rien dire et grimpa sur son engin. La femme essaya de prolonger la discussion.

— Laquelle est la plus puissante? demanda-t-elle en montrant les motos.

— La mienne, répondit Martin en faisant vrombir le moteur.

Béjart mit son casque à son tour et enfourcha sa Yamaha. Il enfilait lentement ses gants, faisait mine de bidouiller des boutons sur le tableau de bord, démarra finalement alors que Martin s'éloignait.

— Je dois repasser au Mans ce soir, on peut prendre un café si vous voulez ? lâcha-t-il précipitamment.

La femme n'eut pas l'air surprise.

— Pourquoi pas, dit-elle.

Le feu arrière de Martin s'alluma. La moto s'arrêta, le commandant mit pied à terre et donna du gaz.

— Vous voulez me donner votre portable ? demanda Béjart en manœuvrant sa moto pour la mettre dans le sens du départ.

— Donnez-moi le vôtre, répondit la blonde avec un sourire provocant.

Elle sortit son téléphone de sa poche et tapa le numéro que lui dictait Béjart. Le commandant Martin klaxonna.

— Je le mets à quel nom ? demanda la femme.

— Bruno Béjart, répondit-il. *Ciao bella*.

Il accéléra et rejoignit Martin en quelques secondes. Dans sa précipitation, il avait oublié de lui demander son nom ! Il en voulut au commandant. Celui-ci accéléra, mit ses phares et prit la direction de l'autoroute. Béjart fit un signe de la main à la femme blonde qui regagnait sa voiture garée devant la pompe, avant de suivre le commandant.

Après Laval, ils quittèrent l'autoroute à La Gravelle et prirent des départementales. Le capitaine était passé devant. Ils traversèrent Saint-Pierre-la-Cour au pas. Peu avant l'étang de la Forge, le capitaine s'engouffra sur un chemin non goudronné qui longeait un ruisseau, puis faisait une grande boucle pour rejoindre la même départementale de laquelle il partait, desservant deux fermes au passage, ainsi qu'une petite maison de ville plantée à la sortie du virage, juste après un petit pont. Cro-Magnon était en train de marcher sur le pont, une canne à pêche sur l'épaule, trois poissons attachés entre eux par la gueule à la ceinture, quand les motos passèrent. Il s'arrêta pour les regarder et agita sa canne à pêche. « Ah bah, belles bécanes », se dit-il en reprenant son chemin. Les motards arrivèrent devant la maison, coupèrent le contact et ôtèrent leur casque.

— Voilà, c'est ici, dit le capitaine Béjart.

C'était un petit pavillon en pierre de deux étages recouvert de lierre avec un toit en ardoise et une grosse cheminée. L'endroit était humide à cause de l'étang et de la rivière qui coulait derrière. Le commandant éternua.

— À vos souhaits, dit le capitaine.

Le commandant ne remercia pas. Tout l'agaçait !

Le capitaine sortit ses clés et ouvrit la porte d'entrée. Les deux hommes pénétrèrent dans un minuscule couloir au bout duquel se trouvait un escalier. La maison était glaciale et les murs suintaient. Le commandant portait la mallette. Ils accédèrent à la pièce principale. Une odeur âcre et froide de bois brûlé planait dans l'atmosphère. Le papier peint au mur se décollait par bandes entières. Quelques filets de lumière glauque passaient par l'interstice des volets fermés. Au milieu de la pièce, une table ronde et quatre chaises. Ils déposèrent leur casque. À gauche, un buffet. Le commandant ouvrit machinalement les portes et les referma. Il était vide. Au fond de la pièce, la cheminée. Le foyer n'avait pas été nettoyé ; un gros bout de charbon noir et brillant, comme fossilisé, trônait sur un lit de cendres. Un fauteuil recouvert d'un drap blanc était posé devant la cheminée, dos à elle. Le tout donnait une impression pénible, quelque chose lié à la mort.

— Vous avez vécu ici ? demanda Martin.

— Oh, très peu. Deux ans. De six à huit. J'ai été… j'ai été retiré de la garde de ma mère à huit ans.

— Je l'ignorais.

Le capitaine se mit à rire.

— Alors ma fiche n'est pas à jour.

— Je n'ai jamais vu votre fiche, répondit le commandant en quittant la pièce.

Il traversa le couloir et pénétra dans la cuisine. Une porte vitrée donnait sur un petit jardin envahi d'herbes hautes. Un vieux frigo arrondi des années 1950 était posé au milieu de la pièce, la porte ouverte. Il tourna le robinet de l'évier, l'eau coula, il le referma. Sous le four, il y avait un compartiment où s'entassaient des plaques de cuisson et des moules à tarte. Le commandant l'ouvrit avec le pied et se baissa pour jeter un coup d'œil. Le capitaine le rejoignit tandis qu'il ouvrait et refermait les placards.

— Et votre mère ? demanda le commandant.

— Morte il y a dix ans, répondit le capitaine. On l'a retrouvée exactement à l'endroit où vous êtes. Décomposée.

Le commandant leva les yeux vers Béjart.

— Trois semaines qu'elle était là, précisa-t-il.

— C'est moche. Vous n'avez jamais voulu vendre ?

— Non.

— Pourquoi ?

— Je ne sais pas.

Les deux hommes ressortirent de la cuisine. Le commandant essaya d'ouvrir la porte menant à la cave, mais elle était bloquée. Ils montèrent à l'étage. Il y avait deux chambres et une salle de bains avec une baignoire sale dans laquelle s'étaient accumulés quelques cadavres de mouches. Dans l'une des chambres demeuraient un lit deux places et une table de chevet. L'autre, tapissée d'un papier peint jauni aux motifs enfantins, était vide.

— Oui, c'était ma chambre, dit Béjart.

— Vous n'avez pas l'air particulièrement ému, constata Martin.

— Ému par quoi ?

Martin montra le papier peint. Béjart eut un sourire méprisant.

Le commandant redescendit l'escalier et regagna la pièce principale. Il tira le drap du fauteuil, le jeta dans un coin et s'assit, la mallette sur les genoux, les coudes posés sur les accoudoirs et les mains jointes sous le menton. Le téléphone de Béjart sonna tandis qu'il descendait l'escalier. « Ah, c'est vous… bonsoir… », entendit le commandant, mais Béjart remontait les marches pour finir sa conversation à l'étage. Il en redescendit deux minutes plus tard et entra dans la salle à manger.

— On pourrait le mettre sous les plaques de cuisson du four, dit le commandant sans regarder Béjart. Je ne vois pas d'autres planques.

— Il y a aussi le conduit de la cheminée, suggéra le capitaine.

Le commandant fit la moue et se releva aussi sec. Il posa la mallette sur la table ronde, l'ouvrit, saisit le dossier rouge et passa dans la cuisine. Béjart entendit des bruits de tôle. Le commandant revint.

— À supposer qu'un monte-en-l'air visite les lieux, je ne le vois pas piquer des moules à tarte.

Il consulta sa montre. Il était dix-huit heures quinze. Ils avaient mis deux heures à l'aller, sans compter l'arrêt. Moyenne : cent cinquante kilomètres à l'heure avec des pointes à deux cent trente sur l'autoroute.

— Bon, ben, allons-y, ajouta-t-il.

Le capitaine prit l'air étonné.

— Vous comptez repartir maintenant ?

— Sans blague. Pas vous ?

— C'est-à-dire que je suis un peu crevé...

— Vous n'allez pas me dire que vous voulez dormir ici ? C'est un coup à attraper une pneumonie.

— Je pensais prendre une chambre à Laval et rentrer demain matin...

— Faites comme bon vous semble, Béjart. Moi, je rentre.

— Vous retrouverez le chemin de l'autoroute ?

— Ne me prenez pas pour un gendarme, Béjart.

Il récupéra son casque sur la table, serra la main du capitaine.

— À demain, Béjart. Le bonjour à la belle blonde.

Béjart rougit. Le commandant lui sourit amicalement et lui donna une petite tape sur l'épaule avant de sortir. Quand le bruit de la moto eut disparu au loin, Béjart remonta à l'étage et éclata en sanglots dans la chambre vide.

Chapitre 12

La chambre de la petite Charline était une des plus belles du manoir, située au premier étage entre celle de Pote-Jésus et celle de Cro-Magnon, qui s'était provisoirement installé là en attendant que l'affaire se tasse (si elle se tassait un jour). Elle avait un immense lit à baldaquin et une coiffeuse en acajou avec un miroir ovale devant lequel elle peignait ses longs cheveux de princesse. Elle était devenue copine avec une gamine de son âge, Lilli, la fille d'un couple de paysans omnivores. Ensemble, les deux fillettes jouaient à la poupée, déambulaient dans le manoir, exploraient les caves humides, se cachaient derrière les haies pour épier les nudistes et s'aventuraient même dans la vieille tour bancale, malgré l'interdiction, fabriquant sans le savoir des souvenirs qui les accompagneraient toute leur vie. Elles se promenaient également à dos d'âne, les deux à califourchon sur Ali Baba qui, bonne poire, les trimbalait paisiblement dans le domaine. Pour le remercier, elles chipaient des carottes à l'office ou chez les paysans et les lui donnaient, si bien que l'âne s'était pris d'une réelle sympathie pour elles. Le comte de la Petite-Touche, seigneur du Haut-Plessis, était ravi de les entendre crier et de les voir courir partout. Il était fasciné par tout ce qui n'est pas fini, les enfants, les nains, les mal-foutus. Quant à mam'zelle Coco, habituellement si peau de vache, elle se montrait plutôt débonnaire, à part quand elle les attrapait à l'office. Il faut dire que depuis que Pote-Jésus était arrivé au manoir, elle était méconnaissable. Elle râlait moins, souriait même parfois, polissait un peu ses manières. Si elle portait toujours son affreux survêtement noir et si elle fumait toujours sa bouffarde puante, du moins ne rotait-elle ni ne pétait-elle plus en public. Qui sait si elle ne deviendrait pas un jour une grande dame ? Son rêve secret était à présent d'épouser Pote-Jésus et d'émigrer sur Mer pour y devenir madame la généralissime !

Léonie était tout le temps fourrée au domaine. Son stage et ses cours ne reprenaient qu'en septembre. Parfois, le soir, elle dormait avec Charline dans le grand lit à baldaquin, histoire de la surveiller un peu et de s'assurer qu'elle avait son compte de sommeil. Convoquée deux fois par les gendarmes, elle leur avait dit qu'elle ne savait pas où était sa petite sœur, mais qu'il ne fallait pas s'inquiéter pour elle. À la réflexion, elle ne s'était pas trouvée très convaincante. Elle avait également consulté un avocat à Laval, mais c'était un nigaud qui avait parlé de faire intervenir la DDASS.

Il faisait déjà chaud ce matin-là quand elle arriva à bicyclette au domaine. Cro-Magnon était dehors, à l'ombre, en train de réparer la machine à embouteiller dont le ressort avait sauté. Il la voyait tous les jours depuis quelque temps, pourtant le colosse fondait toujours comme une plaque de beurre au soleil dès qu'il l'apercevait, et se mettait à bafouiller et à se tordre les mains. Léonie riait. À vrai dire, et c'était le plus étrange, elle aussi éprouvait une grande joie à le voir. C'était comme si son cœur se gonflait d'espoir. Il lui venait l'envie de rire pour un rien. L'envie de lui raconter des tas de choses. La vie lui paraissait soudain simple et limpide.

Elle lui apportait un livre en cadeau, acheté à Laval : le récit de la première colonisation de la Terre de Feu par Pedro Sarmiento de Gamboa, gouverneur et capitaine en chef du détroit à la fin du XVIe siècle. Drôle d'idée, elle en était consciente. Mais elle avait vu ce livre et avait pensé qu'il lui plairait. Ou plus exactement : elle était certaine qu'il lui plairait, pour une raison mystérieuse.

— Tiens, je t'ai ramené un petit cadeau, lui dit-elle en lui tendant le livre.

— Ah bah, fallait pas, Léonie, répondit Cro-Magnon.

Il le tint à l'envers quelques secondes avant de le retourner et de lire le titre. Ni la Terre de Feu, ni le XVIe siècle, ni bien sûr Pedro Sarmiento de Gamboa n'évoquaient quoi que ce soit pour lui, mais il sut pourtant immédiatement, lui aussi, que le livre lui plairait. D'ailleurs, il lui plaisait déjà. Il l'ouvrit, le feuilleta ; pas d'images. Il en avait pour un an de boulot !

— On va se baigner ? proposa Léonie.

— D'accord, répondit Cro-Magnon.

Ils avaient découvert un petit coin formidable au bord de la rivière, en amont, juste après une petite maison abandonnée, à deux ou trois kilomètres du manoir. La rivière faisait une anse qui s'ouvrait sur une minuscule plage d'herbes douces entourée d'ormes, de frênes, de noisetiers et d'aubépines. L'eau était claire, il n'y avait aucun passage, aucun bruit, à part celui des grives nichant dans les aubépines.

Par acquit de conscience, Léonie proposa à sa petite sœur de les accompagner, mais elle fut honteusement soulagée qu'elle préfère rester jouer avec Lilli. Elle avait envie d'être seule avec Cro-Magnon.

Arrivés à la rivière, ils se baignèrent, elle en maillot de bain deux-pièces, lui en caleçon, s'éclaboussèrent comme des enfants, puis s'allongèrent sur l'herbe. Léonie avait un beau corps d'adolescente à la peau ferme et tendue, des cheveux blonds bouclés tirant sur le roux et un joli minois avec des taches de son sur les joues ainsi qu'un petit nez en trompette. Elle se mit à parler de l'ambiance à l'Institut supérieur des métiers, des profs et des élèves, et des garçons idiots qui la draguaient lourdement. Dans le cadre d'un cours, quelques mois auparavant, ils avaient reçu un écrivain à succès qui leur avait parlé de son « métier », de ses techniques d'écriture, du monde de l'édition. Léonie en était ressortie déçue. Cynisme, dépression, nombrilisme : voilà ce qu'évoquait désormais pour elle la littérature contemporaine. Un petit monde étriqué de dandys dépressifs qui racontent leur dernière histoire de fesses. Et c'est de cela que les gens se délectent ! Un peu comme si ce monde abîmé avait définitivement déteint sur les âmes. Et elle relayait toute cette boue complaisante ! Stagiaire depuis quelques mois, elle commençait à prendre son métier en grippe.

— Qu'est-ce que je vais devenir ? demanda-t-elle soudain, mais la question s'adressait plus à elle-même qu'à Cro-Magnon.

— Ah bah, un jour t'ouvriras une belle librairie, j'en suis sûr, répondit-il.

Elle sourit. Bien sûr, c'est ce qu'elle voulait. Ouvrir sa petite librairie, la décorer comme elle l'entendait, proposer les livres qu'elle aimait. Travailler à l'espace culturel du centre commercial Édouard Leclerc de Mayenne-City était un cauchemar, une manière de dégoûter à vie un libraire de son métier ! Elle ne vendait presque que des livres d'un escroc sentimental qui faisait la bise à ses lectrices à la fin de ses livres ! C'est André Dhôtel, Raymond Guérin et Emily Dickinson qu'elle voulait vendre !

Le soleil cognait fort. Elle sortit un tube de crème solaire de son sac et se badigeonna le corps. Elle en proposa à Cro-Magnon qui haussa les épaules. Ses bras étaient bronzés jusqu'au milieu du biceps. Après, c'était tout blanc.

— Tu vas attraper un coup de soleil, assieds-toi.

Il obéit, elle lui tartina les épaules de crème, les poils se collaient à la peau blanche. Le contact de ses doigts frais sur son dos mettait Cro-Magnon dans un drôle d'état. Il avait cessé de respirer, fixait la rivière d'un air bovin, les yeux écarquillés, un petit sourire niais au coin des lèvres. Plus tard, il ferait la chouette dans le bocage en souvenir de ce moment de grâce ! Léonie regardait cette grosse masse poilue de muscles et de graisse. Pauvre Cro-Magnon, il n'avait vraiment pas un corps de jeune premier ! Elle se demanda furtivement si elle pourrait faire l'amour avec lui et rougit en silence. En attendant, qu'est-ce qu'elle se sentait bien avec ce gros nounours ! Elle pensait à ses copines. Si elles le voyaient avec lui ! Elle les imaginait ricaner bêtement et se pousser du coude. Qu'elles aillent au diable ! Quelques larmes roulèrent sur ses joues. La vie était si compliquée.

Léonie avait apporté un pique-nique. Ils mangèrent à l'ombre, puis se baignèrent à nouveau et se prélassèrent une bonne partie de l'après-midi, passant de l'herbe à la rivière et de la rivière à l'herbe, et se badigeonnant de crème solaire. Cro-Magnon ne parlait pas beaucoup. Il écoutait et buvait les paroles de Léonie. Il profita de ce qu'elle s'était endormie pour lire les premières lignes de son livre. Il y avait des cartes de l'Amérique du Sud, du détroit de Magellan et de la Terre de Feu. « Ah bah, c'est vraiment le bout du monde », songea-t-il. Il attaqua le texte.

Sire : pour la gloire et l'honneur de Notre Seigneur, Dieu tout-puissant, et de Notre Mère protectrice, la très glorieuse et toujours Vierge Marie, le fidèle vassal et indigne serviteur de Votre Majesté, Pedro Sarmiento de Gamboa, baise humblement et un nombre infini de fois les pieds royaux et les mains de Votre Majesté pour les immenses faveurs que Votre Majesté, par sa royale et singulière bonté et son extraordinaire générosité, lui a accordées en le faisant libérer de sa captivité aux mains des hérétiques français de Gascogne, ministres infernaux du démon, et ce pourquoi il supplie que le Dieu vrai accorde à Votre Majesté de nombreuses, prospères et heureuses années, pleines de force et de santé, qu'il étende sans fin le royaume et son empire, et qu'il accorde sa grâce divine à Votre Majesté pour qu'elle puisse soutenir, protéger et agrandir sa Sainte Église et la foi catholique, et lui permettre de traverser cette vie temporelle dans l'exemplarité et gagner l'éternité des bienheureux, amen, amen.

Il posa le livre sur l'herbe, se frotta les yeux et s'allongea un instant pour réfléchir à sa lecture et en tirer le premier enseignement : ils étaient bien polis à l'époque. Sur ce, il s'endormit à son tour.

Un coup de tonnerre les réveilla une demi-heure plus tard. Le ciel s'était assombri, des nuages noirs arrivaient de l'ouest, le vent s'était levé, les oiseaux s'étaient tus. Ils s'habillèrent en vitesse et regagnèrent le petit chemin de terre à travers les noisetiers et les aubépines. Un formidable éclair zébra soudain le ciel qui craqua quelques secondes plus tard. La pluie se mit à tomber en trombe. Cro-Magnon montra la petite maison abandonnée, dans le virage juste avant le pont.

— Viens, on va s'abriter !

Léonie hésita quelques secondes. Une femme s'était suicidée dans cette maison dix ans auparavant. Le facteur l'avait retrouvée dans sa cuisine, trois semaines après sa mort. Depuis, la maison était inhabitée, et dans le pays, on la disait volontiers hantée ! Bien sûr, Léonie n'y croyait pas, mais bon ! Cro-Magnon lui prit la main, ils coururent jusqu'à la maison et la contournèrent. Le jardin était envahi d'herbes folles dont certaines avaient plus d'un mètre de haut. Un chêne de deux ou trois ans était en train de pousser au beau milieu des friches. Ils étaient trempés quand ils arrivèrent devant la porte de la cuisine que Cro-Magnon crocheta avec une facilité déconcertante. Ils s'engouffrèrent dans la pièce et refermèrent la porte derrière eux. Ils étaient tout ruisselants, les cheveux plaqués sur les tempes. Ils se mirent à rire.

— On a pris la sauce, constata Cro-Magnon.

Léonie observait la cuisine, imaginant le corps décomposé à terre. Et voilà qu'elle pensait à son père qui s'était suicidé lui aussi, écrasé par les dettes. Il s'était pendu dans la grange un an après la naissance de Charline. Léonie avait neuf ans et se souvenait de sa mère qui griffait les murs en maudissant le mort, et des longues soirées où elle demeurait prostrée, le regard vague, oubliant de donner à manger à la petite, si bien que c'est elle qui s'en chargeait. Une femme seule ne tient pas une ferme dans le bocage. Elle s'était remariée à peine la période de deuil achevée et avait sombré lentement dans l'alcool et les regrets tandis que le nouveau papa de Léonie commençait à la corriger. Elle frissonna. Elle regrettait d'être entrée dans cette maison. Cro-Magnon s'apprêtait à sortir de la cuisine quand elle s'accrocha à son bras.

— Attends-moi, j'ai peur, dit-elle.

— Ah bah, faut pas avoir peur, Léonie… De quoi qu't'as peur, d'abord ? C'est rapport aux fantômes qu'on dit qu'il y a dans c'te maison ? Moi, y me font pas peur, les fantômes…

Ils prirent le couloir étroit et passèrent dans la pièce principale. La maison était sombre et lugubre. Il planait comme une odeur de bois brûlé. Un éclair illumina furtivement la pièce tandis qu'un coup de tonnerre éclatait dehors, faisant trembler les vitres. Léonie grelottait à présent. Cro-Magnon avisa la cheminée.

— Reste là, je vais voir s'il y a du bois à la cave, annonça-t-il.

Mais Léonie voulait l'accompagner ! La porte de la cave était coincée. Cro-Magnon vérifia la serrure, elle n'était pas fermée. Il tira violemment à deux mains et réussit à l'ouvrir. Ils descendirent les marches. Il faisait nuit noire, là, en bas. Cro-Magnon sortit son briquet de sa poche et l'alluma. L'air était fétide, les murs suintaient l'humidité, des milliers de toiles d'araignée pendaient du plafond. Il y avait un tas de bûches dans un coin en effet, et des cagettes remplies de boules de charbon de bois. Cro-Magnon vida une cagette, y mit trois bûches. Ils remontèrent, le balèze portant la cagette qu'il posa devant la cheminée. Il se pencha dans le foyer et observa le conduit. Une tige pendait qu'il se mit à bidouiller. Un torrent de suie lui tomba sur la tête et se répandit dans la pièce en un nuage noir. Léonie cria. Cro-Magnon se redressa en toussant et en jurant.

— Ça va ? lui demanda-t-elle.

Cro-Magnon frotta la suie de ses paupières et ouvrit les yeux. Il était tout noir et tout penaud, et le blanc de ses yeux qui ressortait dans l'obscurité lui donnait un air de nègre halluciné. Léonie le regarda quelques secondes avant d'éclater de rire. Le colosse noir se mit à rire lui aussi. Du moment que Léonie était heureuse, peu lui importait ! Elle sortit un mouchoir et, en riant toujours, tenta de le débarbouiller, mais la suie collait à son visage mouillé.

Cro-Magnon cassa ensuite les cagettes en petits morceaux et les posa dans le foyer, les trois bûches par-dessus. Il enfonça deux mouchoirs en papier sous le bois des cagettes et les alluma. Le feu prit immédiatement. Le tirage fonctionnait tant bien que mal, même si un peu de fumée se répandait dans la pièce. Léonie alla chercher deux chaises qu'elle mit devant la cheminée. Elle retira sa robe et son tee-shirt et les suspendit sur le dossier des chaises. Elle hésita un instant, puis ôta également son maillot de bain qu'elle posa à côté des vêtements. Cro-Magnon avala sa salive. Sa bouche était sèche, son cœur battait la chamade, il se demandait s'il allait s'évanouir maintenant ou attendre encore un peu. Léonie tendait les mains vers le feu et les frottait en souriant. Les flammes se reflétaient sur sa belle peau blanche et semblaient exécuter sur son corps une danse barbare issue de la nuit des temps.

— Tu devrais enlever tes vêtements et les faire sécher, lui conseilla-t-elle.

— Sécher ? Ah oui. T'as sûrement raison.

***

Ils avaient installé le coussin du fauteuil par terre devant la cheminée et se tenaient enlacés, fixant le feu de manière hypnotique. Ils avaient chaud maintenant. L'orage s'éloignait. Léonie souriait. Pourquoi ne pas se l'avouer : elle était amoureuse, c'est tout ! Cro-Magnon se demandait s'il n'avait pas pris un méchant coup sur la cafetière et s'il n'était pas en train de faire un drôle de rêve. Ils ne parlaient pas. Ils regardaient le feu qui crépitait, et le monde s'était arrêté. Un timide rayon de soleil pénétra dans la maison par l'interstice des volets. On entendait un oiseau siffler juste derrière la fenêtre. Il devait être assez tard car tous les deux avaient faim. Léonie avait de la suie sur le visage.

— On a dû rater le dîner, dit-elle.

— Bah, mam'zelle Coco nous réchauffera bien un petit quequ'chose, répondit Cro-Magnon.

Ils se levèrent, tâtèrent les vêtements, ils étaient secs. Ils s'habillèrent lentement. Avec une clé, Cro-Magnon grava un petit cœur dans l'encadrement de la cheminée, ce qui fit sourire Léonie, même si elle trouvait ça affreusement ringard ! Au moment de sortir de la cuisine, Cro-Magnon se dirigea vers le four qu'il ouvrit.

— Qu'est-ce que tu fais ? demanda Léonie.

— Je regarde si y a pas des moules à tarte, répondit-il. Mam'zelle Coco se plaint toujours qu'elle n'en a pas assez.

Il referma le four, tira sur le petit compartiment en métal situé en dessous.

— Ah bah, voilà.

Il sortit trois moules à tarte empilés.

— Ça sert à personne ici, va.

Il allait refermer le compartiment quand il vit un dossier rouge. Il le saisit à son tour, le feuilleta. Du texte, des noms, des chiffres et des tableaux étaient imprimés sur le recto des feuilles, mais le verso était vierge. Il pensa à la petite Charline qui manquait de papier pour dessiner.

— J'vas ramener ces feuilles à ta petite sœur, ça lui fera bien plaisir, annonça-t-il fièrement.

Léonie songea qu'il était vraiment gentil et attentionné, ce gros bêta. Elle lui sauta au cou et déposa un baiser sur sa joue sale. Cro-Magnon sourit niaisement. Ils sortirent de la maison, les moules à tarte et le dossier rouge sous le bras du mastodonte.

Chapitre 13

Cro-Magnon et Berthelot marchaient dans le bocage. L'homme des cavernes n'était pas redescendu de son petit nuage depuis l'orage. Il voyait Léonie partout, dans le ciel, dans le reflet des mares, dans les arbres, dans le regard torve des vaches, même. Berthelot était un peu agacé (un peu jaloux aussi). Lui n'avait toujours pas de nouvelles de Miss Côtes-du-Rhône. Il avait fait de la place dans le placard de sa chambre pour ses affaires, et sa grand-mère le questionnait tous les matins. D'après elle, il était grand temps qu'il se marie. Il avait appris par son ancien collègue Velasquez qu'Hélène avait enfin divorcé (son mari était tombé sur certaines lettres), mais pour autant : aucun signe de vie ! Il commençait à se demander si cette fille était vraiment sérieuse.

Ils arrivèrent à la ferme des Maisons-Neuves, se mirent à faire la chouette. Le père de Jeannot apparut dans l'encadrement de l'étable et leur cria que le fiston était déjà au travail et qu'il avait emporté les outils avec lui. Ils firent un signe de la main, hululèrent à nouveau et rejoignirent Jeannot qui taillait les haies dans les champs.

Les haies, joyaux du bocage ! Elles sont larges de plusieurs mètres, constituées de chênes plusieurs fois centenaires, de charmes, de peupliers, de saules et d'ormes dont on fait les bois de charpente. On en émonde quelques-uns pour favoriser la croissance des rejets et du feuillage. Certaines d'entre elles sont des petits témoignages de la forêt primaire que l'on a conservés lors des grands défrichements du Moyen Âge. Quand elles sont composées d'arbres fourragers, elles apportent, en plus du gîte, un complément pour l'alimentation des animaux sauvages. On y trouve des fruits et des baies, des noisettes, des prunelles et des mûres ainsi que des plantes médicinales. Le passereau, la fauvette, le bouvreuil, l'alouette lulu, la grive musicienne, la tourterelle des bois y nichent, de même que la rainette arboricole, le lézard vert, la couleuvre à collier et la chauve-souris. Il y a la haie naturelle, constituée d'espèces variées ; la haie basse, taillée ; la haie vive, large et touffue, sauvage, cinq à six espèces d'arbustes choisis pour leur feuillage, leur floraison et leurs fruits. Un peu de chèvrefeuille parfume le tout ; la haie composite brise-vent, de plus de trois mètres de haut, qui protège les cultures. Toutes ces haies millénaires qui ont façonné le paysage furent une réponse magistrale de la sagesse des anciens à la dégradation et à l'érosion des sols. Elles apportaient en sus le bois de chauffage, abritaient le bétail, protégeaient des vents froids, amélioraient l'alimentation des nappes phréatiques, favorisaient la diversité de la vie. Mêlées aux talus et aux mares, elles ont créé le bocage, ce paysage d'équilibre.

Las, comme dit Péguy (et Berthelot dans ses bons jours), l'époque est venue de ceux qui font le malin. De ceux qui considèrent qu'être né en dernier est un gage de supériorité. De ceux qui regardent le passé avec un petit sourire paternaliste. « Si l'on supprimait les haies, on gagnerait de la surface agricole », pensèrent les malins en clignant de l'œil. Il y eut les remembrements intensifs, la destruction des haies subventionnée par l'État, le comblement des mares, l'assassinat des grenouilles rieuses et des tritons crêtés, l'agrandissement des parcelles et la monoculture: là où l'on cultivait dix espèces, il n'en resta plus qu'une qu'il fallut inonder de pesticides pour éviter les maladies que toute culture unique appelle. Le résultat ne se fit pas attendre: ruissellement, érosion, inondations, cours d'eau pollués, disparition des poissons, appauvrissement des nappes phréatiques, assèchement des zones humides, disparition des oiseaux, prolifération des vers et des insectes nuisibles, utilisation de chimie, là encore, pour s'en débarrasser. Quinze millions d'hectares remembrés. Un million cinq cent mille kilomètres de haies arrachées (sur deux millions!). Des destructions irréversibles. L'équilibre écologique ancestral brisé à tout jamais. Du vandalisme vendu sous le nom de progrès. De la bêtise crasse et orgueilleuse.

Mais que l'on se rassure. Autour de la ferme des Maisons-Neuves, il y avait encore du bon vieux bocage, et les mœurs qui vont avec. Les trois copains travaillèrent tout l'après-midi et rentrèrent à la ferme boire un coup vers dix-huit heures. Les parents de Jeannot étaient à la cuisine en train de discuter à voix basse. L'ambiance était morose. Depuis quelques mois, le sort frappait la ferme. Ça avait commencé par deux vaches qui avaient avorté et tari dans la foulée ; quelques semaines plus tard, il y avait eu un veau de huit jours qu'il avait fallu amener à l'équarrissage, puis un autre qui buvait bien mais ne profitait pas. La mère de Jeannot avait alors commencé ses douleurs au ventre. Ensuite, ce fut au tour des poules d'être frappées : le quart du poulailler massacré en une nuit par un renard ou un chien fou. Une semaine plus tard, le père avait versé dans le fossé avec la camionnette en revenant de Laval. Et puis il y avait eu les beurrées apparues autour de la ferme pendant la nuit, des champignons blanchâtres qui « tiraient » le lait des vaches. Le père de Jeannot les brûla au pétrole et jeta sur les cendres du sel bénit comme on faisait toujours. Mais à présent, une autre vache tarissait, donnant trois litres au lieu des quinze habituels. Le vétérinaire venait de quitter la ferme en évoquant une infection mycoplasmique ou une brucellose. Il avait ordonné d'isoler la vache avant le résultat des analyses.

Le père de Jeannot soupirait. La mère maudissait le salaud qui leur voulait du mal.

C'est la voisine qui les avait alertés, la mère Albertine, de la Baillée. Elle trouvait ça bizarre, tous ces malheurs. « Y'aurait-y pas quelqu'un qui vous voudrait du mal ? » avait-elle demandé. Le père de Jeannot avait haussé les épaules. Il ne croyait pas à ces bêtises. Quant à sa femme, elle n'y croyait pas trop non plus, mais elle avait quand même une idée de la personne qui leur voulait du mal.

On avait fait venir le curé, c'était plus prudent. Il avait béni l'étable, le poulailler et la ferme, mais ça n'avait rien changé. La mère Albertine leur avait alors envoyé le gars Gustave, un trimard qui donnait le coup de main aux fermiers de la région. Il avait semé du sel bénit devant l'étable en marmonnant entre ses dents, en avait mis dans la goule des vaches et avait planté un clou d'acier dans une poutre de l'étable. Il avait également fait remplir une grande bassine d'eau et avait demandé à la mère de regarder dedans, mais elle n'avait rien vu. Quand le gars Gustave était entré dans leur chambre, il s'était arrêté net sur le seuil, avait tendu les deux bras et en était ressorti aussi sec. « Y a trop de force pour moi là d'dans », avait-il déclaré. Pour lui, c'était sûr, les vaches étaient barattées, et le lait transporté dans une autre ferme, mais il se déclarait impuissant.

La mère de Jeannot dépérissait. Elle ressassait ses malheurs toute la journée. Un peu après les Maisons-Neuves, en direction du bois de Clermont, il y avait la ferme de Maubusson. Le fils Jean avait repris deux ans auparavant la succession de son père et venait de s'équiper d'une salle de traite en épi de deux fois six postes avec stabulation à logettes. Il voulait se moderniser et s'agrandir. Quelques mois après avoir pris les commandes de la ferme, il avait proposé aux parents de Jeannot de leur racheter une parcelle qui jouxtait la sienne. Le couple tirait le diable par la queue, mais avait refusé de vendre. C'était une fin d'après-midi lugubre d'hiver. Le fils Jean avait quitté la ferme, furieux. « Faudra pas se plaindre quand vous serez à terre! » avait-il gueulé en levant le poing. Depuis, on ne se saluait plus. À bien y réfléchir, les malheurs avaient débuté là. Elle en avait parlé à son mari qui avait haussé les épaules: « C'est des sornettes de bonne femme », avait-il tranché. Elle était pourtant décidée à faire venir quelqu'un de plus fortiche que le gars Gustave.

On en était là quand Berthelot et Cro-Magnon entrèrent dans la cuisine et saluèrent les parents de Jeannot. Le père leur fila à chacun un billet pour les haies, sortit sa goutte et leur en versa un godet. Il s'adressa à Cro-Magnon.

— Dis donc, il paraît que tu l'connais bien, le type au corbeau, là, qu'est installé chez monsieur le comte…

— Joseph ? Pour sûr, c'est un copain.

— Il paraît qu'il connaît bien les herbes et tout ça, dit la mère.

— Ah, ça, il les coupe menu. Et alors ?

Le père désigna sa femme du pouce.

— La mère voudrait le faire venir ici pour qu'il donne son avis sur les malheurs qui nous frappent…

— Seulement, faudrait qu'il accepte, qu'est-ce t'en penses ? ajouta la mère.

— Ah bah, ça coûte rien de lui demander, répondit Cro-Magnon.

Joseph accepta. Trois jours plus tard, il arriva au crépuscule à la ferme des Maisons-Neuves, tout de noir vêtu, son corbeau sur l'épaule. Les parents de Jeannot l'accueillirent sur le pas de la porte d'entrée. Le père lui proposa un verre de goutte qu'il refusa d'un petit geste de la main. Il fit en silence le tour de la ferme, inspectant les flaques de sel à l'endroit des beurrées. Le père et la mère de Jeannot le suivaient sans rien dire. Il pénétra dans l'étable, repéra le clou planté par le gars Gustave, déambula un instant parmi le cul des vaches et s'arrêta soudain. Il ferma les yeux, écarta les bras et demeura quelques secondes ainsi, avant de ressortir de l'étable, le corbeau toujours sur l'épaule. Il se dirigea ensuite vers le poulailler, suivi du couple de fermiers, en fit le tour, puis demanda à entrer dans la maison. Il commença par la pièce principale, passa à la cuisine. Chaque fois, il s'arrêtait quelques secondes dans la pièce, fermait les yeux et écartait les bras. Le père et la mère se regardaient d'un air inquiet. Il monta ensuite à l'étage, entra dans toutes les pièces. Au moment de pénétrer dans la chambre du couple, il eut un moment d'arrêt, lui aussi. Mais il continua et fit deux fois le tour de la chambre, avant de s'arrêter, d'écarter les bras et de fermer les yeux. Il redescendit, s'assit sur une chaise à la cuisine et demanda un verre d'eau qu'il but en silence.

— Alors ? demanda la mère.

— Il y a de la force, répondit Joseph. Beaucoup de force.

La mère acquiesça en silence.

— Maintenant, racontez-moi tous vos malheurs, ajouta Joseph.

La mère parla tandis que le père écoutait sans rien dire. Elle évoquait les vaches, les veaux, les poules, l'accident de voiture et ses propres douleurs au ventre. Joseph avait les yeux fermés. Il se leva, l'entraîna à nouveau à l'étage et la fit allonger sur le lit. Le mari suivait, l'air inquiet. Il souleva sans ménagement sa blouse et palpa son ventre blanc et flasque.

— Où est la douleur ? demanda-t-il.

Elle montrait l'estomac. Il sortit une médaille de saint Benoît de sa poche et la posa sur la chair blanche. Le contact froid du métal chatouilla la mère. Il traça ensuite plusieurs cercles autour de la médaille avec l'index et ferma les yeux.

— Mal, je te retire de ce corps comme Judas s'est retiré du jardin des oliviers après avoir trahi Jésus-Christ ! cria-t-il soudain.

Le mari sursauta. Joseph répéta la formule trois fois, récupéra la médaille et remit la blouse en place. La mère se releva du lit. Elle souriait timidement à son mari qui l'interrogeait des yeux. Les trois redescendirent à la cuisine. La nuit tombait. La lande devant la ferme n'était plus qu'une ombre noire qu'épousait progressivement le gris foncé du ciel.

— Il y a beaucoup de force, répéta Joseph en posant délicatement Hugin sur le dossier d'une chaise.

Le corbeau écarta ses ailes, fit mine de s'envoler, puis les replia et émit un petit son guttural en regardant son maître.

— Il faut rendre le mal pour le mal, ajouta-t-il.

Il demanda au père d'apporter le sel bénit ; à la mère d'allumer un feu à la gazinière et d'y poser une poêle en fonte. Il se posta devant la poêle comme quelqu'un qui s'apprêterait à faire des grillades et attendit qu'elle fût chauffée à blanc pour y jeter une poignée de gros sel qui se mit à crépiter, à remuer, à sauter dans la poêle. Quelques grains en sortirent. Joseph tendit les mains au-dessus de la poêle et recula. Il semblait lutter, faisait un pas en avant, deux pas en arrière, mobilisait toutes ses forces et revenait. Il tremblait, le visage tendu, les dents serrées. Le sel continuait de sauter dans la poêle. Il suait.

— Il est fort, ce satané salaud !

La mère s'était réfugiée dans les bras de son mari. Joseph se rapprocha de la poêle et cria :

— Il n'y a pas de place pour nous deux !

Il était en transe, tremblait de tous ses membres, les yeux révulsés, les bras tendus, les veines saillantes, les doigts écartés.

— Corps pour corps, c'est toi ou moi !

Le corbeau se mit à croasser doucement. La mère pleurait. Le père était pâle.

— Ferme les yeux et regarde qui te fait du mal ! ordonna Joseph.

La mère ferma les yeux. Elle vit Jean assis dans un fauteuil en train de lire un livre rouge, un vilain sourire au coin des lèvres. Elle poussa un cri. Son mari lui enserra les épaules, mais elle se débattait.

— Corps pour corps ! hurlait Joseph.

— Je l'ai vu ! s'exclama la mère.

Elle s'arrachait les cheveux, se griffait le visage. Le père voulait la calmer, mais elle lui mettait des coups sur la poitrine en hurlant. Soudain, Joseph saisit la poêle et la passa sous l'eau du robinet. La fonte parut exploser, une épaisse fumée blanche s'éleva dans la cuisine, et puis ce fut fini.

Joseph reposa la poêle sur la gazinière et se laissa tomber sur une chaise, épuisé. Le corbeau bondit sur son épaule. Plusieurs minutes passèrent dans le silence.

La mère se calmait et pleurait en silence maintenant. Joseph but un verre d'eau et s'épongea le front.

— Je crois que je l'ai eu, murmura-t-il.

***

Ce soir-là, au crépuscule, le voisin Jean était allé dans la grange pour chercher une botte de paille et changer la litière d'un veau. Il monta par l'échelle au séchoir, balança la botte au plus près de la porte de la grange, mais glissa bêtement au moment où il allait redescendre et tomba en arrière sur les lames incurvées de la charrue du tracteur qui était rangée là. Quand sa femme le retrouva une demi-heure plus tard empalé sur deux lames, un petit son rauque sortait encore de sa gorge. Elle traversa la cour en hurlant, pénétra dans la ferme, tomba deux fois et réussit après trois tentatives à former sur le cadran du téléphone le numéro des pompiers. Mais quand ils arrivèrent, le fils Jean venait de mourir. Les douleurs de la mère de Jeannot passèrent dès le lendemain matin. Le vétérinaire revint dans l'après-midi et annonça que la vache tarie était contaminée par un virus bénin qui disparaîtrait dans les deux jours. Le père et la mère n'évoquèrent jamais plus les événements de ce soir-là et la vie reprit son cours ordinaire. Le bocage.

Chapitre 14

Le directeur central du renseignement intérieur, Bertrand Manzoni, était debout devant la baie vitrée du vaste bureau qu'il occupait au huitième étage de l'immeuble flambant neuf où travaillaient mille huit cents fonctionnaires de police, à Levallois-Perret. Les mains derrière le dos, il regardait Paris, et plus précisément un tout petit rectangle à gauche des Champs-Élysées, juste avant la place de la Concorde : le ministère de l'Intérieur. Il fit quelques pas dans la pièce et s'assit derrière son bureau, jetant un coup d'œil machinal aux trois écrans de contrôle placés sur la gauche, en contrebas. Il soupira, se releva et se remit à arpenter la pièce. L'affaire du journaliste espionné avait pris trop d'importance et Manzoni venait de comprendre qu'il était lâché. Il allait servir de fusible et on l'enverrait diriger un autre service de police, ou une antenne régionale de la DCRI si on voulait l'humilier par-dessus le marché. Il connaissait la règle du jeu, mais la connaître est une chose, l'accepter en est une autre. Il se découvrait mauvais joueur. Il avait espionné ce journaliste sur ordre direct de l'Élysée, mais cela, il ne le dirait pas. En revanche, il avait bien envie de jouer son va-tout. Le ministre de l'Intérieur était son ennemi. C'est lui qui voulait sa peau. Mais ce que cet imbécile ignorait, c'est que si lui, Manzoni, laissait fuiter dans la presse trois ou quatre pages d'un certain dossier, ledit ministre risquait bien de se retrouver éjecté du gouvernement, si ce n'est en prison. Manzoni s'estimait en état de légitime défense. « Attention, je mords », murmura-t-il méchamment en regagnant son bureau. Il prit son téléphone, appela la sous-division H située quelques étages au-dessous et demanda à parler au commandant Martin.

— Venez donc déjeuner avec moi, Martin. Treize heures, ça vous va?

— Très bien, répondit Martin.

Les deux hommes se retrouvèrent à la *Villa Corse* et ôtèrent les puces de leurs portables. Tintin apporta une bouteille de rosé et des amuse-gueules avant de leur conseiller le loup de Corse qu'on lui avait livré le matin même et qu'il servait en filet avec des épinards frais aux olives et aux tomates confites.

— C'est parfait, dit Manzoni.

— Pareil pour moi, dit le commandant.

— Une entrée? proposa Tintin.

Manzoni hésita. Il adorait la poêlée de supions, mais il faisait chaud et il se trouvait trop gros. Il eut un geste agacé de la main.

— Juste le plat.

— Pareil pour moi, répéta le commandant.

Tintin s'éloigna. Manzoni ne tourna pas autour du pot.

— Il faut récupérer le dossier, annonça-t-il en piquant une olive fourrée aux anchois avec un cure-dents.

« Si ça se trouve, il me prend pour un coursier », se dit Martin. Mais en ancien de la DST, il n'avait toujours eu qu'un seul et unique principe : tu reçois un ordre du taulier, tu l'exécutes.

— Quand ? demanda-t-il.

— Au plus vite. Prenez le capitaine Béjart avec vous. Ce n'est pas la peine de mettre quelqu'un d'autre au courant.

— Bien sûr.

Planquer un dossier explosif dans une maison pourrie en Mayenne et aller le rechercher trois semaines plus tard : tout cela sentait la panique à bord et l'amateurisme à plein nez, songea Martin.

— Vous ne me demandez pas pourquoi on le récupère ? fit Manzoni.

— Non, répondit le commandant Martin.

« Espèce de tête de con », pensa Manzoni en lui souriant et en tendant son verre pour trinquer.

***

Les deux gendarmes de la brigade rapide d'intervention somnolaient dans leur Mégane modèle sport garée derrière un bosquet, à la sortie d'une aire de repos, quand les deux motos passèrent comme des flèches sur l'autoroute en direction du Mans.

— Nom de Dieu ! lâcha en sursautant celui qui était au volant.

Il démarra et enclencha le gyrophare. La voiture bondit sur l'autoroute et accéléra en continu, franchissant les cent kilomètres à l'heure en moins de sept secondes.

— Ces petits fumiers vont à plus de deux cent, murmura le pilote en regardant son compteur.

— Ça va leur faire mal où je pense quand on va leur confisquer leur moto, répondit le copilote.

— Ouais, sacrément mal où je pense, ajouta le pilote en poussant le pied au plancher.

Le commandant Martin vit le gyrophare au loin dans son rétroviseur. « Il ne manquait plus que les pandores », soupira-t-il. Béjart et lui pouvaient facilement les semer avec leur Mégane de retraité, mais les imbéciles préviendraient leurs collègues et il en viendrait de partout. Il mit le clignotant à droite et tous deux quittèrent l'autoroute à l'aire de repos suivante.

Le commandant Martin coupa le contact de son engin, en descendit, s'étira et ôta ses gants. Il sortit sa carte qu'il posa sur le siège de la moto et attendit. La voiture passa en trombe sur l'autoroute. Soudain, elle freina brusquement, s'arrêta sur le bas-côté, juste après la sortie de l'aire de repos, et pénétra sur le parking en marche arrière pour s'immobiliser à côté des motos. Les deux gendarmes s'extirpèrent du véhicule.

— Alors, on se prend pour Giacomo Agostini ? Les papiers de la moto et que ça saute, ordonna l'un des gendarmes.

Martin tendit sa carte. Le pandore la regarda, sourcils froncés, et la passa à son collègue.

— Je ne suis pas sûr que ça vous autorise à foncer comme un dératé, ajouta-t-il. Vous avez un ordre de mission ?

— Non, répondit Martin.

Le gendarme reprit la carte des mains de son collègue et la relut lentement. Il se frotta le menton.

— Bon. Ça va pour cette fois, mais détendez-vous un peu du poignet, mon vieux.

Le commandant Martin rangea sa carte, remit son casque et ses gants, grimpa sur sa moto et démarra. Il s'éloigna, suivi de Béjart. Les deux motos regagnèrent l'autoroute, atteignant en quelques secondes les deux cent vingt kilomètres à l'heure.

— Je me demande pour qui ils se prennent, ces enculés d'espions de mes deux, dit le gendarme en regardant dans la direction où ils avaient disparu.

— Ah, ça, répondit l'autre. Des vrais pédés.

Le commandant Martin et le capitaine Béjart quittèrent l'autoroute peu avant seize heures. Le commandant resta devant, ce coup-ci. Il avait une mémoire d'éléphant. Quand il faisait un trajet une fois, il s'en souvenait dans les moindres détails. Ils prirent les mêmes départementales, traversèrent les mêmes villages et arrivèrent enfin à la maison. Ils garèrent les motos, retirèrent leur casque. Le commandant remarqua que la grille du portail était ouverte. Ils montèrent les trois marches menant à la porte d'entrée et le capitaine ouvrit la porte. À peine dans la maison, Martin s'immobilisa. L'odeur de feu était bien plus forte que la dernière fois. Il pénétra dans la salle de séjour et eut la respiration coupée. Le coussin du fauteuil et des chaises étaient posés devant la cheminée, il y avait de la suie partout et des traces d'un feu récent dans le foyer.

— Qu'est-ce qui se passe ? demanda le capitaine Béjart en entrant dans la pièce.

Mais Martin le bouscula et se précipita dans la cuisine. Béjart entendit des bruits de tôle suivis bientôt d'un grand cri d'animal blessé, puis un grabuge insensé. Il se précipita à son tour dans la cuisine. Le compartiment sous le four était ouvert et vidé de ses plaques de tôle. Le commandant à genoux donnait des coups de poing dans le four en hurlant. « Et merde », pensa Béjart. Le commandant se releva, mit ses deux mains sur son visage et se laissa glisser le long du mur jusqu'à se retrouver assis par terre. Il secouait la tête. Il avait envie de s'en prendre à Béjart, de l'engueuler, de lui péter la gueule ! Mais il se raisonna et réussit à se calmer. Il retira ses mains de son visage, souffla un grand coup et se releva. Il regarda une nouvelle fois le compartiment du four.

— Bon, reprit-il. On est dans une énorme merde, Béjart.

Béjart s'approcha du four et se pencha.

— C'est complètement dingue, murmura-t-il. Pas un cambriolage en dix ans…

Le commandant ouvrit la porte vitrée qui donnait sur le jardin en friche et observa la serrure.

— Crochetée, annonça-t-il.

— Vous croyez qu'on a été suivis la dernière fois ? questionna Béjart.

Le commandant haussa les épaules et quitta la cuisine. Dans le salon, il s'approcha de la cheminée et remua les cendres avec le pied. Il prit soin de ne pas piétiner une belle empreinte de chaussure imprimée au sol dans la suie. Il avisa le petit cœur gravé dans l'encadrement de la cheminée et appela Béjart.

— Ça y était, ça ?

Béjart s'approcha.

— Non.

Le capitaine se tut un instant en fixant le dessin.

— Vous croyez que c'est quelqu'un qui se fout de notre gueule ?

— J'en sais rien, Béjart.

— Il faudrait peut-être prévenir le patron, non ?

— J'en sais rien ! gueula le commandant.

Il récupéra le coussin, le remit sur le fauteuil et s'assit, les mains jointes sous le menton. Il ferma les yeux.

— Allez vérifier si on a piqué quelque chose d'autre dans la maison, ordonna-t-il.

Béjart disparut, revint un quart d'heure plus tard.

— Rien du tout à part le dossier et… les moules à tarte.

Le commandant ouvrit les yeux.

— Les moules à tarte, répéta-t-il.

— C'est ça. Ils étaient avec les plaques de cuisson… dans le compartiment du four.

Ils se turent pendant quelques minutes. Le commandant referma les yeux et dit :

— Tu vois, Béjart, j'ai près de trente ans de métier. J'en ai vu des sadiques et des barjots, des rebuts de l'humanité et des tarés. Mais j'aurais jamais imaginé qu'un type puisse être aussi tordu pour cambrioler une maison et y piquer des moules à tarte.

Béjart acquiesça en silence.

— Des putains de moules à tarte, répéta le commandant.

Il avait envie de chialer.

***

Béjart avait pris une chaise et s'était assis à califourchon face au fauteuil où se tenait le commandant Martin. Il fumait une cigarette.

— Récapitulons, dit le commandant. Deux personnes crochètent la porte et entrent dans la maison.

Ils prennent leur temps, descendent à la cave chercher du bois, font du feu, placent un coussin par terre ainsi que deux chaises, dossier face à la cheminée. Ils finissent par piquer des moules à tarte ainsi que le dossier. En entrant ici, ils savaient que la maison était abandonnée. C'est donc des gars du pays. Pourquoi font-ils du feu en plein été et pourquoi placent-ils ces deux chaises devant la cheminée, Béjart ?

— Pour faire sécher leurs vêtements, répondit le capitaine.

— C'est également ce que je pense. Et pourquoi font-ils sécher leurs vêtements ?

— Parce qu'ils sont mouillés, répondit le capitaine.

Le commandant soupira.

— Peut-être les ont-ils lavés ? proposa le capitaine.

— Il y aurait des traces dans l'évier. Ils ont dû être surpris par la pluie et se sont réfugiés ici. On a sûrement affaire à des vagabonds. Il me faudra un relevé détaillé de la météo des trois dernières semaines.

Béjart acquiesça.

— Et le cœur gravé ? demanda-t-il.

— C'est peut-être un couple qui a voulu… immortaliser l'instant.

— Pourquoi pas des gamins du coin qui sont venus baiser tranquillement ?

— Peut-être. Mais pourquoi des gamins piqueraient des moules à tarte ?

— Pourquoi des vagabonds piqueraient des moules à tarte, mon commandant ? Ça n'a aucun sens.

Le commandant se leva du fauteuil, s'agenouilla devant la cheminée et fouilla dans les cendres avec les mains.

— Vous croyez que…

— Non. Ils n'auraient pas utilisé une centaine de feuilles pour allumer un feu et on aurait retrouvé le reste. Ils l'ont embarqué avec eux, c'est certain.

— S'ils ne sont pas trop débiles, ils ont dû comprendre que c'était du lourd, reprit le capitaine. Peut-être qu'ils veulent essayer d'en tirer du fric ?

Le commandant imagina le dossier vendu à un journaliste. Un frisson lui parcourut le bas du dos. Il se redressa, s'essuya les mains à son pantalon.

— Commençons par la piste des vagabonds. Vous savez où est située la gendarmerie à Laval ?

— Oui, répondit le capitaine.

— Alors, allons-y.

Les deux flics pénétrèrent dans le bâtiment qui abritait le groupement de gendarmerie de la Mayenne, allée des Français-Libres, à Laval. Un pandore lisait le journal derrière un comptoir. Il avait la larme à l'œil et la goutte au nez. Il ressemblait à l'acteur Jean Lefebvre dans ses meilleurs jours. Martin présenta sa carte et demanda à parler avec le commandant du groupement. Le pandore siffla.

— C'est qu'il est en vacances, le colonel…

— Alors, le commandant en second, dit Martin. C'est très important.

— Je vais voir ce que j'peux faire.

Il éternua, se moucha.

— Je suis allergique, mais je ne sais pas à quoi, déclara le pandore.

Il saisit le téléphone, appuya sur une touche. Martin tapotait le comptoir de ses doigts.

— L'est là le lieutenant-colonel ? Ah bon ! Ch'ais pas. Des gars de Paris. Non, des policiers.

Il posa la main sur le micro du combiné.

— C'est à quel sujet ?

— On a besoin de renseignements, c'est urgent, répondit Martin.

— Besoin de renseignements, répéta le pandore en enlevant sa main du combiné… Ch'ais pas. (Il releva les yeux vers Martin.) Vous êtes de quel service ?

— Direction centrale du renseignement intérieur, sous-division H, contre-espionnage, vous permettez ?

Il lui arracha le combiné des mains.

— Commandant Martin à l'appareil, contre-espionnage. Je dois parler en urgence à un responsable.

— Je suis au courant de rien, déclara la voix. Vous avez fait une demande officielle ?

— Écoutez. Il n'y a rien d'officiel à ma demande, mais je vous conseille d'y accéder.

— S'ra là demain matin, le commandant en second.

— Vous êtes un groupement de gendarmerie, vous devez avoir un officier de renseignement…

— Il a pris sa journée. Il est allé pêcher vers…

— Putain, y a bien un officier dans ce poulailler ! hurla Martin.

— Oh, doucement, ce n'est pas la peine de crier, dit la voix. Y a bien l'officier adjoint de police judiciaire. Je vais voir s'il peut vous recevoir.

Martin se retrouva avec la *Neuvième Symphonie* de Beethoven en version électronique dans les oreilles pendant cinq longues minutes. Il marmonnait dans sa barbe, décollait machinalement un petit morceau de vernis du comptoir usé. Le pandore à l'accueil ne cessait d'éternuer et de se moucher. La communication reprit à l'autre bout du fil.

— Vous avez de la chance, le capitaine Bordas accepte de vous recevoir, dit la voix. Deuxième étage au fond du couloir.

Martin raccrocha. « Vous avez de la chance », se répéta-t-il en serrant les dents. Ils passèrent sous un portique qui siffla et continuèrent jusqu'à l'ascenseur. Le gendarme de l'accueil se demanda s'il devait les fouiller, mais ils étaient déjà au second quand il pesait encore le pour et le contre. Un capitaine de gendarmerie en tenue les attendait dans le couloir. Il avait dans les quarante ans, les cheveux noirs, la mine renfrognée.

— Capitaine Bordas, se présenta-t-il en tendant la main au commandant.

— Commandant Martin, capitaine Béjart, de la DCRI, répondit Martin en la serrant.

Il les fit entrer dans une pièce, ferma la porte. Un major était assis devant une petite table face à un écran d'ordinateur datant de Mathusalem. Le capitaine Bordas s'assit derrière son bureau et les invita à prendre place en face de lui.

— C'est à quel sujet ? demanda-t-il.

— J'ai besoin de renseignements, répondit Martin.

— Des renseignements, répéta le capitaine Bordas. Dans quel cadre ?

Martin le fixa sans répondre.

— Dans quel cadre légal ? reprit le capitaine Bordas. Vous menez une enquête conjointement avec nos services ? Je ne sais pas, moi…

— Il n'y a pas de cadre légal.

Le capitaine Bordas parut contrarié. Martin entendit le cliquetis d'un clavier derrière lui. Il se retourna. Le major écrivait à l'ordinateur.

— Qu'est-ce qu'il fait ? demanda-t-il en le montrant du pouce.

— Je préfère garder une trace de notre entretien, répondit le capitaine Bordas.

Le commandant Martin eut soudain envie de se lever, de prendre le major par les cheveux et de lui éclater la tête sur son écran d'ordinateur. Il se leva en effet, mais garda son calme et fit quelques pas dans la pièce.

— Écoutez-moi bien. On est sur une affaire qui concerne la sécurité nationale. Vous comprenez ce que ça veut dire ? Il y a… quelque chose qui se balade dans la nature et qui peut causer un séisme politique dont vous n'avez pas idée. Nous sommes chargés de retrouver cette chose, hors cadre légal et en toute discrétion. Si vous me mettez des bâtons dans les roues, je serai obligé d'en référer en haut… tout en haut, vous me suivez toujours ? Alors, demandez à ce monsieur d'éteindre son ordinateur et d'aller prendre un café et reprenons la conversation, si vous le voulez bien.

Le capitaine Bordas hésita une seconde, mais fit un petit signe à son major qui quitta la pièce.

— Je vous écoute, dit-il en croisant les bras.

Le commandant Martin se rassit. Il réalisa soudain ce que sa démarche pouvait avoir d'absurde.

— L'homme que nous recherchons est probablement un vagabond, annonça-t-il.

— Un vagabond, répéta le capitaine Bordas. Vous avez son nom ?

Le commandant soupira.

— Son signalement ?

— Non plus.

— Et bien entendu, vous n'avez pas son adresse puisqu'il n'en a pas.

Martin sembla voir un petit sourire se dessiner sur les lèvres du capitaine de gendarmerie.

— Je me disais que peut-être vous fichiez les vagabonds du pays, reprit Martin. On les approcherait un à un.

— On les « fiche » quand ils commettent un délit, rétorqua le gendarme.

— Mon espoir est que celui que nous recherchons en ait commis un.

— C'est léger, fit remarquer Bordas.

— On n'a rien d'autre, répondit Martin.

Le capitaine Bordas hocha la tête.

— En somme, vous recherchez des délits mettant en cause des sans domicile fixe dans le département ?

— En quelque sorte.

Le capitaine Bordas ouvrit un fichier sur son ordinateur et tapota sur son clavier. Il se mit à lire.

— Voies de fait sur un fonctionnaire de police. C'est un clochard qui a élu domicile place de la Trémoille à Laval. Bagarre entre deux SDF ivres à Évron, dégradation de monument public à Château-Gontier, attentat à la pudeur à Craon, coups et blessures…

— Ce n'est pas ce genre de profil, le coupa Martin.

— Comment ça : pas ce genre de profil ?

— Je ne sais pas comment vous dire, mais ce n'est pas ce genre de profil. On aurait retrouvé de la merde partout et des bouteilles vides. Celui qu'on recherche est plutôt du genre à se balader sur les routes et à s'abriter dans les maisons abandonnées quand il pleut. Vous voyez ce que je veux dire ?

— Pas vraiment, répondit le capitaine Bordas en regardant son écran. Tenez, là, j'ai un ahuri déguisé en Jésus qui se prend pour un Martien et qui se balade dans le bocage avec un âne. Il a causé plusieurs accidents de la circulation avec son bourricot. Ça vous intéresse ?

— Ça y ressemble déjà plus, dit Martin. Il se balade vers où ?

— Il a été vu partout dans le département. Mais ça fait plus d'un mois qu'il a disparu des écrans radars. Il a peut-être quitté la région.

Il continuait à lire son fichier.

— J'en ai un autre, Vincent Pointeau. Il vit dans une caravane dans le bois de Misedon. On a un dépôt de plainte contre lui. Il a cassé la gueule à un type qui l'accusait d'avoir enlevé sa fille et a quitté sa caravane il y a environ trois semaines. Depuis, pas de nouvelles. On a appris entre-temps qu'il était inscrit au fichier des déserteurs. Lui, c'est un vagabond dans le genre que vous recherchez. Un coureur de bocage comme on dit un coureur de bois au Canada…

— Elle est où cette caravane ? demanda Martin.

Le capitaine Bordas se leva et posa un doigt sur la carte du département punaisée au mur.

— Là.

Il se rassit.

— Vous parliez d'une maison abandonnée tout à l'heure. Si vous m'en disiez plus, je pourrais peut-être vous aider, ajouta-t-il.

Le capitaine jeta un coup d'œil à son supérieur qui lui fit signe qu'il pouvait parler.

— Elle se situe à un kilomètre du Bourgneuf-la-Forêt, en direction de Bourgon.

Le capitaine Bordas se mit à rire. Martin et Béjart se regardèrent.

— Excusez-moi, fit le gendarme. C'est que, si vous cherchez des vagabonds dans le coin, vous êtes servis…

— Vous pouvez être plus explicite ? demanda Martin.

— Il y a une sorte de manoir, tout près de votre maison, qui appartient à un vieux fou. Ça fait vingt ans qu'il accueille toute la misère du monde. Des clodos, des vagabonds, des romanichels de toutes sortes qu'il installe sur ses terres. La plupart sont des anarchistes antisociaux…

Martin reçut comme une décharge électrique dans le dos.

— Comment ça, des anarchistes ?

— Ben, des anarchistes, quoi. Vous savez ce que c'est qu'un anarchiste, non ? Ils n'aiment pas les képis, l'État, l'armée, la police, tout le bordel. Ils rêvent d'un monde sans lois. Certains se baladent même à poil (il riait). Ah, ça fait du bruit dans le pays, mais rien n'est illégal, alors on n'intervient pas…

Mais le commandant ne l'écoutait plus. « Des anarchistes, se répétait-il. Nom de Dieu ! » Il eut un vilain pressentiment. Un très vilain pressentiment.

Chapitre 15

Au dos d'une feuille relevant dans les moindres détails les sommes extraordinaires qu'avaient touchées plusieurs ministres français de la part d'un chef d'État africain, et leurs différents comptes en banque à l'étranger, Charline dessinait un petit chat avec de longues moustaches et des oreilles pointues. Dehors, il pleuvait, la journée était grise et plombée. Le comte de la Petite-Touche avait passé la nuit et une partie de la matinée dans son laboratoire (qu'il appelait son « oratoire ») et remontait l'air fatigué et soucieux. Mam'zelle Coco, assise à côté de Charline, écossait des haricots, la pipe au bec. Cro-Magnon, vautré dans un fauteuil sous la fenêtre, lisait son livre en suivant les mots avec son doigt. Berthelot, adossé au radiateur, le regardait d'un air mauvais. Son copain se transformait en intellectuel sous ses yeux !

— Tu prépares l'ENA ? lui demanda-t-il.

L'homme des cavernes haussa les épaules.

Le seigneur du Haut-Plessis passa devant Charline et admira son dessin.

— Il est bien joli, ton petit chat. Tu as beaucoup de talent, Charline.

— Merci, monsieur le comte ! répondit la petite fille.

Il sourit d'un sourire un peu triste et se tourna vers Berthelot et Cro-Magnon.

— Que diriez-vous d'un petit apéritif, mes amis ?

Berthelot se frotta les mains.

— Je finis ma page et je vous rejoins, dit Cro-Magnon sans lever les yeux de son livre.

Berthelot n'en revenait pas.

— Ne bougez pas, je m'occupe de tout, ajouta le comte à l'intention de mam'zelle Coco qui, bien entendu, n'avait pas manifesté la moindre velléité de se lever.

— Kir pour tout le monde ? proposa le comte.

Il ramena un plateau chargé de verres, d'une bouteille de crème de cassis et de deux bouteilles de vin blanc et le posa sur la table basse, dans le coin de la pièce. Pote-Jésus, par l'odeur alléché, descendit de sa chambre à ce moment précis. Le visage de mam'zelle Coco s'illumina. Tous s'installèrent dans les fauteuils autour de la table basse, sauf la gouvernante et Charline qui demeurèrent à table à dessiner et écosser les haricots. Cro-Magnon posa son livre ouvert sur le rebord de la fenêtre et les rejoignit.

— Alors, grand-duc, on a encore passé sa nuit dans la cave à fabriquer des lingots ? plaisanta l'intellectuel en herbe.

Rabinière sourit poliment.

— Avec l'humidité qu'y a là en bas, j'vous jure…, grommela la gouvernante à l'autre bout de la pièce.

— Sans blague, vous faites quoi au juste dans votre labo ? demanda Berthelot.

— Oh, des expériences, répondit le comte de la Petite-Touche. Je manipule des symboles…

— Des expériences chimiques ?

— Ah non, pas chimiques ! La chimie peut certes apparaître comme une libération sur le plan scientifique, mais c'est une chute au plan spirituel, croyez-moi.

Il hésita un instant, se lança finalement :

— Voyez-vous, à la différence d'un chimiste, je ne procède pas à des expériences et à des observations systématiques sur la matière, ce qui est très commun et pour tout dire assez vulgaire. Je préfère contempler la passion, la mort et la résurrection des substances. Comme le Christ, le métal doit être torturé avant d'être déposé dans le sépulcre où s'accomplit sa putréfaction, prélude à la glorieuse résurrection. J'accomplis donc des transmutations, des suites d'opérations : je calcine, je congèle, je coagule, je dissous, je digère, je distille, je sublime, je sépare, je fermente, je mélange, j'évapore, je multiplie, je projette…

— Eh ben, ça doit être propre là en bas…, râla mamz'elle Coco.

— C'est une démarche qui s'inscrit dans la lutte séculaire de l'homme contre le chaos et l'imperfection, continua le comte, un drame cosmique rejoué en laboratoire si vous préférez. Vous parliez d'or, cher Cro-Magnon, mais l'épopée de la transmutation de métaux vils en or n'est qu'une projection sur la matière de mon désir de salut, comprenez-le bien. Je transmute la matière de mon « moi » en pure spiritualité et vise, à l'aide de certaines pratiques rituelles, à l'intégrer dans un univers parfait dont l'or est le symbole. Pour ce faire, j'oscille en permanence entre pensée consciente et pensée onirique. Je suis plus proche de l'ascèse que de la chimie, pour dire la vérité. Une ascèse qui permet la libération de l'individu hors du chaos matériel en projetant sur la matière les différentes phases de la transmutation spirituelle. Quand j'unis les deux principes opposés de la matière, je fais taire en moi les tendances contraires. Dans l'Union, la matière meurt, ce qui permet la délivrance de l'âme. L'âme libérée peut alors s'intégrer à Dieu, à l'Unité parfaite. Reconnaissez qu'on est loin de la chimie.

— Ah bah, ça oui, convint Cro-Magnon. Très loin même !

« Qu'est-ce que t'en sais, ducon, c'est pas parce que t'es en train de lire le premier livre de ta vie qu'il faut la ramener », pensa Berthelot.

— Mais que cela ne nous empêche pas de trinquer ! conclut le comte en tendant son verre.

***

Il tombait un crachin quand les deux flics pénétrèrent dans le bois de Misedon. Il avait bien fallu appeler Manzoni, la veille au soir. C'est le commandant qui s'en était chargé. Il s'était pris la soufflante de sa vie. Il n'avait pas tourné autour du pot : « Le dossier a disparu, patron. » Il y avait eu un silence à l'autre bout du fil, suivi d'une sorte de miaulement sinistre, de ceux qu'on entend la nuit quand les chats sont en chaleur. Pris d'une fureur aveugle, Manzoni avait finalement explosé en corse ! Le commandant Martin avait éloigné le combiné de son oreille. Des mots barbares sortaient de l'appareil : « *mignoculu... pesciu-porco... manghja merda...* » Le commandant avait l'impression de sentir les postillons sur son visage. Le capitaine, debout à côté, était blême. Manzoni avait éructé pendant trois bonnes minutes, puis avait brutalement raccroché.

— Alors ? avait demandé le capitaine Béjart.

— Alors, il a parlé en corse, répondit Martin.

— Aïe, aïe, aïe, gémit Béjart.

Tout le monde savait que, quand Manzoni parlait en corse, c'est qu'il était capable de tuer de ses propres mains !

Ils marchèrent sur le petit chemin en terre et arrivèrent à la clairière. La caravane était en vue. Béjart avait appelé la météo, il y avait eu un formidable orage cinq jours avant leur retour, c'était probablement à ce moment-là que le dossier avait été volé. Il leur fallait donc agir vite. Ils s'arrêtèrent un instant, tendirent l'oreille sans quitter la caravane des yeux, puis avancèrent prudemment. À quelques mètres de l'entrée, le commandant sortit son Glock de service et fit signe à Béjart de faire le tour de la roulotte. Mais celui-ci n'avait pas fait cinq mètres qu'il s'arrêta et claqua des doigts. Une magnifique empreinte du gros godillot de Cro-Magnon était imprimée dans la terre humide, à côté d'une bassine posée sur le sol. Le commandant s'approcha et l'examina tandis que le capitaine la prenait en photo avec son téléphone portable. Un petit sourire de satisfaction apparut au coin des lèvres du commandant. Il fit signe au capitaine de continuer le tour des lieux et se dirigea en silence vers la porte d'entrée de la caravane qu'il ouvrit tout doucement, le pistolet à la main. Il entra. L'intérieur était sombre. Il jeta un coup d'œil au coin cuisine, poussa la porte de la douche et s'engagea dans la chambre du fond. Il rangea son pistolet. Béjart entra à son tour dans la caravane.

— Personne, dit le commandant.

Il se mit à fouiller un peu partout, sous les coussins des fauteuils, sous le matelas, dans la table de nuit, dans les placards de la cuisine, et même sous les plaques de polyester qui se décollaient. Béjart s'était assis sur le canapé et regardait les boîtes de bière par terre et le bordel ambiant. « Ce débile n'est même pas capable de mettre ses canettes de bière à la poubelle », songeait-il. Le commandant revint.

— Vous croyez que c'est lui ? demanda Béjart.

— Je vais vérifier l'empreinte, mais je crois bien que oui. Le problème, c'est que le dossier n'est pas là.

— Il a peut-être quitté la région ?

— Je ne crois pas.

— Qu'est-ce qui vous fait dire ça ?

— Les pommes.

Le commandant fit un pas dans la cuisine et prit une pomme parmi un tas posé à côté de l'évier. Il l'envoya à Béjart qui l'attrapa d'une main.

— D'après le capitaine Bordas, il a quitté sa roulotte il y a trois semaines. Ces pommes n'ont pas trois semaines. Il revient donc ici de temps à autre.

Béjart frotta la pomme contre sa manche et croqua dedans. Il pressentait la suite.

— Ça ne va sans doute pas être très drôle, mais il va falloir planquer, Béjart.

— Et merde.

— Pardon ?

— Je dis : s'il faut le faire, je le ferai, mon commandant.

— Envoyez-moi la photo de l'empreinte, je rentre au QG. Rendez-vous à neuf heures ce soir.

Le capitaine manipula son portable. Le téléphone du commandant émit un petit bip.

— Et s'il ne vient pas aujourd'hui ? demanda Béjart.

— Vous planquerez demain, répondit Martin.

— Et s'il ne vient pas demain ?

— Vous planquerez après-demain. Maintenant, arrêtez de jouer au con et allez vous trouver un coin tranquille dans la forêt.

Ils se dirigèrent vers la porte. Le ciel s'était soudain éclairci. Juste avant de sortir, Béjart balança avec rage le trognon de pomme dans la poubelle et fit un bras d'honneur dans le dos du commandant. Celui-ci se retourna et sourit méchamment.

— L'ombre, Béjart, dit-il en s'éloignant. L'ombre… Et ne fumez pas pendant la planque.

« Quoi, l'ombre », pensa Béjart. Il regarda la sienne qui s'étirait devant la roulotte, refit un bras d'honneur et piqua un fard.

Il avait trouvé un fourré épais à cinquante mètres de la caravane, derrière lequel le sol était tapissé de mousse. Il était étendu sur le dos, fumant une cigarette, regardant un écureuil grimper le long d'un tronc d'arbre, puis s'arrêter brusquement avant de reprendre son ascension. Il entendit deux chouettes au loin qui se répondaient. « Tiens, je croyais que ces sales bestioles ne sortaient que la nuit », se dit-il. Il soupira. Ah, le super-flic ! Planqué dans une forêt pourrie devant une caravane pourrie à attendre un gugusse qui ne sait même pas ce que c'est qu'une poubelle ! Son portable bipa. Il le sortit de sa poche. Il avait reçu un SMS du commandant : « Même empreinte. Aucun doute possible. » « Aucun doute possible », murmura-t-il en imitant le commandant. Il plissa les yeux, creusa les joues, prit l'air sévère: « Allez, Béjart, faites-vous bien chier à planquer pendant que je me la coule douce… » Il refit un bras d'honneur en regardant le ciel et soudain se figea. Il venait d'entendre des voix. Il se mit à genoux, écrasa sa cigarette dans la mousse et regarda à travers les broussailles. Cro-Magnon et Berthelot marchaient sur le chemin menant à la caravane. Ils avaient longé la ferme des Maisons-Neuves et avaient poussé un petit hululement en passant, auquel n'avait pas répondu Jeannot. Ils mangeaient chacun une pomme piquée dans un verger et discutaient des nouvelles mœurs de Cro-Magnon.

— Franchement qu'est-ce que t'en as à foutre des pingouins de la Terre de Feu? T'sais même pas où c'est. C'est pour faire plaisir à Léonie, allez, tu peux me l'avouer.

— Je crois bien que tu te trompes, mon vieux, ça m'intéresse drôlement. En plus, je sais où c'est, la Terre de Feu, c'est en Amérique. Et ce que je sais aussi, c'est qu'il n'y a pas de feu malgré le nom, vu que c'est proche du pôle Nord.

— Tu t'intéresses à la géographie maintenant? T'as même jamais su où était situé l'Afghanistan.

— Et alors? Y a-t-il un âge pour commencer à s'instruire?

— Mouais.

— Y a pas de mouais qui tienne. Je te trouve très pessimiste.

— Tu vas me rendre dingo avec tes conneries.

Ils entrèrent dans la caravane.

— On a le temps de boire une bière ? demanda Berthelot.

— Bah, si tu veux, répondit Cro-Magnon.

Il se dirigea vers le frigo et s'arrêta devant l'évier :

— Tiens, c'est bizarre, j'ai ramené cinq pommes hier et y en reste plus que quatre.

— T'as dû en bouffer une, fit Berthelot.

Cro-Magnon haussa les épaules et sortit deux bières du frigo. Mais en passant, il vit le trognon dans la poubelle et fronça les sourcils. Il était tout frais, pas du tout oxydé.

Le capitaine avait envoyé un SMS au commandant : « Deux types dans la caravane. Je fais quoi ? » Il reçut la réponse : « Vous les filochez *sans les perdre.* »

Cro-Magnon chercha un pull dans sa chambre (les soirées commençaient à devenir fraîches au manoir), le mit sur ses épaules et revint dans la pièce principale. Il fit le tour des fenêtres, balayant la forêt du regard.

— Qu'est-ce que tu fous ? demanda Berthelot.

— Oh rien ! Bon, on y va ?

— Mollo, on n'est pas aux pièces.

Ils finirent la bière et ressortirent de la caravane, emportant les pommes et le pull. Ils coupèrent par la forêt, débouchèrent sur une lande, contournèrent un étang et se dirigèrent à nouveau vers la ferme des Maisons-Neuves. Mais au lieu de prendre la direction de Port-Brillet, Cro-Magnon franchit une haie et prit celle d'Olivet.

— Ben qu'est-ce que tu fous ? Je croyais qu'on allait à Port-Brillet ?

— T'inquiète, on ira. Mais on va faire un petit détour…

— Un détour ? Pourquoi ?

— Suis-moi, je te dis…

Ils traversèrent un pré dans lequel paissaient des vaches, longèrent un autre étang et franchirent une petite rivière. Cro-Magnon sifflotait. Berthelot le regardait en coin. Ils passèrent à proximité de la ferme de Lambert qu'ils croisèrent sur son tracteur. Les trois se saluèrent d'un geste de la main. Dix minutes plus tard, ils arrivaient en vue d'Olivet.

— Tu peux m'expliquer ce qu'on fout ?

Ils gravirent une petite butte. Cro-Magnon se coucha derrière et fit signe à son copain d'en faire autant. Quelques minutes s'écoulèrent et le capitaine Béjart apparut au loin, longeant une haie, sautant d'un arbre à l'autre.

— C'est quoi, ça ? demanda Berthelot.

— Probablement un pote à Roger, le père de Charline. Il nous suit depuis la caravane.

— Merde. Tu le connais ?

— Jamais vu. Il doit pas être du pays. On va le faire tourner en bourrique, ce touriste.

Ils rampèrent sur les coudes à l'abri de la butte et gagnèrent une haie dans laquelle ils s'engouffrèrent. Ils rebroussèrent chemin de l'autre côté de la haie. Le capitaine Béjart transpirait. Il avait une main en visière et scrutait l'horizon. « Bon sang, ne me dis pas que je les ai perdus », pensa-t-il. Il continua d'avancer, arriva à la petite butte et y grimpa. Il remit sa main en visière. Rien. Il se retourna en râlant et sauta soudain à plat ventre derrière la butte. Les deux hommes étaient à l'autre bout du pré, de là où il venait ! « J'ai la berlue, ma parole », murmura-t-il. Cro-Magnon et Berthelot disparurent derrière une haie, le capitaine Béjart se précipita dans leur direction. Mais là encore, il les perdit. Il marchait dans la haie de neuf mètres de large, petite forêt linéaire, en regardant des deux côtés à travers les chênes, les églantiers et les sureaux. Il les aperçut au loin, les suivit ; ils disparurent à nouveau. Il les revit à l'endroit opposé, puis au loin sur une butte, puis dans son dos, sortant d'une haie, puis contournant un étang où ils étaient déjà passés deux fois ! Chaque fois, ils disparaissaient et réapparaissaient comme par enchantement. Béjart se frottait les yeux. Il ne comprenait plus rien. « Ils passent dix fois aux mêmes endroits, ils sont dingues ou quoi ? » se disait-il. Sa filature virait au cauchemar. Il avait l'impression que des centaines de clones entraient et sortaient de ces putains de haies ! Au bout de trois heures de balade, il les vit au loin rentrer dans la forêt. Il accéléra le pas, y pénétra à son tour. Il suait à grosses gouttes à présent, maudissait les deux débiles. Il les distinguait entre les arbres, ne les distinguait plus, se demandait s'il n'allait pas piquer une crise de nerfs. Il arriva à un coin broussailleux recouvert de mousse. Il vit son mégot planté à cet endroit. « C'est pas vrai », lâcha-t-il. Il était au point de départ. Soudain, il entendit une grosse voix derrière lui :

— Tu diras à Roger qu'il aille se faire foutre.

Il se retourna, les yeux écarquillés, et prit un gros coup de bâton sur la citrouille. « Maman ! » pensa-t-il en s'évanouissant.

***

Il était huit heures passées quand il revint à la maison. Le commandant Martin inspectait une carte de la région étalée sur la table à manger en picorant des chips. Il avait acheté des victuailles, des bougies, un grand drap, une couverture, des serviettes, des brosses à dents et du savon et avait transformé la maison en QG opérationnel. Le capitaine Béjart entra dans la pièce en titubant et en se tenant le crâne. Il se laissa tomber sur une chaise.

— C'est des dingues, mon commandant…, balbutia-t-il.

— Qu'est-ce qui s'est passé, nom de Dieu ? demanda Martin.

— Des dingues, je vous dis…

Le commandant alla chercher de la gaze et banda la tête du capitaine.

— Des fous furieux, mon commandant, répétait le capitaine, choqué.

Il était resté près d'une heure dans les vapes avant de se réveiller délesté de son pistolet, les poches remplies de crottes de lapin.

Béjart raconta la filature et son épilogue. Martin mit un coup de poing dans le mur quand il apprit que le capitaine s'était fait voler son pistolet. Il avait hésité une seconde à le mettre sur le nez de Béjart !

— Ils ont remplacé mon flingue par des crottes de lapin, répétait Béjart.

Il était vraiment sonné. Le commandant lui tapota l'épaule.

— Ça va aller, Béjart, allez vous reposer.

Béjart monta à l'étage en reniflant.

— Des dingues, répétait-il.

Le commandant s'assit dans le fauteuil en soupirant et croisa les mains sous le menton. Piquer un flingue à un officier de police, l'affaire était grave. Ça commençait à puer le terrorisme !

Chapitre 16

La soirée était douce, mais le commandant avait quand même fait un feu dans la cheminée pour tenter de sécher un peu l'intérieur de la maison. Il avait ouvert les fenêtres, s'était assis dans le fauteuil et buvait un whisky en regrettant de ne pas avoir de glaçons à mettre dans son verre. La pièce était plongée dans la pénombre, à peine éclairée par deux bougies posées sur la cheminée, à la flamme desquelles des papillons de nuit venaient régulièrement se brûler les ailes. Le commandant pensait à sa femme qui l'avait quitté trois ans auparavant. Il n'avait rien vu venir jusqu'au jour de son départ. Mille petits détails lui étaient alors revenus à l'esprit, auxquels il n'avait pas prêté attention, comme négliger son intérieur, élaborer des projets seule ou sortir avec des chapeaux extravagants. L'avait-elle quitté pour un autre ? Il le croyait. Elle n'avait jamais vraiment compris ce que signifiait être un flic du contre-espionnage. Quand il était appelé en pleine nuit, elle évoquait les trente-cinq heures. Elle avait essayé de lutter contre le service, cela avait donné des scènes pénibles, et puis elle s'était progressivement détachée de lui, et voilà qu'il finissait comme un vieux flic de film à boire du whisky dans une maison perdue de Mayenne. Quel âge avaient ses gosses ? Il devait faire un effort de mémoire pour le savoir, se souvenir de telle affaire pour retrouver l'année de leur naissance. Mauvais père, mauvais mari, mais bon flic ! Il sourit tristement, but une longue gorgée de whisky. Béjart entra dans la pièce. Quand il vit le commandant à la lueur des flammes, il lui trouva quelque chose de beau et fragile.

— Ça va mieux, Béjart ? Je pensais que vous dormiez…

— Je n'y arrive pas.

— Vous voulez un whisky ? Servez-vous.

Béjart alla chercher un verre à la cuisine, le rinça à tâtons et se versa un whisky. Il s'assit à califourchon sur une chaise. Le commandant buvait très rarement, si bien que deux verres l'avaient déjà un peu enivré.

— Dommage qu'il n'y ait pas de glace, dit Béjart.

— Eh oui, répondit Martin. Surtout que ce n'est pas du très bon whisky.

— Il se laisse boire quand même.

— Bien sûr.

Ils burent en silence. Ils dormaient dans le même lit à l'étage, le seul de la maison. Le commandant se comportait parfois de manière injuste avec Béjart. Mais le capitaine l'agaçait. Ses questions permanentes l'agaçaient, sa crainte excessive du patron l'agaçait, son manque de logique l'agaçait, tout l'agaçait ! Sans parler de cette espèce de blatèrement qu'il faisait en dormant ! Mais ce soir, il était apaisé, sans doute grâce au whisky. Il trouvait qu'au fond le péjiste était un bon gars. Un peu tête brûlée et dragueur minable, certes, un peu couillon aussi, à se faire piquer son flingue comme un bleu par deux bouseux ! Mais un bon gars quand même. Et puis, cette maison modeste où Béjart avait vécu deux ans faisait naître en lui un sentiment de pitié, dans le sens noble et chrétien du terme. Retiré de la garde de sa mère, la vie n'avait pas dû être toujours facile pour lui, et pourtant il ne se plaignait jamais. « C'est peut-être parce qu'il recherche inconsciemment sa mère qu'il drague autant », pensait le commandant, pas convaincu par son talent de psychologue. Quand passait un beau petit lot, il était toujours étonné par l'éclat soudain des yeux du capitaine. Des yeux brillants, fixes, presque rageurs, dans lesquels se lisait quelque chose d'un peu effrayant, entre colère et haine. Un désir de possession qui dépassait la question charnelle. Le commandant n'avait jamais été très attiré par les femmes, et plus généralement par le plaisir, et aujourd'hui moins que jamais. Il avait fait un trait sur elles, sur lui. Il estimait que son tour était passé. Maintenant, il craignait la retraite. Là, oui, il allait se faire chier.

— Je peux vous poser une question, mon commandant ? demanda soudain Béjart.

— Allez-y, répondit Martin.

— Pourquoi m'ont-ils bourré les poches de crottes de lapin ?

Le commandant soupira. Il s'apprêtait à répondre qu'il n'en savait rien, quand il éclata soudain de rire.

— Excusez-moi, Béjart, dit-il en essayant de reprendre son sérieux.

Béjart sourit. C'était la première fois qu'il voyait le commandant rire, et tant pis si c'était parce qu'il se foutait de sa gueule.

Martin lutta un moment contre le rire, puis réussit à se maîtriser.

— Ne m'en veuillez pas, c'est nerveux, dit-il.

Mais il eut une nouvelle explosion de rire, impossible à contrôler. Des crottes de lapins ! Il mit son poing devant la bouche et se ressaisit.

— Pas de problème, répondit Béjart.

— Vous savez, c'est sûrement des demeurés, ajouta le commandant.

Ils se turent à nouveau. Le capitaine Béjart ôta son bandeau et tâta la bosse de son front. Il se resservit un whisky, tendit la bouteille vers le commandant, mais celui-ci posa sa main à plat sur le verre avant de se raviser.

— Allez, une dernière goutte.

Ça lui faisait drôle, à Béjart, de voir revivre cette maison. Non pas qu'il fût particulièrement ému, mais ça lui faisait drôle. Il avait quelques souvenirs précis du petit bout d'enfance passé ici. Dans cette même pièce, il se rappelait que sa mère avait laissé brûler une robe sous le fer à repasser. Mais était-ce vraiment la même pièce ? Était-ce vraiment lui qui avait vu cette robe brûlée ? Qu'est-ce que ce petit garçon rêveur avait de commun avec le flic de la DCRI assis à boire un whisky avec son supérieur hiérarchique qui se foutait de sa gueule parce que des abrutis de péquenots avaient bourré ses poches de crottes de lapin ? Il se souvenait également d'une petite tente que sa mère lui avait installée dans le jardin. Il avait voulu y dormir un soir d'été, mais il était rentré en courant dans la maison dès la nuit tombée ! De quoi d'autre se souvenait-il ? De pas grand-chose. De la colonie de fourmis qui avait traversé la cuisine, un jour, à la queue leu leu, d'un cauchemar atroce qui l'avait choqué plusieurs jours, du Kinder Surprise que sa mère lui achetait parfois le samedi, et c'est à peu près tout. C'est bien plus tard qu'il avait compris qu'elle n'avait pas décuité durant les deux ans qu'ils étaient restés ensemble. Il n'avait pourtant aucun souvenir de la voir se servir à boire. Que buvait-elle d'ailleurs ? Ah, si, il y avait ce petit verre de vin rouge posé à la cuisine, toujours à moitié plein. Il ne la voyait jamais boire, mais il se rappelait ce petit verre de vin posé à côté de l'évier.

— C'est quoi le programme de demain, mon commandant ? demanda-t-il.

Martin haussa les épaules.

— Ce type est dans le coin. On va se balader un peu partout autour de sa roulotte, on finira peut-être par le repérer…

— On pourrait peut-être demander l'aide des gendarmes pour ratisser la région, non ?

— Vous ne voulez pas alerter la presse aussi ? Bon sang, réfléchissez un peu avant de parler, Béjart.

« Chassez le naturel, il revient au galop », pensa le capitaine. L'instant de grâce n'avait duré que quelques secondes.

— Et ce manoir dont nous a parlé le capitaine de gendarmerie ?

— Apparemment, c'est une fausse piste puisqu'on a déjà identifié notre client. Cela étant, rien ne nous empêche d'aller y faire un tour de reconnaissance. Qui sait si toutes ces cloches ne forment pas une sorte de confrérie ?

Il sourit, amusé par sa propre idée, finit son whisky d'un trait. Cette petite conversation l'avait ramené à la réalité. Il n'avait que trop bu et rêvassé inutilement.

— Bon, je vais me coucher. Ne buvez pas trop, Béjart.

« Oui, maman », songea le capitaine. Le commandant se leva et monta dans la chambre. Le capitaine y serait bien allé, lui aussi. Mais il ne se voyait pas monter avec le commandant et se mettre au lit en même temps que lui ! Et pourquoi ne pas lui faire un petit bisou sur le front par-dessus le marché !

Il se resservit un whisky, un autre, et puis encore un autre, en continuant de rêvasser à son enfance, tout seul, dans le silence de cette pièce qui puait le bois brûlé. Quand plus d'une heure plus tard, il monta se coucher, il se sentait horriblement malheureux.

***

Hélène Montfort trouvait les gens plus sympathiques dans la vallée du Rhône. Elle était choquée par ces immenses calvaires plantés un peu partout à la croisée des chemins et se demandait pourquoi les associations ne réclamaient pas qu'on les supprime. Après tout, on vivait dans un pays laïque. Elle ne connaissait personne ici, passait toutes ses soirées au Ciné-Cité de Laval. Elle s'emmerdait comme un rat mort! Elle avait bien songé à démissionner, mais elle n'était pas sûre de retrouver du travail et ce n'était pas le moment de pointer au chômage. À cause d'une méchante cuite et d'une erreur sur la personne, sa vie était partie en eau de boudin. Ce cave de Berthelot lui avait envoyé des lettres démentes et son mari avait fini par ouvrir l'une d'elles. L'erreur de la nature lui demandait de le rejoindre au plus vite pour qu'il puisse à nouveau sentir « la bonne odeur de fond marin de son sexe »! La situation n'aurait pas été aussi tragique, va savoir si elle n'en aurait pas ri avec sa copine. Dis tout de suite que je sens la moule! Mais elle n'avait pas eu envie de rire, ah, ça non. Pas du tout. Elle avait perdu son mari, s'était tapé une dépression, avait demandé à Boulbanec d'être mutée pour refaire sa vie, et voilà qu'elle se retrouvait en Mayenne à la place de la bernique !

Elle avait ratissé Le Bourgneuf-la-Forêt, était remontée dans sa voiture et roulait en direction de Saint-Ouën-des-Toits. Elle venait encore de se faire draguer par un tordu. Ça faisait belle lurette qu'elle les voyait venir. Ils faisaient semblant de s'intéresser au prospectus et reluquaient ses seins. Ils la faisaient entrer, lui servaient un café, et bientôt c'étaient les propositions salaces. Il y a longtemps, un de ces salopiots lui avait carrément bondi dessus pour la peloter ! À présent, elle avait toujours une petite bombe lacrymogène dans son sac. Elle traversait un quartier récent à la sortie de la ville, des villas de cadres où il était inutile de s'arrêter. On commençait déjà à être trop proche de Laval et les vieux se faisaient plus rares. Entre deux maisons de cadres, elle remarqua une vieille bicoque délabrée. Il fallait un sacré flair pour travailler à Top Indépendance, savoir sentir les vieux comme les ogres les enfants ! Elle gara sa voiture devant la clôture et sortit avec sa mallette. De près, la maison paraissait encore plus délabrée et elle faillit faire demi-tour. Elle aurait certes donné sa main à couper qu'une petite vieille vivait là-dedans, et probablement seule encore, mais vu l'état des lieux, c'était une petite vieille fauchée comme les blés. Mais bon, maintenant qu'elle y était… Elle ouvrit le portail et pénétra dans la cour. Des poules en liberté picoraient le sol, il y avait des clapiers de lapins sous un auvent. Ça puait la basse-cour. Elle se fabriqua un sourire commercial, sonna à la porte, un chien se mit à aboyer mollement, la porte s'ouvrit, Miss Côtes du Rhône faillit défaillir, le sourire scotché sur la face.

— Ah, te v'là enfin, dit Berthelot. J'suis bien content de te voir.

Elle ne put prononcer un mot. Elle restait plantée sur le palier, sa mallette à la main, la bouche ouverte, épouvantée.

— T'es toute pâle, qu'est-ce qui t'arrive, allez, entre…

Berthelot lui prit le bras et la conduisit à la cuisine. Elle se laissait faire, elle avait l'impression d'avoir sombré dans un monstrueux cauchemar ! Ce salaud, cause de tous ces ennuis ! La grand-mère, assise devant des journaux étalés, épluchait des pommes de terre. Berthelot fit les présentations. La vieille se contenta de hocher la tête. Elle jugea les hanches d'un rapide coup d'œil, les trouvant un peu étroites. Pour le reste, ça allait. Elle avait l'air robuste avec de bons gros seins laitiers. Hélène Montfort se laissa tomber sur une chaise. « Elle est pas bien causante, se dit la vieille. Tant mieux. Elle me cassera pas les oreilles. » La fille regarda les pommes de terre épluchées dans la bassine, puis la vieille, puis Berthelot. Ça puait la litière de chat. Un éclair de haine passa dans ses yeux. Cette maudite bernique avait gâché sa vie ! Puisque le destin l'avait conduite ici, elle allait se venger. Comment, elle n'en savait encore rien. Mais elle se vengerait, aussi sûr que son mari l'avait quittée !

Berthelot était heureux. Hélène était assise dans la voiture à ses côtés, il roulait vers le manoir.

— Tu vas voir, il est sympa comme tout, dit-il.

Il se réjouissait de la présenter à Cro-Magnon. « Je vais me taper son copain, décida Hélène. Je vais me le taper sous ses yeux, si possible, et faire en sorte qu'ils se battent. Je vais le détruire, l'anéantir, le casser en deux ! » Elle eut un sourire mauvais que Berthelot prit pour un sourire de joie.

Ils arrivèrent à la seigneurie, longèrent l'étang et la petite forêt. Berthelot gara la voiture sur le gravier, à côté de la vieille tour en ruine. Ils entrèrent dans le manoir et croisèrent mam'zelle Coco qui marchait en traînant la savate, la pipe au bec. Hélène Montfort la regarda avec dégoût. Ils rencontrèrent également Pote-Jésus qui discutait avec un clodo fraîchement débarqué (et pas encore lavé). « Qu'est-ce que c'est que cette cour des miracles ? » pensait Hélène Monfort.

— Vous n'avez pas vu Cro-Magnon ? demanda Berthelot.

Mam'zelle Coco haussa les épaules. Pote-Jésus lui dit qu'il était chez Joseph.

Ils descendirent dans les prés derrière le manoir. Un nudiste passa près d'eux en les saluant de la main. « De mieux en mieux », songea Hélène Montfort qui ne put néanmoins s'empêcher de reluquer son sexe.

Cro-Magnon et Joseph étaient assis de part et d'autre de la table en bois, dehors. Le Glock piqué au capitaine Béjart était posé au milieu de la table. Joseph tordait sa bouche dans tous les sens. D'après lui, seul un flic ou un tueur à gages pouvait porter un tel calibre !

— T'es sûr que c'était pas un flic ? lui demanda-t-il.

— Bah, tu crois qu'un flic m'aurait pisté pendant trois heures dans le bocage… Il m'aurait arrêté, papiers siouplaît, et puis c'est tout.

Joseph acquiesça.

— Alors, c'est un tueur. S'il est bien payé, il ne te lâchera pas de sitôt, conclut-il.

Cro-Magnon était en train de réfléchir, quand Berthelot et Hélène Montfort arrivèrent.

— Je vous présente ma fiancée, déclara fièrement Berthelot.

Miss Côtes du Rhône serra les dents. Elle vit le pistolet sur la table, se demanda qui étaient ces gens bizarres, se promit de tous les dénoncer. Quand elle repéra lequel des deux hommes était Cro-Magnon, elle se mit à suer. Coucher avec ce monstre ! Quelle horreur ! Et si j'empoisonnais plutôt la grand-mère ? Et si je lui coupais les roubignoles pendant son sommeil ?

Cro-Magnon la salua de manière distraite. Il était préoccupé. Si Roger avait embauché un tueur à gages, celui-ci finirait bien par le retrouver et il allait donc falloir se préparer à le recevoir. Il fit le compte des armes dont il pouvait bénéficier. Il y avait le Glock avec ses dix-sept coups dans le chargeur, sa carabine planquée sous la caravane, celle de Joseph, le fusil de chasse du comte (il ne s'en était plus servi depuis au moins quinze ans, mais il n'y avait pas de raison pour qu'il ne marche plus), une douzaine de grenades à plâtre qu'il avait piquées à l'armée… et la mitrailleuse légère FN Minimi chambrée en 5,56 OTAN que Joseph planquait dans la tour en ruine !

— Ah bah, il peut toujours venir, dit Cro-Magnon en rigolant. On saura bien le recevoir.

Il s'intéressa enfin à la fiancée de Berthelot.

— Alors, vous êtes venue ? J'suis bien content pour Berth. Si ça se trouve, on va se marier le même jour. Ce s'ra bien pratique si on est tous témoins les uns des autres.

Berthelot se mit à glousser avant de faire quelques bonds dans l'herbe pour exprimer son bonheur. Hélène Montfort n'en revenait pas qu'une telle humanité puisse exister.

Chapitre 17

— Allez donc faire un tour du côté de ce fameux manoir, dit le commandant en rangeant son pistolet dans son holster. Moi je vais aller traîner discrètement vers la caravane, on ne sait jamais.

Le capitaine Béjart déplia la carte de la région et vérifia l'itinéraire pendant que le commandant claquait la porte d'entrée. Le capitaine alluma une cigarette et la fuma devant la fenêtre, regardant le commandant s'éloigner à pied sur le petit chemin. Il en avait marre d'être dans ce trou du cul du monde ! À Paris, il avait levé une petite nana quinze jours auparavant. Une vendeuse de chez Orange qui aimait ça. Il la verrait bien là, tout de suite. Il était toujours un peu étonné qu'une femme aime le sexe. Au fond, ça le dégoûtait un peu. Lui ou un autre, ce qu'elles voulaient, c'était de la bite, ces salopes. Dès qu'il touchait une femme, savoir qu'il n'était pas l'unique le rendait fou. Il baisait à couilles rabattues, mais n'en était pas moins très puritain. Il pensait à sa petite vendeuse avec un mélange de désir et de mépris. La putasse devait s'envoyer en l'air avec un autre. Une vraie traînée. Elle adorait se faire cogner pendant l'amour. Ça tombait bien : lui adorait cogner ! Il avait la bouche sèche à présent, le cœur palpitant, la bite en émoi. L'ennui, c'est qu'il devait toujours se contrôler, maîtriser ses coups. Il n'avait encore jamais rencontré la fêlée qui accepterait vraiment de se faire passer à tabac pendant qu'il la baisait ! Peut-être cela valait-il mieux d'ailleurs. Jusqu'où serait-il capable d'aller ? Il repensa soudain à la blonde du Mans. Quel corps ! Quelle classe ! Une jeune bourgeoise soignée avec des dessous élaborés. Elle aussi, il l'avait cognée, mais elle n'avait pas aimé ça ! Tant pis pour elle. Il avait décidé de ne pas avoir honte. Il fit quelques pas dans la pièce de séjour, balança son mégot dans la cheminée, prit sa veste en soupirant, sortit de la maison et enfourcha sa moto. Le manoir était à moins de cinq minutes, mais il n'avait pas envie de marcher.

Le seigneur du Haut-Plessis était soucieux depuis quelques jours. Étaient-ce ses expériences qui ne le satisfaisaient pas ? C'est du moins ce que l'on imaginait au manoir. Il passait des heures debout devant les fenêtres de la salle à manger à soupirer et à se caresser le menton. Il n'avait pas d'appétit. Ses nœuds de cravate étaient négligés, ses bottes poussiéreuses ; il ne nettoyait plus le verre de son monocle qui était gras. Il demeurait très courtois avec ceux qu'il croisait, mais enfin on voyait bien que quelque chose n'allait pas. Mam'zelle Coco, qui était observatrice (du moins en ce qui concernait monsieur le comte; la poussière, elle ne la voyait jamais) avait décidé d'organiser une « buée » pour lui remonter le moral. La buée consistait à convier tous les habitants du domaine dans la grande salle du manoir et à boire pendant plusieurs jours. Cela distrayait généralement le comte, surtout quand ça se mettait à dégueuler de partout.

On avait commencé la buée la veille en fin d'après-midi. Tout le monde avait répondu présent, même Louis et Ninette qui, pour l'occasion, s'étaient légèrement vêtus. Mam'zelle Coco refusait que l'on entre à poil dans le manoir. Louis portait une sorte de slip kangourou en peau de castor, et Ninette une robe en peau également, très échancrée, laissant voir la moitié de ses seins et couvrant à peine les fesses. Elle ressemblait à une star préhistorique. Louis avait sa tête des mauvais jours. À chaque buée, il perdait des partisans. Les crudi-végétariens commençaient par suçoter des bouts de carottes et par gober des tomates cerises et puis, au bout d'une demi-heure, ils se ruaient sur les bouteilles et se saoulaient avec les autres. Certains finissaient même par avaler des saucissons entiers, au grand désespoir de l'anarchiste communiste-libertaire crudi-végétarien.

Mam'zelle Coco avait préparé des quiches pour l'occasion, ainsi que de belles tranches de pâté qu'elle avait posées sur la grande table. Elle apportait des bouteilles de vin pleines, ramenait les vides à l'office.

Elle poursuivait Pote-Jésus avec des coupes de glace à la fraise. Mais il en avait marre de la glace à la fraise, Pote-Jésus ! Matin, midi et soir, faut quand même pas pousser ! Le pâté, de temps en temps, c'est bien aussi… D'ailleurs, mam'zelle Coco devenait collante. « Il est temps que je rentre sur Mer », disait-il à Berthelot. « Ferme donc ta gueule, espèce de nabot », lui répondait celui-ci.

Le comte était assis dans son fauteuil et buvait. Mais le vin ne lui faisait aucun effet. Il regardait Léonie et Cro-Magnon qui discutaient près de la fenêtre ouverte. Cro-Magnon faisait son compte rendu quotidien des quelques pages qu'il avait lues. La tentative de colonisation la plus foireuse du monde ! Léonie avait l'impression d'être une instit. Elle en venait à regretter de lui avoir offert ce livre, il ne lui parlait plus que de ça. « Dis donc, ce Pedro Sarmiento, quelle sacrée vie il a eue ! » disait Cro-Magnon. Les naufrages, les corsaires, les Indiens, on n'avait pas le temps de s'ennuyer en ce temps-là… « Il devrait plutôt m'embrasser ce gros balourd », pensait Léonie.

Miss Côtes du Rhône était également de la partie. Elle ruminait toujours sa vengeance, mais en attendant, elle ne quittait pas Berthelot d'une semelle. Tous ces gens lui faisaient peur, surtout les barbus en haillons qui riaient grassement et à qui il manquait des dents ! Elle regardait Ninette avec des yeux incrédules. « Et celle-là qui s'habille en peau de bête, non mais, je rêve. Bon Dieu, elle serait belle pourtant avec une robe de soirée et des aisselles rasées… Et son mec, il n'est pas mal, son mec, mais qu'est-ce que c'est que cette culotte à la con, on dirait des Pampers… Rasé, coiffé et en costard, j'en voudrais bien… Il faudra que je me renseigne s'il est l'ami de la bernique… »

Voyant qu'elle avait l'air de s'ennuyer, Jeannot vint lui faire un brin de causette.

— Alors, c'est vous la fiancée de Berth ? Il est rudement content que vous soyez venue, vous savez, il commençait à se demander si vous ne l'aviez pas laissé tomber…

Elle commença à le prendre de haut jusqu'au moment où elle apprit qu'il était un des meilleurs amis de Berthelot. « Il est moche comme tout et il pue la bouse de vache, mais je préférerais encore me faire baiser par lui plutôt que par le monstre », songea-t-elle. Elle se mit à essayer de le séduire, mais Jeannot ne le remarqua pas et la trouva très sympathique. Elle soupira, se servit un autre verre de vin. Qu'avait-elle de mieux à faire que de se saouler ?

Au cours de la nuit, Jeannot insista pour mettre sa cassette de Schubert qu'il avait emportée avec lui. On ouvrit les fenêtres donnant sur la façade principale et on plaça les enceintes en équilibre. Jeannot dansait dehors, sur le gravier. Il courait en rond, sautillait, battait des ailes, volait élégamment. Tout le monde le regardait. Puis Pote-Jésus le rejoignit. Lui était plutôt pataud, arrimé à la terre, beaucoup moins gracieux que Jeannot. Il titubait par-dessus le marché, menaçait de se casser la gueule à chaque pas tellement il était saoul. Il levait les bras en l'air, construisait des figures géométriques avec ses mains ; sa tête dodelinait, il avait vraiment l'air d'un débile. D'autres clodos sortirent à leur tour. On remit la cassette au début. Ils riaient, sautillaient, tournaient en rond, volaient eux aussi, imitant Jeannot. C'était somme toute assez gai et bon enfant, mais aussi un peu épouvantable, tous ces clodos balourds encombrés de leur corps. Ninette enfin se joignit à la farandole. Louis désapprouvait. La musique, besoin artificiel ! Il avait toujours regretté que William Morris fasse exception pour l'art dans son rejet de la civilisation. Lui rejetait tout ! Tableaux, sonates, romans, pas de pitié ! Il était partisan de raser Notre-Dame. Ninette était certes la plus gracieuse, un vrai corps de danseuse. Quand elle battait des ailes, elle semblait vraiment s'envoler. Ses pas frôlaient le sol, son corps se tendait et se détendait lentement comme un élastique. C'était un beau ballet de paumés sous la lune. Le comte à la fenêtre soupirait d'aise. Il saluait les danseurs de la main comme la reine d'Angleterre.

À l'aube, des chansons paillardes retentirent dans la salle à manger. Les clodos étaient assis, coudes dans les coudes, et remuaient leur buste de droite à gauche. « C'est la grosse bite à Dudule, j'la prends, j'la suce, elle m'encule, Ah, que c'est bon, que c'est chaud, que c'est rond », chantaient-ils, rougeauds et suants. Pote-Jésus avait dégueulé partout et dormait à présent dans le canapé où l'avait porté mam'zelle Coco en prenant soin de le couvrir. Le comte sortit faire un tour le long de l'étang. Il humait l'air frais, s'étirait, caressait les troncs d'arbre. Il faisait encore nuit, mais la lueur du jour s'élevait à l'horizon. Son esprit était vif. Il lui semblait percevoir certaines vérités qui se dérobaient dans la foulée. « Faut-il encourager ou freiner la subversion moderne ? » murmurait-il. Telle était sa question du petit matin ! La freiner ? Les systèmes de défense du Grand Désordre sont trop sûrs. L'encourager ? L'idée le séduisait. En finir une fois pour toutes. Être plus dégénéré que les dégénérés. Il souriait, s'arrêtait devant le grand saule qui trempait ses branches dans l'étang. « La réalité de l'être est bien plus profonde que le monde des corps, lui dit-il en caressant son tronc. L'invisible est un facteur tout aussi réel que les données physiques. L'homme moderne est un type humain dégradé, incapable de saisir l'expérience dans sa totalité. Tel est le véritable matérialisme moderne, n'est-ce pas, ami ? » Le saule tremblait. « Quelle erreur d'identifier l'intelligence à la raison ! ajoutait-il. Il y a la connaissance intuitive... » Il tapota amicalement le tronc, poursuivit sa petite promenade à pas lents et regagna le manoir où les clochards chantaient de plus belle. Il se servit un grand verre de vin rouge, mit son monocle, s'assit à côté d'eux en souriant et se mit à chanter lui aussi : « Aaaah laaaaa salope, va laver ton cul malpropre, car il est malpropre tirelire, car il est malpropre tirela. »

Berthelot, de son côté, avait réussi à entraîner sa fiancée dans une chambre vide à l'étage où il plongeait avec elle dans la lagune des désirs. « Bon sang, il va falloir que je pense sérieusement à mettre de l'ordre dans ma vie », songea Hélène Montfort en sentant la jouissance arriver.

La buée reprit vers neuf heures du matin. Les clochards se réveillaient saouls et attrapaient des bouteilles de rouge.

— Voulez-vous un bol de glace à la fraise avant de réattaquer votre buée, cher général ? demanda mam'zelle Coco à Pote-Jésus qui émergeait de quelques heures de sommeil avec une solide gueule de bois.

Il prit deux cuillerées en soupirant, sentit son estomac se révolter, vomit sur mam'zelle Coco et se recoucha en gémissant.

***

Le capitaine Béjart gara sa Yamaha derrière un fourré à quelques mètres du chemin de terre et continua à pied. Le soleil brillait déjà dans le ciel. La journée promettait d'être chaude. Il marcha le long d'un mur lépreux qui menaçait de s'écrouler à plusieurs endroits et arriva devant un grand portail ouvert et rouillé. Il pénétra dans le domaine, suivit l'allée mal entretenue qui longeait un petit bois. Il se retournait régulièrement, scrutait les alentours, prêt à bondir derrière un arbre en cas de danger. Sur la gauche, il vit bientôt un étang. Le corps plié en deux, il courut quelques mètres à découvert et se cacha derrière un massif de saules, d'où il rampa dans les herbes hautes jusqu'à un second massif. Il contourna ainsi l'étang et s'approcha à une cinquantaine de mètres du manoir. Il vit bientôt deux types sortir en titubant et en ricanant, une bouteille de vin à la main. Il consulta sa montre. Bon sang, il était à peine neuf heures trente du matin et ils étaient beurrés comme des galettes bretonnes. Les types s'éloignèrent un peu du manoir, puis, au niveau de la vieille tour, entreprirent d'ôter leurs haillons et continuèrent leur chemin à poil. Le capitaine fronça les sourcils, pensant avoir la berlue. Mais non, ils s'étaient complètement foutus à poil, ces siphonnés ! Ils devaient en tenir une belle pour en arriver là. Cinq minutes plus tard, ce fut mam'zelle Coco qui apparut sur le perron. Le capitaine l'observait à travers les herbes. Elle balança le contenu d'un seau (le vomi de Pote-Jésus ?) dans les massifs de roses avant de tourner les talons. Juste avant de rentrer dans le vestibule, elle s'arrêta, leva la jambe gauche et lâcha un immense pet qui parvint jusqu'aux oreilles du capitaine, lequel grimaça, profondément choqué. Il demeura encore dix minutes à écouter les cris et les chants qui venaient de l'intérieur du manoir et rebroussa chemin pour se réfugier derrière le massif de saules où il s'assit. Il tira son portable de sa poche et écrivit un message qu'il envoya au commandant : « Manoir rempli de débiles imbibés, pas le profil terro. » Il regagna ensuite l'allée et marcha en direction de la sortie du domaine, quand il entendit un bruit dans son dos. Il bondit dans la forêt et se cacha derrière un arbre. Cro-Magnon passa devant lui au guidon d'une bicyclette, Léonie assise en amazone sur le porte-bagages, une serviette autour du cou. « Ah bah, une petite trempette, ça pourra pas nous faire de mal après une telle beuverie », disait Cro-Magnon. Béjart les laissa passer, puis ressortit précipitamment son portable de sa poche et tapa fébrilement : « Le type de la caravane au manoir ! » Le portable bipa trois secondes plus tard : « RV au QG ». Il sortit du domaine et regagna sa moto en courant.

Chapitre 18

Le commandant était assis sur le fauteuil devant la cheminée éteinte, les mains jointes sous le menton.

— Complètement à poil ? demanda-t-il.

— Nus comme des vers de terre, mon commandant.

— Et bourrés ?

— Complètement schlass.

— Et pétomanes ?

— La vieille en survêtement a lâché un énorme vent, mon commandant.

— Ah !

Il réfléchit en silence quelques minutes, soupira et se leva lentement.

— Allons manger un morceau à Laval pour commencer. J'en ai marre des chips et du jambon.

Au restaurant, le commandant Martin commanda une bouteille de rosé qu'il descendit presque seul, puis en recommanda une autre qu'il vida également. « Allons bon, le voilà qui sombre dans l'alcoolisme », pensait Béjart. Après le déjeuner, il entraîna son subordonné dans une boutique où il acheta un pull gris et une écharpe rose, puis les deux hommes rentrèrent à leur QG. Sans rien dire, le commandant sortit le pull de son sachet, se mit à tirer sur les mailles, le balança par terre et le piétina de ses chaussures sales. Il prit ensuite l'écharpe, la fit traîner dans la cendre de la cheminée, versa du whisky dessus et la roula en boule avant de la piétiner, elle aussi. Le capitaine le regardait sans rien dire, se demandant à quel moment de la crise il devait intervenir. Le commandant ôta sa veste de costume, sa chemise, ses chaussures et ses chaussettes et enfila le pull à même la peau. Avec des ciseaux, il fit un trou sous les bras et l'agrandit en tirant dessus. Il mit plusieurs fois ses mains dans la cendre, les essuya à son pantalon et se frotta le cou, les bras, les joues et le front. Enfin, il se décoiffa en frottant ses cheveux de ses mains sales.

— Écoutez, mon commandant, il ne faut pas vous mettre dans un tel état… murmura enfin Béjart.

Le commandant leva les yeux vers le capitaine.

— À quoi je ressemble, Béjart ?

— Eh bien… sauf votre respect, vous ressemblez à un cloch…

Le capitaine claqua des doigts, son visage s'illumina.

— Vous êtes plutôt long à la détente, Béjart.

Il but une longue rasade de whisky au goulot et en laissa couler sur son menton et sur son pull. Il s'approcha du capitaine et lui souffla au visage.

— Haleine ?

Béjart grimaça.

— C'est parfait, mon commandant.

— Alors, allons-y.

Le commandant remit ses chaussures, enroula l'écharpe autour de son cou, embarqua la bouteille de whisky, sortit de la maison et grimpa sur sa moto. Il avait sans doute forcé la dose car il s'aperçut qu'il était réellement bourré. Ils roulèrent jusqu'au manoir et garèrent les engins derrière le même fourré où Béjart avait planqué sa Yamaha le matin. Le commandant ôta à nouveau ses chaussures, les rangea sous la selle de la moto, tendit son flingue et son portable à Béjart et lui donna les consignes.

— Vous surveillez les allées et venues et vous les notez. À vingt-deux heures, vous rentrez au QG. Si je ne suis pas là demain matin à dix heures, vous avisez.

Il s'éloigna pieds nus en boitant, vêtu de son pull déchiré et de son écharpe sale, les cheveux hirsutes, la bouteille de whisky à la main. La métamorphose effrayait un peu le capitaine.

Le commandant entra dans le domaine et suivit l'allée, le cœur battant. Tout en marchant, il tirait sur son pull pour le déformer davantage. Le manoir lui apparut bientôt, fenêtres ouvertes, façade lépreuse mais toujours belle et imposante. « Si c'est pas malheureux, un si beau manoir qu'on pourrait restaurer et faire visiter aux touristes », songea-t-il. Il arriva sur le gravier, croisa Pote-Jésus les yeux exorbités, suant, complètement poivré, qui remontait des prés derrière le manoir, reprenant son souffle.

— Salut, T...To... Toto, t'es nouveau ? T'es d'... d'où ? Moi j'suis de la planète Mer, nom de Dieu !

« Putain, c'est du lourd », se dit le commandant.

— Salut, Toto. Moi, j'suis d'par là-bas, répondit le commandant en montrant une vague direction.

Il but une rasade de whisky.

— Y a à bouffer par ici ? ajouta-t-il.

Pote-Jésus se mit à rire.

— Si y a à grailler ? C'te blague ! Y a tout ce qu'on veut ici, mon pote ! À grailler, à picoler, et même à baiser, oui, poteau ! Le taulier est le plus chic type de l'univers, tu peux me faire confiance !

— C'est… chouette, dit le commandant.

— Allez, viens, j'vais te présenter, on est en pleine buée, tu verras, c'est sympa… Comment qu't'appelles au fait ?

— Euh… (Putain de merde, j'aurais pu y penser avant !)…

— Il se souvient plus de son nom ! rigola Pote-Jésus. T'es un sacré caïd, toi ! Numéro un dans l'accident de comptoir ! T'es mon pote, dis donc ! T'es le pote à Pote-Jésus !

— Alphonse ! répondit le commandant.

Pote-Jésus le prit par le bras, le commandant faisait des efforts pour maîtriser son dégoût. Ils entrèrent dans le manoir, croisant mam'zelle Coco. « Tiens, voici sans doute l'ignoble pétomane », songea le commandant.

— V'là encore un va-nu-pieds ! râla-t-elle. Va donc t'essuyer les nougats ou qu'tu vas foutre de la terre partout, espèce de sagouin…

— Laisse, Beauté, c'est mon pote! la coupa Pote-Jésus. Ouais, c'est le pote à Pote-Jésus! Pas vrai, Alphonse?

— Vrai! répondit le commandant.

— Ah bon, alors, évidemment, si vous êtes un ami du général, ça change tout, reprit mam'zelle Coco en s'effaçant devant lui.

Ils entrèrent dans la salle de séjour. Une dizaine de personnes étaient assises autour de la grande table en train de discuter devant des bouteilles de vin. Le seigneur du Haut-Plessis trônait en bout de table, écoutant la conversation avec intérêt. Il était assis le dos bien droit, mais dodelinait légèrement de la tête, les paupières lourdes. Il croyait avoir son monocle et plissait un œil, ce qui lui donnait un drôle d'air. Inutile de préciser qu'après vingt-quatre heures de buée le vin avait désormais produit son effet. À table, ça discutait flicaille, condés, matuches, poulets, perdreaux, poulardins, toute la volaille pourrie! Si les clochards se lâchaient! L'un d'eux, surnommé on ne sait pourquoi Terminator (il était tout petit, tout frêle, presque nain), paysan après quinze ans de cloche, était intarissable sur les emmerdements que lui avaient fait subir les perdreaux. À coups de pompe dans le bide qu'ils le réveillaient dans les squares, ces empaffés! Et les nuits dans les cellules avec les vieilles putes!

— Et j'peux vous dire qu'ils étaient pas les derniers à se faire pomper le dard, les salauds! Plus vicelard qu'un poulet, ça n'existe pas!

La compagnie approuvait bruyamment.

— J'préférerais mille fois être clodo que flic! lança un gros rougeaud qui avait passé la moitié de sa vie devant un Franprix dans le Xe arrondissement de Paris et qui n'avait évidemment jamais rien eu à choisir du tout.

— Les poulardins, c'est la lie de l'humanité! gueula un troisième.

Martin avait une belle et longue carrière d'officier de police de renseignements derrière lui. Il était entré à la DST au moment de l'affaire *Farewell*! Il avait foi en sa mission. Il avait toujours eu foi en sa mission. Il se sentait profondément humilié d'être obligé d'écouter ces épaves baver sur une police républicaine qu'il savait imparfaite, mais qu'il respectait néanmoins profondément.

— J'vous présente mon pote Alphonse! les interrompit Pote-Jésus. Y claque du bec!

On le salua mollement. Deux clochards poussèrent vers lui une assiette de pâté et une corbeille de pain tandis qu'un autre lui servait un verre de rouge. Le commandant s'assit. Le comte de la Petite-Touche se leva et lui souhaita la bienvenue en s'inclinant. Le commandant l'épiait discrètement. Ainsi, c'était lui le chef de ces subversifs... Que voulait-il au juste, avec sa bande? Qu'est-ce qu'il manigançait? Qu'est-ce qu'il trafiquait?

— Alors, tu viens d'où comme ça? demanda Terminator.

— Oh, j'me balade, répondit le commandant.

— Y se balade ! répéta Pote-Jésus. Puisque j'vous dis que c'est un boute-en-train !

— Mais dis donc, t'es rasé du matin ! reprit Terminator. Une vraie chochotte, ma parole ! Et tes chemises, tu les repasses ?

Ça se mit à ricaner autour de la table. « Merde, songea le commandant. On ne peut pas penser à tout. »

— C'est que j'ai mes manies, répondit-il en se grattant la joue.

— Tu me diras, chacun son truc. J'avais un collègue, c'était la raie au milieu. Il se torchait jamais le cul, mais fallait qu'il soye toujours bien coiffé ! Plusieurs fois par nuit qu'il se réveillait pour se filer un coup de peigne…

Le commandant mangeait son pâté avec dégoût. Il buvait son verre de vin et le remplissait dès qu'il était vide. Bourrés comme ils l'étaient, il comptait bien que tous ces débiles tomberaient comme des mouches au cours de la soirée. Il aurait alors tout le loisir de fouiller les lieux à la recherche du dossier. La conversation reprit sur les flics. Le commandant serrait les dents.

***

Miss Côtes du Rhône s'était réveillée une première fois vers onze heures du matin. Berthelot était déjà sorti. Elle avait mis deux bonnes minutes à reconnaître la chambre, puis tout lui était revenu : le manoir, ces gens bizarres, la cuite, Berthelot… Elle eut envie de pleurer. « T'as intérêt à te reprendre en main, ma vieille », murmura-t-elle avant de se rendormir pour une bonne partie de la journée. En fin d'après-midi, elle émergea. Elle sortit de la chambre, à la recherche de la salle de bains. Une petite fille était en train de dessiner dans sa chambre, la porte ouverte. La commerciale se figea. Une enfant dans un tel antre ! Et si j'étais dans un repaire de pédophiles ? Elle frissonna, pénétra dans la chambre.

— Bonjour, petite, qu'est-ce que tu fais là ? demanda-t-elle.

Charline leva les yeux de sa table.

— Bonjour, m'dame. Je dessine.

— Ils sont où, tes parents ?

La petite haussa les épaules.

— Tu as bien un papa ? insista Hélène Montfort.

— Mon papa, il est mort. Et mon deuxième papa, il est méchant ! répondit Charline.

— Mais il sait que tu es là, ton papa ? demanda Miss Côtes du Rhône.

La petite parut méfiante tout à coup. « Ils lui ont lavé le cerveau ! » pensa la fiancée de Berthelot.

— Il est beau, ton dessin, dit-elle pour l'amadouer.

— Tiens, je te le donne, lui répondit Charline en le lui tendant. Et maintenant, je vais aller jouer avec ma copine dans la rivière !

Elle sortit de la chambre en un bond et descendit l'escalier en glissant sur la rampe.

— Attends ! cria Miss Côtes du Rhône, mais trop tard, la petite avait filé.

Elle regarda le dessin. C'était une girafe dans une cage en train de brouter un arbre. « Un appel au secours », conclut la psychologue.

Tant pis pour la salle de bains. Elle retourna dans la chambre, finit de s'habiller en quatrième vitesse, récupéra son sac à main dans lequel elle rangea le dessin plié en quatre et descendit l'escalier à son tour. Des éclats de voix lui parvinrent de la salle de séjour. Elle prit soin de ne pas faire craquer les marches, soudain terrorisée. Une fois en bas, elle se précipita vers la porte d'entrée, sortit du manoir en courant et remonta l'allée en se retournant toutes les deux secondes. Arrivée sur le chemin, elle ralentit l'allure, se retourna encore une ou deux fois et se mit à pleurer.

Le capitaine Béjart, planqué dans son fourré, la regarda passer. Il tira son calepin, regarda l'heure et inscrivit : « 17 h 45, une jeune fille sort en pleurant, l'air affolé. » Il fit claquer le carnet, réfléchit quelques secondes et se redressa. Au diable les ordres du commandant ! L'occasion était trop belle pour choper de l'info. Il laissa passer quelques minutes, mit son casque, prit celui de son supérieur et démarra sa moto. En quelques secondes, il parvint à sa hauteur.

— Bonjour, je vous dépose quelque part ? demanda-t-il avec un large sourire.

Miss Côtes du Rhône renifla et déclina poliment. Le capitaine coupa le contact de sa moto.

— Vous n'avez pas l'air bien. Je peux vous aider ?

Hélène Montfort s'arrêta à son tour et l'examina. Il était habillé correctement. Il roulait en grosse moto. Il n'avait pas l'air de faire partie de cette bande de cinglés. Néanmoins, elle n'était pas rassurée. Elle annonça que tout allait bien et qu'elle préférait marcher. Le capitaine hésita quelques secondes. Quelque chose lui disait que cette fille ne faisait pas partie des sinoques du domaine. Il se lança :

— N'ayez pas peur, je suis policier, dit-il en lui montrant sa carte.

Le visage de Miss Côtes du Rhône s'illumina. Pour un peu, elle lui aurait sauté au cou ! Elle se mit à parler d'armes à feu, de vomi, de séquestration d'enfants, mais elle était tellement confuse qu'on n'y comprenait rien.

— Doucement, doucement, fit le capitaine en riant. Je vais vous raccompagner chez vous, et si vous voulez, on prendra un petit café et vous me raconterez tout ça, ça vous va ?

Miss Côtes du Rhône acquiesça.

— Où est-ce que je vous dépose ? demanda le capitaine en lui tendant le casque du commandant.

— À Laval, répondit Hélène Montfort.

Le capitaine démarra la moto et mit les gaz. « Et voilà, c'est aussi simple que ça », pensa-t-il, pas peu fier de lui.

Hélène Montfort habitait un petit deux-pièces dans un vieil immeuble de la rue Alfred-Jarry, à deux pas de la Mayenne. Elle était allée à l'essentiel, question ameublement, si bien que l'appartement paraissait austère. Le capitaine, qui avait pourtant l'œil, n'avait réalisé qu'en freinant pour se garer que cette fille était un sacré canon : il avait senti ses pastèques dans son dos ! Il en avait eu confirmation en descendant de moto (un petit regard en coin), puis en montant l'escalier à sa suite (un long regard pas du tout en coin).

— Vous venez d'emménager ? demanda-t-il en posant sa veste sur le dos d'une chaise.

— Comment le savez-vous ?

— Disons que je suis observateur, répondit-il avec un petit sourire entendu.

Le capitaine Béjart adorait faire le malin devant les jeunes femmes, surtout quand elles étaient bien roulées. Hélène Montfort proposa une bière au capitaine et fit couler du café pour elle. Elle ne voulait plus entendre parler d'alcool ! Du moins aujourd'hui… Elle se servit un grand bol qu'elle posa sur la table basse et se laissa tomber sur le canapé en soupirant. Béjart s'assit en face à califourchon sur une chaise.

— Je vous écoute, dit le capitaine.

Mais ses idées n'étaient plus très claires à présent. Ce qui était sûr, c'est qu'il y avait une petite fille là-bas. Mais était-elle vraiment séquestrée ? Pour le reste, c'étaient des clochards infâmes qui buvaient et vomissaient, des gens bizarres habillés en peaux de bêtes et une vieille gouvernante en survêtement qui puait comme trente-six cochons... Ah, si ! Il y avait le pistolet ! Elle avait vu un pistolet ! Un truc énorme ! Dans la cabane d'un fou avec un corbeau sur l'épaule ! C'est illégal, ça, non ?

— Le pistolet, répéta le capitaine.

Probablement son Glock...

— Et vous ne les avez pas entendus discuter... d'un dossier ?

Miss Côtes du Rhône haussa les épaules.

— Quelque chose qu'ils auraient été rudement contents d'avoir trouvé et qu'ils voudraient peut-être bien vendre à un journaliste...

— M'étonnerait qu'ils fréquentent les journalistes...

— Vous ne les avez pas vus lire un truc bizarre ? Comploter ? Se réjouir du pognon qu'ils allaient gagner ?

— Y a bien un gros singe qui lit un livre en s'aidant de son doigt, mais à part ça, je vois pas...

Le capitaine soupira. La partie professionnelle de son entretien faisait long feu. Il décida de passer à la partie privée. Il devait être à vingt-deux heures au QG, ce qui lui laissait un peu de temps. Il but une gorgée de sa bière au goulot et se fabriqua un sourire séducteur.

— Vous êtes plus mignonne quand vous ne pleurez pas, dit-il.

Miss Côtes du Rhône remercia poliment. Elle comprit immédiatement qu'il voulait la baiser, lui aussi. « Décidément, les hommes… », songea-t-elle. Bon, il n'était pas mal dans le genre gros dur, mais avec la gueule de bois qu'elle trimbalait, elle se voyait mal s'envoyer en l'air ce soir. Le capitaine demanda si on pouvait fumer.

— Oui. D'ailleurs, je vais vous accompagner.

Elle se leva pour chercher un cendrier, ainsi que son sac à main, et se rassit. Elle sortit le dessin plié de Charline, le posa sur la table, prit son paquet de cigarettes. Le capitaine Béjart se pencha pour lui donner du feu et ses yeux tombèrent sur le quart de feuille contenant des chiffres et des noms qu'il reconnut immédiatement. Il laissa tomber le briquet, se rua sur le dessin, le déplia à l'envers et gueula tout ce qu'il put. Hélène Montfort, surprise, se recroquevilla dans le canapé.

— D'où est-ce que vous avez ça ? hurla le capitaine. D'où ça vient, bordel de merde ! Police !

— C'est la petite fille qui me l'a donné ! répondit Miss Côtes du Rhône en sanglotant.

— La petite fille ? Putain, c'est pas vrai…

Il se leva et arpenta la pièce. Qu'est-ce qu'ils trafiquaient, ces salauds ? Pourquoi maquiller le dossier en dessins d'enfants ? Ils essayaient de l'écouler discrètement ou quoi ? Il n'y comprenait plus rien ! Ça puait de plus en plus, cette histoire ! Il décida d'avertir le commandant, tira son portable de sa poche, tapa un message, l'envoya. Un bip parvint de sa veste. Il se tapa le front, sortit le portable du commandant et le balança sur la table avec rage. Miss Côtes du Rhône le regardait sans rien dire. Il se rassit, baissa la tête et se frotta la nuque.

— C'est si grave que ça ? murmura la commerciale.

— En vrai, je n'y comprends plus rien, répondit le capitaine à voix basse, l'air vraiment fragile et paumé.

Elle crut qu'il allait se mettre à pleurer. Elle demeura un instant sans bouger, puis se leva et lui caressa les cheveux. Hélène Montfort avait toujours eu un faible pour les gros durs abattus. Et puis, la gueule de bois était un peu passée avec le café.

Il faisait nuit quand le capitaine sortit de l'appartement de la rue Alfred-Jarry. Il récupéra sa moto, roula jusqu'au domaine et s'arrêta à l'endroit où était cachée la Honda du commandant. Elle était toujours là. Il replaça le casque à sa place et regarda sa montre : vingt-deux heures pile, le temps de rentrer à la maison. « Ne suis-je pas l'as de l'organisation ? » se dit-il en souriant. Il enclencha la première vitesse d'un rapide coup de pied, démarra en roue levée et passa sans s'en apercevoir devant Cro-Magnon qui s'était couché à plat ventre derrière une haie quand il avait entendu la moto s'approcher. Dès qu'elle eut disparu à l'horizon, l'homme des cavernes sortit de sa planque et se retrouva sur le chemin. Il se frotta le menton. « Bon, ben, voilà, on est repérés, murmura-t-il. L'est grand temps de s'organiser, j'crois bien. »

***

Ça parlait cul dans la grande salle de séjour. Ninette était passée dire un petit bonjour et cela avait affolé les mâles. Mam'zelle Coco apportait les bouteilles quatre par quatre, deux dans chaque main, et ramenait les vides à l'office. Elle désapprouvait les propos grivois, mais ne disait rien car cela semblait distraire monsieur le comte, toujours à sa place, fidèle au poste, un tout petit peu plus tassé au fur et à mesure que les heures s'écoulaient. Bientôt trente heures que la buée avait commencé ! Le commandant avait glissé sous la table. Il se relevait en s'accrochant à la chaise. Il ricanait.

— Sa… sacrée poupou… sacrée poulette, vingt dieux ! balbutiait-il.

— Tu l'as dit, mon Alphonse ! gueula Pote-Jésus.

Il réussit à se mettre à genoux, s'appuya trop fort sur la chaise qui ripa, l'entraînant avec lui. Il roula sur le ventre, éclata d'un rire idiot. Il se redressa difficilement, s'agrippa à la table, saisit son verre de rouge et en but une lampée qui lui coula à moitié sur le menton.

— Alors, j'ai menti, Alphonse ? disait Pote-Jésus. C'est pas le plus beau canon de l'univers ?

— Ah, ça, merde, non, t'as pas menti ! Un vraie poupou, pupu… Dans mes bras, mon pote de Na… de Naza… de Nazareth !

Il tomba sur Pote-Jésus, la chaise bascula et les deux ivrognes se retrouvèrent à terre. Le commandant riait de plus belle. Quelle soirée ! Il se trouvait héroïque ! Il avait ouvert les vannes… À bas la bonne éducation ! *Fuck* la société ! Qu'est-ce que c'est que cette vie à la con où on se tient tout le temps avec un balai dans le cul ! Il eut une pensée pour Manzoni et ses poêlées de supions au thym ! Et blablabla en corse ! « Va donc te faire enculer avec tes seiches pourries ! » gueula-t-il, couché sur le dos. Les clochards éclatèrent de rire. Le commandant se retourna en riant lui aussi. Il se mit à quatre pattes et marcha ainsi jusqu'à la fenêtre où il se redressa en s'agrippant au chambranle. Il tendit l'index, soudain sérieux.

— Vous savez quoi, les gars ? Vous êtes… vous êtes mes potes, nom de Dieu ! déclara-t-il aux clodos. Ouais, mes potes ! À la vie, à la mort !

— Et toi, Alphonse, ma parole, t'es un sacré déconneur ! lui répondit Terminator.

Le commandant pensa soudain au dossier. Le putain de dossier ! Qu'est-ce qu'il en avait à foutre de ce dossier ! Il lâcha la fenêtre, tituba, fit trois pas vers la table et se laissa retomber sur sa chaise.

— Vous avez pas vu le do… le dossier ? demanda-t-il en attrapant une bouteille.

— Ça y est, v'là qu'ça lui r'prend avec son dossier ! lança un clodo.

— Probab' que c'est son dossier de demande d'allocs ! suggéra un autre.

— Laisse tomber les allocs, pote Alphonse ! Ici, c'est le comte qui régale ! dit Pote-Jésus.

Le comte approuva avant de s'effondrer la tête la première sur la table.

— Le dossier…, répéta le commandant. Le putain de merde de dossier, les copains… la République en danger…

Les clochards se bidonnaient ! Quel sketch leur faisait ce sacré poivrot d'Alphonse ! Pas deux comme lui ! Et alors, de ces manies ! Obsédé des dossiers ! Le commandant but une rasade au goulot, reposa la bouteille et se releva. Il traversa la pièce en titubant, s'arrêta devant un buffet rempli de vaisselle, en ouvrit un tiroir.

— L'est pas là, le dossier ? bredouilla-t-il. Petit-petit-petit-petit…

Il se redressa de manière hasardeuse, passa dans le salon.

— Petit-petit-petit-petit…

Il s'effondra dans un fauteuil. Il bavait.

— Pourquoi t'irais pas te faire enculer, Manzoni, marmonnait-il. Z'êtes mes potes, nom de Dieu… Petit-petit-petit-petit… dossier… la République… petit-petit…

Il s'endormit d'un seul coup.

Chapitre 19

Le capitaine Béjart regardait l'eau bouillir dans la casserole posée sur le réchaud de camping que le commandant avait installé à la cuisine. La même casserole dans laquelle sa mère lui faisait chauffer son lait le matin ! Il versa l'eau dans le filtre, emporta son café dans la salle à manger et le but debout devant la fenêtre. Le temps avait viré au gris. Il était dix heures du matin et le commandant n'était pas rentré. « Si je ne suis pas là demain matin à dix heures, vous avisez. » Il grimaça. Tu parles d'une consigne ! Autant dire : démerdez-vous. Il finit son café, monta s'habiller à l'étage, prit le Glock du commandant et retourna au manoir. La moto était garée au même endroit, le siège humide. Il pénétra à pied dans le domaine, suivant le même chemin que la veille. Mais derrière le massif de saules, une surprise l'attendait : Cro-Magnon immobile brandissant une pelle. Il se figea. Pas le temps de sortir le pistolet. Il fit un pas en arrière, impressionné par la carrure de l'homme.

— Déconnez pas, dit-il d'une voix mal assurée.

— Vous allez nous faire chier longtemps ? demanda Cro-Magnon.

— Écoutez… On peut discuter, non ? On veut juste récupérer ce qu'on recherche… vous savez bien… les petits dessins, hein ?

— Les petits dessins, répéta Cro-Magnon.

— Hein ? Alors ? Vous voyez ce que je veux dire ? On veut juste récupérer ce qu'on recherche et après on s'en va… Promis !

— Et vous en ferez quoi si vous la récupérez ?

La voix du capitaine se faisait un peu plus sûre.

— On détruit. Personne n'en entendra plus jamais parler. Ensuite, on oublie tout. Aucune poursuite, aucun tracas policier. Ce sera mieux pour tout le monde, faites-moi confiance… Et puis, ça vous évitera les emmerdes. C'est un trop gros morceau pour vous, croyez-moi. Alors, qu'est-ce que vous en pensez ?

— Vous voulez ma réponse ?

— Vous m'obligeriez beaucoup, cher monsieur.

Il se prit un grand coup de pelle dans la tronche.

***

Le capitaine se réveilla dans un champ de terre, sur le dos, les bras en croix. Il essaya de bouger, mais sa tête semblait arrimée au sol. Il gémit, porta la main à son crâne et la retira couverte de sang poisseux. Il se releva péniblement et avança au hasard, complètement hagard. Chaque pas faisait résonner une sorte de gong dans sa cervelle. Il s'arrêta soudain, fouilla ses poches, sentit des petites boules sèches à la place du pistolet du commandant. Le capitaine en avait vécu, des situations limites. Il s'était fait tirer dessus, s'était retrouvé face à des hommes cagoulés armés de kalachnikovs, avait filoché les terroristes les plus sanguinaires de la planète et procédé à des arrestations musclées. Au contact des petites crottes rugueuses, il tomba à genoux dans la terre mouillée et s'effondra en sanglots.

Il réussit à retrouver le fourré où étaient cachées les motos, sauf qu'il n'y avait plus de motos. Nouvelle crise de larmes. Il rentra à pied au QG en se tenant le crâne. Plus de motos, plus de pistolets, plus de commandant, plus rien ! Il marchait comme un automate sur le bas-côté de la route, recouvert de boue, le visage en sang. Son avenir était tout tracé : un petit passage protégé à proximité d'une école où, vêtu d'un gilet jaune fluorescent, il mettrait les bras en croix pour arrêter les voitures et laisser traverser les enfants braillards (qui se foutraient de sa gueule par-dessus le marché).

Il arriva à la maison, plaqua une serviette humide sur son front et se laissa tomber dans le fauteuil devant la cheminée en gémissant. Et maintenant, que faire ? Il n'avait plus guère le choix. Ce qu'il redoutait le plus était inéluctable. Il laissa passer dix minutes, prit son téléphone, appuya sur la touche « Manzoni » et ferma les yeux. Un sale moment à passer. On décrocha à l'autre bout du fil.

— Bonjour, monsieur le directeur, capitaine Béjart à l'appareil…

— Ah, Béjart. Enfin. Alors, ça y est, vous l'avez ?

— Ben… c'est-à-dire…

— C'est-à-dire, oui ou non ?

— Ben, non…

— Comment ça, non ? Je croyais que vous l'aviez localisé ?

— Ben, oui…

— Et alors ?

— Ben… C'est un peu plus compliqué que prévu, monsieur le directeur…

— Comment ça, plus compliqué ? Vous vous foutez de ma gueule ? Martin m'a dit que c'étaient des bouseux à moitié débiles.

— Ah, ça, pour être débiles…

— Et alors, la crème de mes officiers n'arrive pas à récupérer un pauvre dossier caché chez des débiles ?

— Écoutez, on a eu un petit problème, il nous faudrait des renforts…

— Des renforts ? Qu'est-ce que vous me racontez ? Passez-moi le commandant…

Le capitaine toussa.

— C'est-à-dire que… euh… en fait, il a disparu.

— Disparu ?

— Je crois que les cinglés l'ont pris en otage.

Il y eut un silence à l'autre bout du fil.

— Vous plaisantez, j'espère ?

— Ben non.

— En otage ?

— C'est-à-dire qu'il y est allé hier soir et n'est jamais revenu…

À l'autre bout du fil, Manzoni s'asseyait lentement à son bureau.

— *Madonna*. Qu'est-ce que c'est que ce bordel… Ils sont armés ?

— Euh… je sais pas…

— Comment ça, vous ne savez pas ?

— C'est-à-dire qu'ils ont… euh… deux… Glock.

— Deux Glock ?

— Les nôtres.

Il y eut un deuxième silence, plus lourd et plus pesant.

— Ils ont… ils ont vos flingues ?

— Et nos motos…

Troisième et dernier silence suivi du fameux miaulement sinistre, chapelet d'injures en corse, postillons, etc. Manzoni raccrocha en défonçant son téléphone, laissant Béjart à moitié assommé dans son fauteuil.

***

À midi, Pote-Jésus secoua le commandant qui roupillait dans un autre fauteuil, celui du petit salon contigu à la grande salle de séjour du manoir.

— Eh ! Alphonse ! Quel ronfleur, ma parole ! Viens donc boire un coup !

Le commandant ouvrit les yeux. Il se précipita à la fenêtre, mais n'eut pas le temps de l'ouvrir et vomit sur le carreau.

— Voilà, c'est sorti, remarqua Pote-Jésus. Maintenant, y a de nouveau de la place pour remplir.

Le commandant avait l'impression d'avoir la tête prise dans un étau. Le moindre bruit lui crevait les tympans et lui faisait mal derrière les yeux. Quelques flashs lui revenaient à la conscience. Le dossier ! Il se voyait à quatre pattes le cherchant partout. Petit-petit-petit-petit… Et les clochards… les grandes embrassades… les propos anti-républicains… l'humiliation ! Il réussit à ouvrir la fenêtre à temps ce coup-ci et vomit une seconde fois. Il passa aux toilettes, se rinça la bouche et sortit du manoir.

— Je vais faire un tour… respirer l'air frais… annonça-t-il à Pote-Jésus.

« Humilié ! se répétait le commandant. Je suis humilié ! » Ses tempes cognaient, il n'avait jamais eu aussi mal au crâne de sa vie. Il quitta le domaine en titubant et se dirigea vers le fourré où était garée sa moto. Plus de moto. Il lâcha un juron et rentra à pied au QG.

Le capitaine Béjart avait le téléphone éteint à la main quand il entra dans la maison. Il était prostré dans le fauteuil en face de la cheminée, la bouche ouverte, le visage et les cheveux couverts de terre et de sang séché. Il tourna la tête vers le commandant qui avait lui aussi une gueule de déterré : le visage blanc comme un linge, des cernes violets autour des yeux, les lèvres tachées de vin, le pull maculé de vomi. Ils se regardèrent tous les deux sans rien dire.

— Ma… ma mission a échoué, Béjart, annonça le commandant en essayant de prendre un air digne.

— La mienne aussi, mon commandant, répondit Béjart.

— Nous ferons mieux la prochaine fois, dit le commandant en s'engageant lentement dans l'escalier. Au fait, où est ma moto ?

— Volée, mon commandant.

— Noté.

Il monta les marches, hébété.

— Volée, répéta-t-il. Petit-petit-petit-petit…

Il était encore saoul. Il entra dans la chambre, ferma les volets et se coucha en l'état. Le capitaine apparut quelques minutes plus tard. Il aurait préféré se faire arracher les dents une à une plutôt que de l'avouer, mais il avait peur. Peur du silence, peur du jardin, peur de la maison, peur de tout ! Comme lorsqu'il avait voulu dormir sous la tente dans le jardin !

— Vous permettez que je me couche à côté de vous ?

— Mais je vous en prie, mon petit Béjart.

Le capitaine s'allongea à côté du commandant. Les deux épaves étaient étendues sur le dos en silence, regardant le plafond.

— Un gilet jaune, un passage protégé, des enfants qui traversent, disait Béjart.

— Petit-petit-petit-petit, répétait le commandant.

***

Il pleuvait quand les deux berlines noires se garèrent devant la maison en fin d'après-midi. De la première sortirent les commandants de police Blanc et Blouvac, respectivement chef de division à la sous-direction de la subversion violente et chef de division adjoint à la même sous-direction ; de la seconde, le lieutenant de police Oppenheimer, de la direction du contre-terrorisme (sous-section C), et le directeur central du renseignement intérieur, Bertrand Manzoni en personne. Le lieutenant Oppenheimer avait vingt-cinq ans, une gueule carrée et de sacrés biscotos qui dépassaient de son tee-shirt blanc. C'était le petit protégé de Manzoni qui lui promettait une belle carrière. Quant aux deux autres, c'étaient des vieux de la vieille sur lesquels on pouvait compter. Ils étaient habillés d'un costume sombre, d'une chemise blanche et d'une cravate noire, comme dans les films.

— D'après le GPS, c'est ici, dit le commandant Blouvac.

— Alors, allons-y, répondit Manzoni.

Le lieutenant Oppenheimer ouvrit la porte d'entrée et les quatre hommes pénétrèrent dans la petite maison. Oppenheimer passa dans la salle de séjour, Blouvac dans la cuisine, Blanc monta à l'étage tandis que Manzoni attendait dans le petit couloir. Le commandant Blanc jeta un œil dans la salle de bains puis dans la chambre vide et entra dans celle d'en face. Il se figea, recula de deux pas pour se retrouver sur le palier. Il fit un signe à Manzoni qui monta l'escalier en soufflant. Le commandant Blanc s'écarta sans rien dire et le laissa passer. Manzoni se figea à son tour sur le seuil de la chambre et laissa échapper un juron en corse. La pièce obscure puait la vinasse et le vomi. Les deux officiers de police ressemblaient à des clochards. Béjart avait des croûtes de sang sur le visage et de la terre dans les cheveux. Martin était sale, le visage crasseux, les cheveux hirsutes en paquets, les pieds nus tout noirs, et portait un ignoble pull taché de vin et de vomi. Manzoni les aurait surpris en train de s'enfiler qu'il n'aurait pas été moins choqué. Il ressortit de la pièce, ferma les yeux un instant et se massa les tempes. Il soupira.

— Réveillez-moi ces deux corniauds, dit-il au commandant Blanc.

Il redescendit l'escalier en secouant la tête tandis que Blouvac et Oppenheimer se précipitaient à l'étage pour jouir d'un spectacle qu'ils imaginaient plutôt cocasse, vu la tête de Manzoni.

Le commandant Blanc était en train d'ouvrir bruyamment les volets quand ils entrèrent dans la chambre. Ils s'arrêtèrent net, eux aussi. Le lieutenant siffla d'incrédulité. Blouvac n'aimait pas le commandant Martin à qui il reprochait son légalisme pointilleux. Il sourit méchamment.

— Debout, là-dedans, vous avez de la visite… gueula le commandant Blanc.

Martin ouvrit les yeux. Il regarda les trois hommes et se redressa. L'odeur de son pull le prit à la gorge. « Et merde », pensa-t-il.

— Alors, on se laisse un peu aller, pas vrai, Martin ? dit Blouvac, goguenard.

— C'est… c'était pour les besoins de l'enquête, répondit le commandant Martin.

— Bien sûr… Une enquête plutôt rude à ce que je vois…

Il fit un clin d'œil à ses collègues. Le capitaine Béjart se redressa à son tour.

— Ça va, t'as bien dormi ? demanda Blouvac. Il n'est que six heures du soir, tu peux te rendormir, si tu veux…

— Ça va comme ça, trancha le commandant Martin en se levant.

— Au fait, y a quelqu'un qui t'attend en bas… ajouta le commandant Blanc.

Martin se frotta le visage. Il savait évidemment de qui il s'agissait.

— Dis-lui que j'arrive.

Il se doucha, se savonna longuement les cheveux et le corps, s'habilla avec des habits propres, se rasa, se coiffa soigneusement et descendit. Il se sentait mieux à présent, même si son estomac était encore fragile. Les trois officiers étaient assis autour de la table. Manzoni, dans le fauteuil, fixait la cheminée sans rien dire en tapotant sur un accoudoir de ses gros doigts boudinés.

— Vous êtes devenu complètement cinglé, Martin, siffla-t-il sans le saluer. Vous vous faites piquer vos flingues et vos motos, vous vous poivrez la gueule comme un minable, vous dormez à six heures de l'après-midi, et tout ça alors qu'on est assis sur une bombe… C'est inqualifiable…

Le commandant renonça à se justifier.

— Inqualifiable ! gueula soudain Manzoni.

Il se leva du fauteuil, difficilement à cause du surpoids, en s'aidant des accoudoirs.

— Mettez les commandants Blanc et Blouvac et le lieutenant Oppenheimer au courant de la situation. Demain, on récupère le dossier et on rentre tous à Paris.

Martin s'assit à table en face de Thierry Blanc. Il avait envie de balancer son poing sur la gueule de Blouvac pour lui faire passer son petit sourire d'abruti. Il faisait son topo quand le capitaine descendit à son tour. Il s'était douché lui aussi et avait enroulé une bande Velpeau autour de sa tête. Manzoni tournait en rond dans la pièce, les mains derrière le dos. Il n'eut pas un mot ni un regard pour Béjart. Quand le commandant eut terminé de parler, le capitaine ajouta :

— Ces tordus gardent des petites filles prisonnières dans leur manoir… Je crois qu'on est tombé sur un réseau pédophile…

— C'est pas notre problème, le coupa Manzoni. Merde !

Il y eut un silence dans la pièce. « D'où est-ce qu'il sort ça ? » pensait Martin.

— Je veux dire : priorité au dossier, ajouta Manzoni. On les balancera aux gendarmes quand on l'aura récupéré…

Béjart sortit le dessin de girafe de Charline et le tendit à Manzoni.

— J'ai trouvé ça hier soir…

Manzoni regarda le dessin sans y toucher.

— Vous vous foutez de ma gueule, Béjart ? Vous voulez vraiment finir à la circulation ?

Béjart retourna le dessin. Manzoni le happa aussi vite qu'un caméléon attrape une mouche avec sa langue.

— Nom de Dieu !

Il retourna la feuille, regarda le dessin, la retourna à nouveau.

— Nom de Dieu… répéta-t-il.

Un dessin d'enfant sur une page du dossier ! Il avait beau se triturer les méninges, il n'y comprenait rien. Il fit passer le dessin au commandant Blanc qui l'examina et le donna au commandant Blouvac qui l'examina à son tour avant de le tendre au lieutenant Oppenheimer.

— Comment vous êtes-vous procuré ce dessin ? demanda le commandant Blanc.

Béjart raconta sa rencontre avec Miss Côtes du Rhône. Enfin, une partie seulement. La première.

— J'espère que vous ne lui avez pas dit qu'on recherchait ce dossier ? siffla Manzoni.

Béjart rougit.

— Elle est avec nous contre eux, monsieur le directeur.

Manzoni se tapa le front avec le plat de la main. « T'aurais mieux fait de te taire, Béjart », songea le commandant Martin.

— Et si cette pétasse est allée raconter votre entretien aux terros ? Vous tombez de la lune ou quoi ?

— De toute façon, ils sont déjà au courant, répondit Béjart en touchant son pansement à la tête.

— Mmmmh...

On nageait vraiment dans le brouillard le plus complet.

— Bon, qu'est-ce qu'on décide ? demanda Manzoni.

— À mon avis, il faut foncer dans le tas, répondit le lieutenant Oppenheimer.

— Concrètement ?

— On y va tous demain matin, on les bouscule un peu, on récupère le dossier et on se tire.

— Blanc ?

— Ça me va.

— Blouvac ?

— D'accord.

Manzoni saisit son imperméable qu'il avait suspendu à une poignée de porte.

— Bon, allez, on se tire, les enfants. On va se trouver un hôtel à Laval et on revient demain matin.

Les trois officiers de police se levèrent comme un seul homme et suivirent Manzoni qui se dirigeait vers la sortie. Il avait déjà ouvert la porte lorsqu'il se retourna vers les deux hommes debout au milieu de la pièce.

— Et tâchez d'être à la hauteur demain.

— Bonne biture, les gars, lâcha Blouvac avant de sortir.

La porte claqua, les voitures démarrèrent. Manzoni était assis à l'arrière. Le lieutenant conduisait.

— Moi qui croyais connaître ces deux imbéciles, dit Manzoni. Je n'aurais jamais cru ça d'eux…

— On croit connaître, mais on connaît pas toujours, philosopha le lieutenant Oppenheimer.

— C'est pas faux, répondit Manzoni. Bon, j'espère qu'il y a un restaurant potable à Laval. Ça m'a donné faim, toutes ces conneries.

— Je me suis permis de réserver une table au *Bistro de Paris*, monsieur le directeur. C'est le seul gastro de la ville.

Manzoni souriait à l'arrière du véhicule. Ce sacré lieutenant avait le sens de l'initiative. Il aimait ça. Une grande carrière, qu'il lui prédisait !

***

Martin s'était laissé tomber dans le fauteuil. Béjart s'assit à califourchon sur une chaise.

— Ça aurait pu être pire, non ? dit le capitaine.

— Vous voulez me faire plaisir, Béjart ? Fermez-la une bonne fois pour toutes, répondit le commandant.

Pas de doute, ils allaient passer une super-soirée, tous les deux !

Chapitre 20

À sept heures le lendemain matin, les deux voitures s'arrêtèrent devant la petite maison. Le lieutenant klaxonna. Martin et Béjart étaient prêts depuis une heure. Ils n'avaient quasiment pas dormi depuis la veille. Le commandant s'était tourné et retourné dans son lit, et le capitaine avait terminé la nuit en fumant dans le fauteuil du rez-de-chaussée. À cinq heures trente, il avait pris un grand café, puis un autre une heure plus tard, en même temps que le commandant. Le capitaine ne la sentait pas, cette expédition. Il avait eu une idée pendant qu'il fumait dans son fauteuil. Pourquoi ne pas leur proposer une somme d'argent contre le dossier ? Ces abrutis ne demanderaient probablement pas lourd et ça éviterait les dérapages. Il en avait parlé au commandant qui avait haussé les épaules. Les deux hommes s'installèrent à l'arrière de la voiture du lieutenant et de Manzoni qui s'était mis à l'avant. À peine assis, le directeur du renseignement leur tendit en silence deux Glock et deux chargeurs. Il était ravi de son repas de la veille, ne se lassait pas d'en parler avec le lieutenant. Aigle de mer poêlé au thym citron avec un cassoulet de mogettes et calamars liés au pesto de tomates, le tout accompagné d'un meursault premier cru, ça valait largement la cuisine de Tintin ! Martin soupirait dans son coin. Le gros lard les aimait bien chichiteuses, les cartes, à la limite de l'ésotérisme. Le menu était devenu son unique transcendance. Poisson/haricots blancs et calamars/vin blanc, ça l'aurait fait grimacer. Il fallait que ce soit mariné, lié, mijoté, sur son lit de, avec son coulis de, au parfum de, cuisiné façon florentine ou façon moncul ! Un filet de bœuf se changeait automatiquement en Aubrac Rossini avec une réduction de bordelaise à la moelle ! Un petit poiscaille à la con se faisait étuvé en viennoise de parmesan ! Tout ça pour finir en caca ! Sans blague ! Martin s'aperçut qu'il haïssait Manzoni de toutes ses tripes.

Ils garèrent les voitures le long du mur du domaine, sortirent tous les six et firent claquer les portières. Ils eurent un petit moment d'hésitation, franchirent finalement le portail ouvert, le lieutenant en tête roulant des mécaniques, suivi des commandants Blanc et Blouvac, de Manzoni et des deux tricards.

Caché dans un arbre de la petite forêt à droite de l'allée, Pierrot se mit à hululer six fois.

— Hou hou… hououououou… hou hou… hououououou… hou hou… hououououou…

Un cri à l'autre bout du domaine lui répondit :

— Hou hou… houou… kouwitt…

En haut de la vieille tour en ruine, Joseph se redressa (il s'était assoupi) et arma la mitrailleuse légère.

— C'est bourré de chouettes dans ce pays à la con, dit le commandant Blouvac pour se donner contenance.

Manzoni haussa les épaules. Le capitaine Béjart n'aimait pas ça du tout.

Ils marchaient dans l'allée et se retrouvèrent bientôt en vue de la façade du manoir. Ils s'arrêtèrent.

— Et si on leur proposait du fric contre le dossier ? proposa Béjart.

Le lieutenant ricana. Manzoni secoua la tête d'un air affligé.

— On va les choper au réveil, déclara le lieutenant. Mais avant tout, il faut qu'ils fassent un petit pipi dans leur culotte, ça facilitera la négociation…

Le commandant Blanc rigola. Oppenheimer sortit son Glock et le pointa en l'air.

— Je ne suis pas sûr que ce soit une bonne idée… murmura le capitaine Béjart.

Le lieutenant Oppenheimer tira deux coups de feu vers le ciel. Une rafale de mitrailleuse légère, FN Minimi, calibre 5,56 (cadence de tir : neuf cents cartouches par minute), lui répondit de la vieille tour, ainsi que deux coups de fusil de chasse tirés par Cro-Magnon d'une fenêtre du premier étage du manoir, et le tir cadencé d'un pistolet que Berthelot, tapi derrière un tas de bois devant la remise, manipulait tant bien que mal. Les hommes bondirent à terre, derrière les arbres. Le lieutenant Oppenheimer, blessé à l'épaule, avait lâché son pistolet et plongeait derrière un saule en gémissant. Manzoni, touché dans le gras de la cuisse, se mit à hurler de terreur avant de se jeter dans l'étang. Le silence recouvrit à nouveau le domaine. Manzoni barbotait dans l'eau trouble en geignant et en appelant à l'aide. La surprise passée, les commandants Blanc, Blouvac et Martin et le capitaine Béjart, tapis au sol, établirent rapidement un plan d'action. Le tir de mitrailleuse venait de la tour. Blouvac s'occuperait de Manzoni et du lieutenant qu'il fallait rapatrier vers l'arrière, Martin tâcherait de progresser vers le manoir tandis que Blanc le couvrirait et que Béjart les prendrait à revers. Le capitaine, courbé en deux, fila à travers les arbres en direction des terres arables du domaine, le pistolet à la main. Un cri de chouette l'accompagnait. Il quitta les bois, traversa un champ à découvert et se cacha dans une haie. Il descendit en direction de la rivière avec l'idée de faire une grande boucle et de remonter vers l'arrière de la tour pour en déloger le tireur embusqué. Soudain, Ninette apparut à vingt mètres. On aurait dit qu'elle sortait du tronc d'un gros chêne. Le capitaine Béjart se figea une patte en l'air, comme un chien d'arrêt. Il eut immédiatement les mains moites, le front luisant, la gorge sèche. Il sentait son cœur lui cogner dans les tempes. Quelle apparition ! Quelle femme ! Quelles loches ! Quel châssis ! Il n'avait jamais vu ça... Il sortit de la haie, s'approcha lentement, les yeux brillants, hypnotisé. Mais... mais... il ne rêvait pas ! Elle lui faisait des signes ! Ninette lui demandait de venir en effet, d'un petit geste de l'index, un sourire coquin aux lèvres, le bassin déhanché. Complètement à poil ! Un bouquet d'hormones envahit le capitaine ; il accéléra le pas, tira la langue, se mit à grogner... Il commençait à bander quand il marcha sur les dents du râteau ; le manche se redressa violemment et le frappa au front. Il s'évanouit avant de toucher terre, demeura une seconde debout en équilibre et s'effondra sur le dos. Louis sortit de sa planque et lui ligota les mains. Il avait fallu insister ferme pour le faire participer au combat, celui-là ! Il avait commencé par se déclarer pacifiste intégral ! Pas mes oignons ! « Et ton mode de vie crudi-végétarien, tu le défends comment ? » lui avait demandé Cro-Magnon. Pour toute arme, il n'avait finalement accepté que le râteau dont mam'zelle Coco se servait pour enlever les feuilles mortes autour de l'étang. Et Ninette !

Dans la grande salle du manoir, la buée touchait à sa fin, faute de participants. Le comte de la Petite-Touche s'était diverti. À présent, il dormait paisiblement dans son lit à baldaquin, son bonnet de nuit à pompon enfoncé jusqu'aux oreilles. Pote-Jésus, après quatre jours de biture, ne savait plus comment il s'appelait. Il avait entendu des coups de feu, s'était mis à la fenêtre, hagard et louchant. Mam'zelle Coco avait surgi et l'avait tiré en arrière.

— Planquez-vous, général, ça barde dehors ! Probablement des bohémiens jaloux !

Se planquer ? Lui ! Un général ! Pour qui le prenait-on ? Il était sorti par l'arrière du manoir en titubant. Bientôt, on le vit surgir par le petit sentier entre la tour et la remise, chevauchant Ali Baba qui ruait dans les brancards, un parasol brandi en guise de lance sous son épaule, la pointe en avant. Cro-Magnon, de sa fenêtre, soupira. Joseph, de la tour, l'observait avec inquiétude. Pote-Jésus galopait en hurlant sus à l'ennemi. Le commandant Blouvac, à plat ventre au bord de l'étang en train de donner la main à Manzoni, lâcha ce dernier sous l'effet de la stupeur. Le patron des renseignements disparut sous l'eau et réapparut un instant plus tard en gueulant comme un porc. Heureusement, le vent s'engouffra dans la toile du parasol qui s'ouvrit brusquement, si bien que Pote-Jésus fut éjecté de sa monture et se retrouva le cul sur le gravier. Ali Baba continua un instant sa course erratique, puis s'arrêta pour brouter. Le commandant Martin profita de cette charge de cavalerie ratée pour se ruer vers le manoir. Blanc le couvrit comme prévu en tirant cinq ou six balles en direction de la tour avant de le rejoindre en courant. Ils se plaquèrent au mur, à l'abri de la mitrailleuse, piétinant au passage les rosiers de mam'zelle Coco. Mais un étage plus haut, pile au-dessus d'eux, Cro-Magnon dégoupilla une grenade à plâtre et la laissa tomber entre les deux hommes. Ils ouvrirent la bouche pour crier ; la grenade explosa avant. Les deux officiers de police firent deux ou trois pas sur le gravier en zigzaguant, sonnés, tout blanc de plâtre, les tympans explosés, et s'écroulèrent face contre sol.

Le lieutenant Oppenheimer quittait le domaine en courant et en se tenant le bras quand Jeannot surgit de la forêt, brandissant le vieux fusil de chasse du comte. Il tira un coup en l'air, puis braqua le fusil sur Oppenheimer qui se laissa tomber à genoux, implorant en sanglotant qu'on lui laisse la vie sauve. Berthelot et Cro-Magnon, armés du Glock et du fusil, s'approchèrent de Blouvac et de Manzoni qui était enfin sorti de l'eau et serrait sa cuisse ensanglantée en geignant. Ils levèrent les bras en l'air. Louis et Ninette remontaient des champs en poussant avec le râteau le capitaine ligoté qui marchait comme un somnambule, tandis que Jeannot arrivait de son côté en tenant Oppenheimer en joue. Pote-Jésus s'était endormi sur le sol en tenant son parasol ouvert. Cro-Magnon fit le compte des prisonniers et se mit à hululer tout son saoul, bientôt imité par Berthelot et Jeannot, sous le regard épouvanté de Manzoni. On n'avait pas vu bataille aussi rondement menée depuis Bouvines !

***

Leurs flingues confisqués, les six hommes furent jetés du domaine à coups de pompe dans le cul. Le lieutenant Oppenheimer se tenait l'épaule en gémissant ; Manzoni boitait, des algues pendouillant de son costume trempé et de son crâne chauve ; les commandants Blanc et Martin, recouverts de plâtre, n'entendaient plus rien et n'avaient pas retrouvé leur équilibre ; le capitaine Béjart était hagard, une espèce de rictus, entre sourire et douleur, lui donnant l'air d'un dément ; le commandant Blouvac, enfin, dodelinait de la tête en soupirant. Sans un mot, ils rejoignaient les voitures en marchant lentement.

À quatre cents kilomètres de là, le ministre de l'Intérieur essayait désespérément de joindre Manzoni pour lui annoncer son limogeage. Son fixe à Levallois ne répondait pas, pas plus que ses deux portables (qui avaient pris l'eau, mais ça, le ministre l'ignorait). Il appela un à un les chefs des différents services (« Mais où est-ce qu'il est passé, ce jean-foutre ? Quand on dirige la sécurité intérieure du pays, on ne disparaît pas comme ça… ») et composa finalement le numéro du commandant Blanc.

— Votre téléphone sonne, Thierry, lui dit Blouvac.

Mais Blanc n'entendait rien ! Il marchait comme un robot sans plier les genoux. Blouvac lui saisit l'épaule et lui fit un signe. Téléphone, putain ! Blanc sortit son portable de sa poche. Le nom du ministre s'affichait sur le cadran. Il le tendit lentement à Manzoni qui décrocha.

— Allô, commandant Blanc ? Je cherche à joindre Manzoni. Vous ne savez pas où il se cache ? C'est urgent…

— Manzoni à l'appareil…, répondit le patron des renseignements d'une petite voix.

— Manzoni ? C'est vous ? Je ne vous avais pas reconnu… Dis donc, pour vous joindre, c'est coton… Écoutez, j'ai une mauvaise nouvelle à vous annoncer… Voilà, votre successeur sera nommé mercredi prochain en conseil des ministres, ça vient de se décider, je n'ai rien pu faire… On ne vous a rien trouvé pour l'instant, mais je ne désespère pas… Peut-être la DGSE ? La place se libère dans deux ans… Croyez-moi, je suis sincèrement désolé… Mais on vous décorera, on vous rendra hommage, n'y voyez pas un désaveu…

— Ah, dit simplement Manzoni.

Il y eut un petit silence.

— Tout va bien, Manzoni ?

— Oui, oui, très bien. Au revoir, monsieur le ministre.

Il raccrocha.

— Allez, les enfants, en voiture, on rentre à Paris. Je dois faire soigner ma jambe, préparer mes bagages et passer quelques dossiers à la broyeuse… Demain, je retourne en Corse. Que je sois damné si je remets un jour les pieds sur ce putain de continent.

Les hommes montèrent dans les voitures en silence.

— Et nous ? dit Béjart.

— Oh, vous, je m'arrangerai pour laisser un mot à mon successeur. Il vous trouvera certainement un poste de gardien de parking…

Béjart se tourna vers le commandant au visage couvert de plâtre.

— Gardien de parking… Vous entendez ça, mon commandant ? Sans blague !

Le commandant se toucha les oreilles pour lui faire comprendre qu'il n'entendait absolument plus rien du monde extérieur et qu'il fallait à présent définitivement lui foutre la paix jusqu'à la fin de ses jours !

Les voitures démarrèrent, s'éloignèrent et disparurent dans un nuage de poussière.

***

Léonie et Charline dormaient dans le même lit à l'étage du manoir. Elles se réveillèrent vers neuf heures, n'ayant rien entendu de la bataille homérique qui s'était déroulée plus d'une heure auparavant. Charline bondit du lit.

— Quel temps fait-il ? demanda Léonie.

Charline tira les rideaux.

— Grand soleil !

Léonie s'étira en souriant. Elle tâta ses petits seins qui pointaient sous sa chemise de nuit. Aujourd'hui, elle irait se baigner avec Cro-Magnon, il fallait en profiter car bientôt ce serait l'automne. Elle fila sous la douche tandis que Charline s'installait à son bureau, puisait dans son tas de feuilles de brouillon et commençait un beau dessin représentant son ami l'âne Ali Baba.

FIN

Table

1

Dès le 30 juin au soir, on les a vus débouler. On était sur la Brèche-des-Pins, au-dessus de la départementale 19 et, 18 heures à peine passées, leurs camping-cars étaient déjà alignés, à se mordre la queue dans les virages, comme s'ils avaient attendu l'heure légale des vacances et qu'ils s'étaient mis en route ensemble, au signal.

Avec Jodie et Pierrot, couchés à plat ventre dans les aiguilles de pin, on les a observés. On s'est amusés à les reconnaître, à essayer de voir si ce seraient les mêmes que l'an passé, mais c'était compter sans ceux qui avaient changé de voiture dans l'intervalle. On a fait des paris, ça nous a occupés un moment. Et puis quand il a commencé à faire sombre, on est redescendus au village : les parents de Jodie, ils n'aiment pas la voir traîner le soir à la nuit tombée.

On l'a raccompagnée jusqu'à la grille de sa maison, qui est plantée juste au-dessus de la ravine des Maures, et c'était à qui, entre Pierrot et moi, arriverait à lui tenir la main le plus souvent possible pour l'aider dans les passages délicats. Une fois devant chez elle, on a joué un peu avec Duffy le chien ; on ne savait pas trop comment partir.

– Bon ben voilà… ai-je soupiré.

– Voilà voilà… a fait Pierrot en écho.

Alors Jodie nous a claqué une bise sur la joue et on s'est donné rencard le lendemain midi à l'accueil du camping, pour faire le point sur les arrivées. On est repartis en flânant par les chemins tapissés d'aiguilles, en envoyant des coups de sandale dans les pommes de pin mortes et en grognant parce que c'est jamais drôle de quitter Jodie.

Dès le lendemain matin, j'allais devoir en mettre un coup. Il n'y avait pas deux jours que le collège était fini et déjà j'allais devoir bosser comme un âne. C'est ça le problème quand on a des parents qui tiennent un camping dans le Sud : l'été, forcément, on peut pas prendre de vacances. Deux parents, c'est pas suffisant pour s'occuper de tout ce tohu-bohu, ces vacanciers en pagaille qui débarquent à toutes les heures du jour et de la nuit.

Y a toujours des soucis, des trucs de dernière minute, des empêchements, des râleurs, et il faut tenir la barre, coûte que coûte. Alors j'aide. Et puis de toute façon, on ne me demande pas mon avis. J'accueille les nouveaux, je coupe une branche ici, j'aide à pousser une voiture là, je fais le traducteur, je débouche des toilettes, je décapsule des bouteilles, je fais griller des saucisses. Tout ce qu'on est amené à faire l'été quand on tient un camping. Y a bien des saisonniers, que papa embauche en juillet-août, ou des étudiants, mais il manque toujours des bras.

Heureusement, pour me tenir compagnie, je peux compter la plupart du temps sur Pierrot, même s'il est miro comme un pou et que ses lunettes ont l'air de peser deux kilos sur son nez. On ne se quitte pas en classe, il n'y a pas de raison qu'on nous sépare en vacances. Et, quand elle peut, Jodie vient nous donner un coup de main aussi. Lorsque ses parents la laissent sortir et qu'elle ne les accompagne pas aux Baléares. Ils ont une villa aux Baléares. Enfin, d'après ce qu'ils disent.

Moi, ça m'est arrivé deux fois de vraiment partir en vacances. Une fois avec la classe, en Irlande. Et une autre en Suisse, chez une cousine. Ça ne m'a pas trop plu, parce que je n'aime pas être loin de chez moi. Je pense trop à mes parents, j'ai peur qu'un ouragan dévaste le camping comme c'est déjà arrivé en 1999.

Et puis je n'aime pas non plus être loin de Jodie ; pas mal de gens la trouvent trop grande et trop maigre, mais Pierrot et moi on s'en fiche, on trouve que c'est la plus jolie fille du village. Ses cheveux sont si longs que souvent elle les accroche dans les ronces ; et nous on adore, parce qu'en l'aidant à se dégager, on se retrouve forcément un peu plaqué contre elle et on a les narines qui palpitent. Pierrot pense qu'elle utilise des savons au miel et moi je suis sûr qu'ils sont à la lavande, ses savons. Tous les trois, on se connaît depuis la maternelle. Jodie, c'est un peu comme si c'était notre sœur, mais une sœur dont on pourrait tomber amoureux sans que ce soit interdit par la loi.

Lorsqu'on est arrivés en vue du camping, et que la pente nous a obligés à trottiner en faisant gicler du sable, Pierrot a tendu le bras :

– C'est pas les Duchâtel, là-bas ?

J'ai plissé les yeux. Leur grosse caravane américaine déjà coincée dans l'entrée du camping, c'était bien eux. Ils avaient le chic pour se faire remarquer dès le premier jour. Tous les ans c'était pareil : le père Duchâtel faisait exprès de rater son entrée, de s'emmêler dans le grillage, pour que tout le monde s'extasie sur le monstre qu'il remorque. Il l'avait acheté en Amérique dans les années 1980.

Déjà mon père était en action, planté au milieu de l'allée, remuant ses bras dans tous les sens pour éviter que la voiture ne se vautre dans le sable mou. Tous les ans, il disait qu'il allait goudronner les allées, et puis tous les ans maman lui disait que notre camping perdrait de son pittoresque si on se mettait à tout macadamiser.

On a piqué un sprint pour aller lui donner un coup de main.

– Clovis, va chercher ta mère ! a crié papa en me voyant arriver ; et toi, Pierrot, va calmer les autres, qui klaxonnent derrière…

Chacun s'est élancé à fond dans sa mission. Ça commençait fort. Chaque année, c'est un peu l'affolement au début, mais après une petite semaine, on prend le rythme. Bien sûr, à cet instant, je ne pouvais pas encore deviner que cet été-là, le curseur atteindrait des sommets astronomiques sur l'échelle de l'affolement.

Je suis rentré à la vitesse d'une tornade dans le hall de la réception où maman, derrière le comptoir, tentait de faire comprendre à un couple de Hollandais avec bébé où se trouvait leur place réservée. Tout essoufflé, je lui ai expliqué la situation et elle a filé vers la porte, en me lançant :

– Bon, remplace-moi et va conduire ces gens en D 15 !

Je me suis donc farci les Hollandais, qui étaient sympas, à ceci près qu'ils n'avaient jamais eu la patience d'apprendre le français, qui était pourtant une langue assez pratique à utiliser chez nous.

Une fois arrivé en D 15, je suis retombé sur Pierrot qui avait guidé les Pithoit en E 13. De vieilles connaissances, les Pithoit. Ils venaient depuis l'été 90 et ils avaient pour ainsi dire fait ma connaissance avant même que je naisse, ce qui n'est pas banal. Ils aimaient les bonnes blagues, surtout Dany, le père Pithoit, qui m'a tout de suite apostrophé quand il m'a vu :

– Alors, Clovis, ça y est, tu l'as réparé ?

Pour lui faire plaisir, j'ai participé à son piège :

– De quoi vous parlez, m'sieur Pithoit ?

– Eh ben, du vase de Soissons, mon petit Clovis !

Ça lui faisait plaisir, tous les ans en arrivant, ça faisait partie de son stock de blagues, et c'était sa façon de dire bonjour. J'ai salué le reste de la famille, sa femme et les deux jumelles, qui étaient gentilles aussi, même si la nature ne les avait pas gâtées plus que ça. Par gestes, j'ai fait comprendre aux Hollandais qu'ils étaient arrivés. Ils m'ont fait un grand sourire, ils avaient l'air content, c'était l'essentiel. Après, j'ai repris mon Pierrot sous le bras :

– Alors, ça y est, ça s'est arrangé, du côté de l'entrée ?

– Il y a une queue d'un kilomètre ! Mais qu'est-ce qui leur prend de tous débarquer au même moment ?

C'était la question que mes parents se posaient depuis la création du camping. En revenant vers la guérite de l'entrée, on a encore croisé des habitués et échangé des "bonjour !", des "salut !", des "coucou !" en veux-tu en voilà avec tous les campeurs qui s'installaient. À ce rythme, d'ici le lendemain, on n'aurait plus un emplacement libre !

– Clovis ! Pierrot !!!

C'était papa qui nous appelait à la rescousse. Il avait fini par manœuvrer la grosse caravane américaine des Duchâtel mais il avait maintenant un souci avec un camping-car mutant, long comme un paquebot. On a accéléré le pas, croisant maman qui allait faire remplir les formalités d'usage à ses propriétaires, des Espagnols.

Papa a pris le volant du vaisseau et on est allés se planter dans l'axe de ses rétros, pour lui permettre de reculer. Ça promettait ! Pour nous, cette nuit serait la plus longue de l'année, parce que les campeurs, ils arrivaient quand ils le pouvaient, surtout ceux venus de Bretagne ou d'Allemagne. Partis la veille au matin de chez eux, ils débarquaient souvent "à point d'heure", comme dit maman. Point de sommeil, surtout.

J'aimais bien cette excitation, ces horaires perturbés, qui changeaient de la routine du collège. C'était une nouvelle vie que je vivais pendant deux mois, si bien qu'à ma façon j'avais quand même l'impression d'être parti en vacances, alors que c'étaient les autres qui étaient venus en vacances chez moi.

Tout à mes activités, c'est à peine si j'ai remarqué la voiture break, vert pomme, qui s'est faufilée dans l'allée centrale, avec un couple de retraités à l'intérieur. Ils étaient venus l'année d'avant et comme ça leur avait plu, ils avaient réservé un emplacement en bordure de forêt, sous la Brèche-des-Pins.

Je ne les aurais pas reconnus, de toute façon ; mais par la suite, leurs visages ne devraient plus quitter mon esprit pendant des années. Surtout celui du mari.

2

Finalement, papa m'a envoyé me coucher sur le coup de 3 heures du matin. L'ennui, c'est que maman m'a tiré du lit à peine quatre heures plus tard. Un bol de café au lait m'attendait de pied ferme sur la table de la cuisine, et on sentait que c'était le mois de juillet, parce que le café, en temps normal, j'y avais pas droit.

Pour le petit-déjeuner, il y avait avec nous les deux intérimaires que papa avait embauchés. J'ai souri parce que sur les deux, j'en connaissais déjà un : le jeune type du genre trapu, Souly, Souley, Souleyman ou Soulémania, comme on voulait, déjà venu l'année précédente et qui était d'origine turque ou kurde ou turkmène ou tadjike, on n'était pas sûrs.

Bref, un gaillard qui venait d'assez loin et qui, d'après ce qu'on savait, avait déjà eu sa ration de galères dans la vie. Papa le trouvait "gentil et bosseur", deux qualités essentielles à ses yeux pour ce boulot de fou. Le visage de Souley s'est éclairé lorsqu'il m'a vu entrer dans la cuisine en traînant des pieds, et c'est vrai qu'on s'était super bien entendus l'été d'avant.

– Alors Cloclo, comment tu vas ? a-t-il lancé de sa grosse voix fauve.

Ce n'était pas un surnom dont je raffolais, mais lui adorait m'appeler comme ça. On s'est tapé dans le dos et, pendant que je m'asseyais, maman m'a présenté la jolie jeune fille élégante assise de la pointe des fesses en bout de table et qui avait l'air toute timide.

– Clovis, voici Hortense, qui va travailler avec nous ce mois-ci. Elle a dix-neuf ans et est étudiante en histoire à la fac.

– En histoire de l'art, a tout de suite précisé Hortense, d'une petite voix acidulée.

Elle était mimi comme tout, et j'ai pensé que Pierrot la trouverait à son goût. Il faudrait juste que pour nettoyer les toilettes, elle quitte sa robe imprimée super courte et ses claquettes à talons. Bref, maman nous a expliqué dans les grandes lignes le programme des festivités de la journée ; quand elle a eu terminé, on aurait plutôt pensé à un programme pour la quinzaine.

Mais je n'ai pas paniqué. En y allant à notre rythme, on arriverait à faire le principal ; et tant pis si le moins urgent serait à reporter sur le lendemain. Au début, mon rôle était surtout d'apprendre aux intérimaires à se repérer dans le labyrinthe du terrain. Et comme Souleyman connaissait déjà, je pourrais un peu me décharger sur lui.

Pour détendre l'atmosphère, j'ai envoyé un clin d'œil rassurant à mes deux collègues :

– On devrait s'en sortir, hein, Souly ?

– Et comment, Cloclo ! a fait mon pote turkmène en tapant de son gros poing sur la table.

Hortense, elle, a grimacé un sourire gêné tout en rajustant sa bretelle de maillot de bain sur son épaule délicate. Devant maman je ne pouvais pas lui dire, mais il ne fallait pas charrier : ce ne serait pas le bagne, non plus. J'avais bien l'intention de me trouver du temps libre et de rigoler avec mes potes.

Comme tous les ans, il y aurait forcément des filles et des garçons de notre âge sur le camping. On ferait des parties de foot jusqu'au milieu de la nuit, ou des tournois de water-polo dans la piscine municipale, juste à côté du terrain. Cela dit, il faudrait faire gaffe : en grandissant, Jodie commençait à attirer les regards des ados et il n'était pas question qu'un lascar, une espèce de frimeur de la ville essaie de venir nous l'embobiner, notre petite protégée !

– Clovis, a conclu maman, tu vas emmener Hortense et Souley faire le tour des installations. Je veux que ce soir "G 18" et "K 9" leur soient aussi familiers que "2 plus 2 font 4" !

Tous les ans, elle employait la même formule. Et comme chaque fois, j'ai placé ma blague :

– G 18, t'as dit ?... Coulé !... T'es trop forte, m'man !

– Mouais. Rendez-vous ici même à 11 heures tapantes.

Avant de partir en exploration, j'ai fait passer mes deux assistants par le hall d'accueil, je leur ai expliqué deux trois bricoles par rapport aux tableaux des clés, au fax et à la façon de passer des appels généraux par haut-parleurs.

Après, on est sortis et j'ai ouvert la marche. Le camping se réveillait à peine et on commençait à voir apparaître à la porte des tentes et au seuil des caravanes les faces blêmes des premiers levés, qui clignaient des paupières sous l'impact un peu rude du soleil matinal.

J'ai trimballé ma petite troupe d'un bout à l'autre du terrain, la faisant passer devant la cafétéria, le central électrique, les sanitaires nord et sud, et le local à poubelles.

Au fur et à mesure de la visite, Hortense se décontractait, même si elle se démantibulait régulièrement les chevilles sur les accidents de terrain. Souley, lui, la regardait en coin d'un air narquois et promenait d'une démarche habituée sa silhouette trapue à travers les allées. À la fin de la matinée, il avait retrouvé quinze potes de l'été d'avant et accepté autant d'invitations pour l'apéro du soir.

– “Clovis, Hortense et Souley sont demandés à l'accueil, de toute urgence !”

Maman nous convoquait par haut-parleur.

Hortense a enlevé ses chaussures pour courir ; comme elle avait la plante des pieds sensibles, elle est arrivée bonne dernière. On avait déjà du pain sur la planche ; derrière le comptoir de la cafèt', papa et maman s'activaient sur les casse-croûte de la mi-journée.

– Je pense qu'il en faut une petite centaine, a dit papa.

Le ton était donné : la saison partait fort et l'été passerait dans un éclair.

Vers 13 heures, on a vu débarquer le reste de ma petite bande. Les grosses lunettes marron de Pierrot d'abord, suivies par Pierrot lui-même et sa grosse tête carrée. À ses côtés, légère comme une libellule blonde, la grande silhouette maigrichonne de notre jolie Jodie, le soleil dansant dans la paille raide de ses cheveux longs. Je me suis essuyé les mains sur mon grand torchon, j'ai attrapé un poulet-crudités au vol, puis je suis allé à leur rencontre. Je me suis assuré qu'ils avaient déjà déjeuné et je leur ai fait :

– C'est sympa d'être passé.

On s'est assis sur un banc devant la guérite de l'entrée et on a papoté.

– C'est la stagiaire, là-bas ? a demandé Pierrot.

– Mmh-mmh, même qu'elle s'appelle Hortense, ai-je dit en mordant dans ma baguette farcie.

Tandis qu'il hochait la tête d'un air connaisseur, Jodie, elle, agitait la main en direction de Souly.

– Je le reconnais, lui ! Il était là l'été dernier…

J'ai dégluti avant de confirmer, en souriant :

– Ouais, c'est un super copain. Mais la petite nouvelle aura peut-être un peu plus de mal à s'y faire. On a l'impression qu'elle a jamais touché de la vaisselle sale, ni mis ses mains dans la graisse, ni nettoyé des chiottes…

– Elle va apprendre, a dit Jodie qui, elle, avait eu l'occasion de pratiquer la plupart de ces joyeuses activités.

On a passé en revue les nouveaux campeurs, parlé des habitués et fait le point sur les jeunes de notre âge que j'avais déjà pu repérer ; tout ça jusqu'à ce que mon heure de pause soit finie.

Dans l'après-midi, j'ai profité de leur compagnie ; ils m'ont suivi au village pour acheter des produits à récurer, m'ont aidé à passer l'aspirateur dans des mobile homes réservés pour le soir même et à chasser des araignées sous les sommiers. Même que Pierrot avait une peur bleue des araignées à grandes pattes toutes fines, alors Jodie s'amusait à les débusquer et à les faire courir sur son bras.

– Mais arrête ! criait Pierrot. Tue-les !

– J'ai jamais vu quelqu'un aimer aussi peu les bêtes ! répondait Jodie en ouvrant les fenêtres pour redéposer délicatement ses protégées à l'extérieur.

– Ce ne sont pas des bêtes, ce sont des araignées !

Bref, on rigolait bien. C'était si important de se sentir entouré, de pouvoir compter sur des amis fidèles ! Chaque minute passée en compagnie de Jodie était un enchantement, la voir était un miracle, la sentir un ravissement, lui parler un bonheur total. Je me sentais fort comme jamais, j'avais le cœur gonflé d'énergie, j'aimais la terre entière, je me serais cru capable de rester éveillé deux mois durant pour profiter à fond de sa présence et de celle de Pierrot à mes côtés !

Mais dans la soirée, tout a basculé…

Il était près de 21 heures, mes amis étaient rentrés chez eux, et on commençait à remplir les machines à laver la vaisselle lorsqu'un des campeurs, un quadra presque chauve, est venu nous trouver dans l'arrière-cuisine, s'encadrant dans l'ouverture de la porte :

– M'sieur Pinson ! Y a un problème dans les sanitaires ouest !

– Quel genre ? a fait papa, en gorgeant le réservoir de la machine de produit dégraissant.

– Du genre que quelqu'un est dans une douche depuis une heure, qu'on entend l'eau couler, mais que personne ne sort ! Et personne ne répond quand on appelle !

– Tiens donc, a commenté maman, avec son insurpassable sens de la répartie.

– Clovis, va donc chercher le passe sur le tableau des clés et fonce aux sanitaires ouest !

– D'ac, p'pa !

C'est comme ça que je suis allé chercher l'outil *ad hoc* et que je me suis mis en route, au petit trot, le long des allées où les lampadaires, à intervalles réguliers, trouaient l'obscurité.

Le passe à la main, je suis arrivé devant le bloc sanitaire des toilettes ouest et j'en ai franchi le seuil, clignant des yeux sous la lumière violente des néons. L'endroit était désert et les portes de toutes les cabines étaient ouvertes ; sauf une, derrière laquelle on entendait effectivement de l'eau couler. J'ai cogné sur le battant de bois. Une fois, deux fois et plus fort encore la troisième fois. Pas de réponse.

– C'est bien ce que je disais, a fait notre informateur curieux, qui m'avait suivi et qui venait d'arriver.

– Y a quelqu'un ? ai-je demandé.

Le campeur chauve a collé son oreille contre la porte.

– Il a peut-être fait un malaise… a-t-il suggéré.

J'ai crié pour prévenir :

– J'ouvre la porte !

J'ai introduit le passe dans la serrure et je l'ai ouverte. Un nuage de vapeur m'a d'abord sauté au visage. Mais dès qu'il s'est dissipé, et malgré l'humidité ambiante, mes cheveux se sont dressés sur ma tête. Il y avait un cadavre sous la douche. Un vrai. Je n'en avais jamais vu avant mais j'ai tout de suite su que cet homme était mort. Quelque chose dans l'expression figée de son visage qui ne trompait pas.

– Ah ben merde alors, a murmuré le campeur chauve derrière moi.

J'étais assez d'accord. C'était le retraité arrivé la veille au soir, au volant de son break vert pomme. Il était nu sous le jet d'eau, les bras un peu tordus, le visage rouge, les yeux fixes et exorbités. Ses pieds ne touchaient pas le sol parce qu'un fil de fer était à la fois entortillé autour de son cou et suspendu à un tuyau qui passait au plafond.

Je ne me rappelle plus qui a fermé les robinets.

3

Après, tout s'est précipité. J'avais du mal à retrouver une respiration normale et j'ai dû m'asseoir dehors, sur les quelques marches qui donnaient accès au bloc sanitaire. Le chauve, lui, est reparti à fond de train chercher mes parents. Et puis ils sont tous arrivés plus ou moins ensemble : mon père, Souley, la femme du type qui en quelques instants était devenue sa veuve, les pompiers, le Samu et la police.

D'un coup, il y a une brutale poussée de fièvre sur le camping. Un son et lumière à base de sirènes, de cris, de gyrophares, de jolis uniformes bleus, rouges, de blouses blanches, de brancards... Ça a mis une ambiance d'enfer. Les campeurs, attirés par la lumière et l'agitation, venaient aux nouvelles, évidemment, et on ne savait pas trop comment leur dire ou ne pas leur dire : "Non, non, c'est rien, retournez sous vos tentes, dormez tranquilles, il y a juste quelqu'un qu'on a retrouvé pendu dans les toilettes !"

Maman a voulu me ramener à la maison, mais les policiers ont dit que comme c'était moi qui avais découvert le corps, je devais rester à leur disposition. Ma dernière nuit n'avait déjà pas été terrible, et celle-ci avait toutes les chances d'être encore pire.

J'ai eu beau me secouer, j'avais toujours la tête de ce type imprimée sur les rétines. Ce qui m'avait surtout frappé, c'était que malgré toute l'eau qui lui coulait dans les yeux, il les avait quand même grands ouverts. Je n'étais pas près d'oublier cette image.

Une femme médecin est venue s'accroupir près de moi.

– Bonsoir, Clovis, je suis Jeanne, psychologue au Samu. Je voulais te signaler que j'étais là et que je suis prête à t'écouter si tu as besoin de parler.

Elle était jeune, brune et comme elle se penchait vers moi, des mèches lui retombaient sur le visage, qu'elle était obligée de chasser vers l'arrière. J'ai remarqué qu'elle avait un joli sourire, même si deux de ses dents de devant se chevauchaient légèrement. Ce n'était pas le moment mais j'ai senti qu'il s'en faudrait de pas grand-chose pour que je puisse tomber amoureux d'elle.

J'étais dans un drôle d'état, faut dire, et des lumières un peu folles tournoyaient autour de nous. J'ai hoché la tête, et quand j'ai réussi à prononcer quelque chose, j'ai juste fait :

– Merci, m'dame.

Je la remerciais d'être venue vers moi, de m'avoir souri et de m'avoir permis de penser qu'elle était jolie.

C'est à ça que ça sert, les psychologues : à faire du bien. Mais un peu plus tard, lorsqu'on a vu les pompiers sortir la civière avec le corps couché dessus et recouvert d'un drap blanc, j'ai secoué la tête, abasourdi.

Sorti de la cohue, Souleyman est venu s'asseoir à côté de moi. Il m'a tapé sur l'épaule.

– Ça va pas, Cloclo ?

J'ai souri :

– Si si, ça va, Souley, merci.

– Quelle histoire, hein !?

– Tu l'as dit.

Et puis je me suis soudain inquiété pour Hortense ; fragile comme elle devait être, ce n'était pas un spectacle pour elle. Mais Souley m'a rassuré :

– T'inquiète, elle est restée de permanence à l'accueil. Elle ne sait pas exactement ce qui s'est passé.

Elle finirait bien par l'apprendre. Et la police aussi, puisque après la patrouille en uniforme de la brigade de nuit, ce sont les enquêteurs en civil qui ont débarqué, avec des brassards fluo. Ils ont commencé par interroger papa, les pompiers, et le campeur chauve, qui racontait l'histoire avec des détails en pagaille, comme s'il avait donné l'assaut à un fortin bourré de mutins armés jusqu'aux dents. Tout juste s'il n'avait pas vu le mort, de son vivant, entortiller lui-même le fil de fer autour de son cou avant de se jeter dans le vide en hurlant. Et puis ils se sont tournés vers moi, ont dit quelques mots à voix basse et se sont approchés avec des sourires forcés.

– Tu es Clovis ? m'a demandé le premier d'entre eux, qui avait l'air d'être le chef.

– Oui, m'sieur, c'est moi.

Il a fait mine de s'accroupir, et puis a renoncé ; sa corpulence ne semblait pas lui faciliter la tâche. Pareil pour son sourire ; il a sorti quelques dents et puis les a vite rentrées. Il ne semblait pas à l'aise dans la vie en général, et avec les enfants comme moi en particulier.

– Je suis l'inspecteur Bouldini, a-t-il fini par dire. C'est moi qui vais prendre l'enquête en charge.

– Ah. Bien.

J'ai laissé mes yeux courir sur les nombreux véhicules qui étaient venus se garer devant l'allée et j'ai fini par les reposer sur le bout de mes baskets. Et puis juste avant que l'inspecteur reprenne la parole, j'ai murmuré :

– C'est dommage.

– Pardon ?

– C'est dommage que tant de gens aient déjà défilé dans les douches…

Cette fois, l'inspecteur s'est vraiment accroupi près de moi, et j'ai distinctement entendu ses articulations craquer. Il avait une cravate jaune canari un peu trop serrée qui lui faisait ressortir les plis du cou et, sous ses cheveux coupés en brosse, ses yeux bleus luisaient d'un regard intrigué.

– Je me mets à ta place, mon petit, a-t-il susurré. C'est dur à vivre, une épreuve pareille.

J'ai secoué la tête, lentement, avant de préciser :

– Non, ce que je veux dire, c'est que pour relever les indices, ça va être tout un bazar, maintenant !

Bouldini a froncé les sourcils ; il a encore essayé de sourire, mais décidément ça ne passait pas.

– Ne t'inquiète pas, a-t-il fait sur un ton rassurant, on s'occupe de tout.

– Oui, mais n'empêche que la scène du crime aurait dû être bouclée plus tôt.

Cette fois, les mots ont fusé entre ses lèvres sans qu'il ouvre la bouche pour autant :

– Tu veux parler de ce pauvre homme qui a mis fin à ses jours ?

Je l'ai regardé avec de grands yeux. J'étais un peu secoué, d'accord, mais il ne fallait pas me prendre pour un demeuré, non plus. Le type de la douche ne s'était pas suicidé, c'était évident ! Autant prétendre qu'il s'était glissé la tête par accident dans une boucle de fil de fer accrochée au plafond et que c'était juste de la malchance !

– Suicide ou pas, ai-je enchaîné en le fixant, vos experts vont s'arracher les cheveux quand ils vont arriver.

Bouldini a préféré se relever. Ses genoux ont craqué. Il m'a observé bizarrement.

– Les experts ?

Je me suis redressé à mon tour, et j'ai répondu à sa question le plus clairement possible, au cas où ça l'aiderait dans son job :

– Oui, l'Identité judiciaire. Normalement, dans un cas comme celui-là, on ne bouge pas le corps. On commence par photographier les lieux, on passe les murs à la spectrométrie, et le sol aussi et puis on relève tous les indices, même les plus minimes, avec une balayette… Et puisqu'on est dans une douche, on va chercher des échantillons jusque dans le siphon… Mais il faut avoir des combinaisons spéciales pour ce genre de boulot !

Deux de ses collègues l'avaient rejoint, ils me regardaient tous les trois comme si j'avais récité un chapelet de gros mots. J'ai failli ajouter quelque chose au sujet des prélèvements à faire sous les ongles du mort et de la fouille des poubelles aux alentours, mais papa est venu me rejoindre au même moment et m'a passé un bras autour des épaules.

– Tu n'as pas froid ? m'a-t-il demandé.

J'ai répondu que non, même si je commençais à être secoué de frissons.

Les inspecteurs se sont consultés du regard et puis finalement Bouldini a lâché :

– Bon, on ne va pas l'embêter plus longtemps ce soir. On en reparlera demain, quand ça ira mieux.

Après avoir pris l'identité de tous les témoins – il n'y en avait pour ainsi dire pas –, les policiers ont conseillé à tout le monde de retourner se coucher et ils ont juste emmené avec eux la veuve en repartant. La pauvre avait la tête enfouie dans ses mains et n'avait pas prononcé un mot sensé depuis le drame. Maman m'a ramené à la maison et sur le chemin, on s'est fait dépasser par tous les véhicules qui repartaient. On avait laissé papa et Souleymane fermer le bloc sanitaire et installer des pancartes en interdisant l'accès.

– Quelle idée, aussi, a murmuré maman en secouant la tête : venir se suicider chez nous !

Je n'ai rien répliqué parce que je me suis dit que c'était sans doute mieux comme ça. Mais je ne perdais pas de vue que l'enquête ne faisait que commencer. Et j'avais mon idée sur la question. Parce que ce type avait clairement été assassiné et que le coupable était sans doute encore tout près. Peut-être même qu'il était tapi là, quelque part dans l'ombre, derrière nous, et qu'il nous surveillait !

Alors je me suis retourné et sans que maman me voie, j'ai grimacé et j'ai tiré la langue vers l'obscurité.

4

J'ai dormi comme une souche, cette nuit-là. La fatigue accumulée a triomphé des images d'épouvante enregistrées dans mon cerveau. Mais dès mon réveil, elles étaient revenues, grimaçantes. J'ai dû faire avec, me les accrocher en bandoulière et me les trimballer toute la journée.

À la table du petit-déjeuner, l'ambiance était un peu plombée, personne ne parlait. Mes parents n'avaient pas dormi et Hortense n'osait pas regarder par les fenêtres, de peur sans doute de voir déambuler des régiments de cadavres dans les allées du camping. Elle n'avait pas imaginé que son job d'été se déroulerait dans une succursale des pompes funèbres.

Heureusement que Souly, lui, était d'humeur égale. C'était un costaud, pas grand-chose ne l'ébranlait. Du moins en apparence. En me glissant un clin d'œil, il m'a demandé :

– T'es reposé, au moins ?

– Oui, merci.

D'une main douce, maman m'a arrangé les cheveux sur le front :

– Si tu veux, tu peux rester à la maison, aujourd'hui, et te reposer. Ou aller passer quelques jours chez tatie, à Manosque.

– Non, ça ira, merci, m'man.

Je n'en avais pas fini avec les enquêteurs et je n'avais pas l'intention de laisser un meurtrier continuer à profiter des équipements de notre camping.

À table, si on a soigneusement évité le sujet, si tout le monde a pudiquement gardé pour lui ses cogitations, chacun était hanté par ce qui était arrivé. Et sur la menace que ça faisait peser sur toute la saison au camping. Un suicide, déjà, ça faisait mauvais effet. Mais un homicide, ça craignait franchement !

En mettant le nez à la fenêtre, on ne décelait rien de particulier : sur le terrain, les activités démarraient doucement, aucun signe de panique ne se faisait sentir. L'info de la nuit ne s'était pas encore propagée ; elle allait bientôt courir comme une flammèche le long d'une traînée de poudre.

À 9 heures tapantes, les pneus d'une berline banalisée sont venus faire gicler le gravier devant les portes ouvertes du hall d'accueil. Les policiers étaient de retour. Les quatre portières se sont ouvertes en même temps, mais l'un des enquêteurs a eu un peu de mal à s'extirper de son siège. C'était Bouldini. Il avait changé de costume depuis la veille au soir mais il semblait toujours les choisir quatre tailles en dessous. Je ne savais pas si j'aurais le cran de le lui dire un jour.

Congestionné dans son veston, le blanc des yeux injecté de rouge, il a pris la tête de ses hommes et est venu nous trouver.

– Alors, quoi de neuf, monsieur l'inspecteur ? l'a pressé maman.

– Rien de bien encourageant, hélas !

Il a approché un siège et s'est assis à califourchon dessus, souvenir d'un vieux film de cow-boys, sans doute. Ses collègues, moins essoufflés, ont choisi de rester debout, et ont assisté à l'entrevue sans broncher. Comme Bouldini m'envoyait des coups d'œil inquiets, ainsi qu'à Souley et Hortense, papa l'a encouragé :

– Vous pouvez parler sans crainte, monsieur l'inspecteur ; on fait partie de la même équipe, on est tous dans la même mouise.

L'inspecteur a hoché la tête :

– Bon, vous avez raison, on ne va pas finasser plus longtemps. Vous avez la tête sur les épaules, ça se voit, même si le petit est un peu petit. Mais il a été aux premières loges, et je crois qu'on peut parler sans détours devant lui. Comme vous l'avez sans doute deviné, tout nous porte à croire qu'il ne s'agit pas d'un suicide.

Maman a porté la main à sa bouche et Hortense a étouffé un petit soupir.

– Les experts de l'Identité judiciaire sont passés dans la nuit, a continué Bouldini. Apparemment, la victime se serait débattue ; ses affaires de toilette ont été éparpillées et des griffures autour de son cou accréditent l'idée qu'il a essayé de se débarrasser du fil de fer. En fait, le scénario retenu est le suivant : quelqu'un, qui était dans la cabine d'à côté, est passé par-dessus la séparation des douches et a attrapé la victime comme avec un lasso. Ensuite, il a tiré, l'a soulevée de terre, et a fait un nœud au tuyau du plafond avec l'autre extrémité du fil de fer.

– Gurps !... a laissé échapper Hortense, en exorbitant ses jolis yeux pervenche, tandis qu'on a tous machinalement rentré le cou dans nos épaules.

Bouldini a passé un revers de main sur son front pour essuyer sa première sueur du matin, et a sorti de sa poche intérieure un petit carnet sur lequel il avait pris quelques notes.

– D'après ce que vous m'avez dit hier, ce n'était pas la première fois que les époux Marissand venaient passer quelques jours dans votre camping ?

Papa a répété ce qu'il avait déjà raconté : les Marissand, on ne les avait vus qu'une fois, l'année d'avant, et ils s'étaient fait suffisamment peu remarquer pour n'avoir laissé aucun souvenir à personne.

Après, j'ai un peu décroché de l'interrogatoire parce que des curieux venaient aux nouvelles. Maman, d'un coup de menton, m'a fait signe d'aller me poster derrière le comptoir.

Une fois en place, j'ai pris une tête de circonstance et j'ai ânonné : "Oui, des scellés ont bien été posés à la porte des sanitaires ouest... Non, ce n'est pas pratique, je sais bien... Oui, il faut remonter toutes les allées pour se rendre jusqu'aux sanitaires côté est... Et là, il faut faire la queue... C'est pénible, oui, je comprends."

J'ai promis qu'on allait arranger ça au plus vite, tout en feignant de ne pas remarquer les regards appuyés que les campeurs lançaient par-dessus mon épaule vers les inspecteurs en civil qui cuisinaient la famille.

Dix minutes plus tard, ça a été mon tour. Bouldini m'a fait appeler et j'ai croisé tous les autres qui sortaient pour nous laisser seuls, lui et moi. J'ai pris une chaise et je me suis assis en face de lui. Il a vaguement essayé de sourire pour me mettre à l'aise, mais y a vite renoncé, comme la veille. Il avait un sourcil un peu plus relevé que l'autre et je sentais que décidément je l'intriguais.

– Ça va, Clovis ?

– Ça va, m'sieur.

Et il a attaqué :

– Tu vois, les experts que tu attendais sont venus cette

nuit. Des membres de l'Identité judiciaire de Toulon. Ils ont fait du bon boulot. Tu n'avais pas à t'inquiéter.

Comme ce n'était pas une question, juste une petite pique, je n'ai rien répondu. Il a passé sa main dans ses cheveux en brosse et son cuir chevelu a cessé de briller.

– Quand tu es arrivé devant les douches, hier soir, as-tu remarqué quelque chose de particulier ?

J'ai réfléchi un instant, mais rien ne m'avait frappé. J'ai secoué la tête.

– Non, m'sieur.

– Et parmi tous les arrivants de la veille et de la nuit précédente, il n'y a pas des comportements qui t'ont semblé suspects ?

– Tout le monde est arrivé en même temps, je n'ai pas fait attention. J'ai vu des tas de gens et ils étaient tous pressés de s'installer, c'est tout ce que j'ai retenu.

Bouldini a hoché la tête. Son enquête ne s'annonçait pas facile. Il y aurait deux cents campeurs à interroger, sans parler de ceux qui étaient peut-être déjà repartis et qu'il faudrait rechercher sur toutes les routes de France. Plus tous les travailleurs saisonniers des environs, et les habitants de la commune dans leur ensemble. L'inspecteur a repris :

– M. Lenriot, le campeur qui était avec toi au moment de l'ouverture de la porte, a dit que vous avez croisé quelqu'un qui sortait des sanitaires quelques instants avant.

J'ai haussé les épaules.

– C'est possible, il y a toujours un va-et-vient infernal dans ces endroits-là, surtout le matin au réveil et le soir au moment du coucher...

– Oui, évidemment... Donc rien ne t'a marqué ?

– Non, m'sieur, je m'en serais souvenu et je vous l'aurais déjà dit...

Bouldini a arrêté son regard sur moi comme s'il ne savait toujours pas quoi penser, au fond, de ce que je lui racontais.

– Bien. Comme tu es un garçon malin et observateur, tu ne manquerais pas de me tenir au courant si tu découvrais quelque chose ou si un détail te revenait...

– Bien sûr, m'sieur.

En lui disant ça, je ne mentais pas, mais je comptais bien explorer toutes mes pistes avant de le tenir au courant de quoi que ce soit !

– Allez, tu peux y aller, je te relâche !

Sur ce clin d'œil, il s'est relevé et s'est dirigé vers la porte. Mais avant de sortir, il s'est tourné vers moi et a ajouté :

– Juste une chose, encore, Clovis. On espère tous que ça ne se reproduira pas, évidemment. Mais on ne sait jamais. Alors en attendant, et par sécurité, on va jouer la prudence. Des policiers en civil vont se mêler aux campeurs et s'installer ici, dès ce matin. J'en ai parlé à tes parents, j'ai eu leur accord.

Dans un froissement d'étoffe malmenée, l'inspecteur Bouldini est définitivement sorti.

Deux mois de boulot dans un camping infiltré par une flopée d'agents secrets, ça promettait. Il fallait que j'en parle à Jodie séance tenante. Je me suis précipité sur le téléphone et je l'ai appelée. À l'horloge murale, j'ai vu qu'il n'était pas 10 heures et que je risquais de la réveiller. Mais ce que j'avais à lui apprendre ne pouvait plus attendre ; déjà je rongeais mon frein depuis la veille au soir.

– Jodie ? Salut, je te réveille ?

– Non, j'allais t'appeler. J'ai appris ce qui s'est passé hier soir au camping. C'est dingue !

Les nouvelles allaient vite, dans le secteur.

Je me suis mis à lui raconter tout dans les détails, sans reprendre mon souffle. Avec elle, je pouvais me le permettre : on était tous les deüx fans de *Washington S.T.*, la série américaine de la télé, avec des experts de la police scientifique, qu'on regardait en boucle. C'était le moment ou jamais de mettre leurs théories en application... C'était pour ça que j'avais fait le malin, avec Bouldini : je les connaissais par cœur, les méthodes d'investigation américaines !

– T'es retourné sur place ? m'a-t-elle demandé.

– Impossible, ils ont mis les scellés. Et puis l'Identité judiciaire est venue cette nuit ; elle a dû tout éplucher.

– À ton avis, ça se présente comment ?

– Difficile. La victime ne connaissait personne ici,

n'avait pas d'ennemi. Ça doit être un crime gratuit. Le meurtrier peut être n'importe qui.

– Tu crois qu'il peut recommencer ?...

– C'est le problème. Mes parents se sont posé la question de fermer ou pas le camping. Tu peux prévenir Pierrot ? Passez me voir si vous voulez, mais pas trop tôt, j'aurai un taf de folie, aujourd'hui...

J'ai raccroché parce que déjà maman venait me chercher. Papa voulait monter des toilettes provisoires et il avait besoin de moi. Il m'attendait dans le 4 x 4. Je me suis dépêché.

En passant le seuil du hall d'accueil, j'ai pris le soleil de plein fouet. Je me suis arrêté un moment, m'imprégnant de l'ambiance qui régnait sur notre terrain. Quelques groupes s'étaient formés, ici et là, et discutaient. On ne pouvait pas dire grand-chose à ces gens, et en même temps je savais qu'ils n'étaient pas à l'abri des agissements criminels d'un malade.

La journée allait me paraître bien longue...

5

Finalement, à force de courir d'un bout à l'autre du terrain, de régler les petits problèmes quotidiens, de rendre service ici et là, l'affaire m'est un peu sortie de la tête. L'esprit des vacances reprenait ses droits, la clarté éblouissante du ciel pur chassait les brumes glauques de la nuit.

Toute la journée, j'ai enchaîné sans relâche les petites missions d'urgence et c'est seulement lorsque je suis tombé sur Pierrot et Jodie, assis sur un banc en face de la guérite, que j'ai compris : il ne devait pas être loin de 18 heures et la journée était presque finie.

Je me suis laissé tomber à leurs côtés, le dos et les mollets soudain un peu douloureux.

– Salut, les d'jeunes !

– Salut, Clovis.

Jodie était court-vêtue d'un petit haut jaune pâle, qui dévoilait un ravissant petit ventre hâlé autour d'un nombril tout juste creusé. J'ai dû lutter pour relever les yeux.

– Vous faites quoi ?

– Comme tu vois, a fait Jodie en remontant ses lunettes de soleil sur son nez, on est au boulot. On observe. On traque les manies du maniaque ; mine de rien, on est à l'affût.

– Et résultat ?

– Résultat, a détaillé Pierrot en baissant la voix, on a déjà repéré les flics en civil. Il y en a deux en J 8, un en A 4 et une en D 2.

C'était un bon début. De mon côté, pas grand-chose de neuf. J'avais été bien occupé depuis le matin et j'avais juste noté que l'équipe de Bouldini avait interrogé Souley, Hortense et deux trois livreurs du village voisin. Pour le reste, mes parents sauvaient les apparences ; à les voir répondre aux gens avec des sourires patients, on n'aurait jamais deviné l'inquiétude qui les rongeait.

Je m'efforçais de penser qu'il s'était agi d'un mauvais rêve. C'est vrai que là, sur mon banc, assis au milieu de mes deux meilleurs amis, je me sentais à mille lieues de tout danger et je n'arrivais même pas à imaginer qu'il avait pu être si proche. Pourtant, le meurtrier rôdait peut-être à deux pas C'était peut-être ce grand gaillard tout maigre qui rentrait de balade sur son vélo, en short et en tongs, ou cet autre type, là-bas, un peu dégarni et bedonnant, qui se dirigeait vers les sanitaires de secours, une trousse de toilette sous le bras, une serviette de bain jetée sur son épaule.

J'ai poussé un long soupir. Jodie s'est rapprochée de moi et a incliné sa tête vers la mienne. Un instant, une de ses mèches blondes est venue taquiner ma joue. Qu'est-ce qu'elle sentait bon la lavande !

– Tu vas tenir le coup, Clovis ?

J'ai serré les dents et j'ai donné à ma voix des intonations héroïques :

– T'inquiète ! C'est juste que je me faisais une fête de passer deux mois avec vous, et que maintenant, ça me paraît planté.

– Te fais pas de bile, a dit Pierrot. On va le trouver, l'étrangleur ; on va le choper par le colback et le livrer pieds et poings liés au commissariat central !!!

Il s'est levé du banc et il a mimé une interpellation musclée, comme on en voit à la télé, au bord des autoroutes américaines. Il s'est tellement pris à son jeu qu'il s'est tordu une cheville et qu'il a fini son arrestation à cloche-pied.

– Aïe !!!...

Alors on a joué les pompiers et on l'a ramené près de nous. Pierrot faisait une telle tête avec sa bouche tordue et ses lunettes de traviole que Jodie ne pouvait plus s'arrêter de rire.

Après cette récré, j'ai dû les laisser parce que j'ai repéré Hortense qui passait en coup de vent et qui semblait un peu débordée. Le lendemain, en principe, on pourrait passer plus de temps ensemble. Si la nuit se passait bien…

Après m'être barricadé dans ma chambre sur le coup de minuit, j'ai essayé de veiller le plus longtemps possible, tendant l'oreille aux va-et-vient de mes parents.

Mais le sommeil m'a terrassé. J'ai rêvé de courses éperdues à travers la pinède, de combats titanesques au bord de falaises vertigineuses contre des agresseurs masqués aux mains noueuses.

Au matin, rien. Le calme, la sérénité revenue. Des vacances tranquilles pour tout le monde au camping des Pins. Des rondes de nuit avaient été organisées en liaison avec les flics en civil. Sans doute ce déploiement inhabituel de promeneurs nocturnes avait-il découragé l'assassin. Ou peut-être tout simplement était-il parti se faire pendre ailleurs ?

C'était l'option que je souhaitais retenir. Mais on n'a pas toujours ce qu'on veut. Quand je suis arrivé dans la salle à manger aux premières heures de l'aube, à moitié vaseux et le pyjama chiffonné, Bouldini était déjà là. Il allait falloir que je m'habitue ; tous les matins, il devait venir faire un point sur l'enquête avec mes parents. Tout en faisant fondre mon chocolat en poudre dans mon lait froid, j'ai tendu l'oreille. Il ne fallait pas être devin pour comprendre que l'enquête était mal barrée.

– L'autopsie n'a rien donné, soupirait l'inspecteur. On n'a relevé aucun autre ADN que celui de la victime. Le fait que l'agression se soit passée en milieu humide a rendu inutiles tous les prélèvements.

– Pas d'indices dans les cabines d'à côté ? a demandé papa, qui commençait à avoir la voix fatiguée.

– Des bricoles mais comme il s'agit d'un lieu public, il y autant de résidus que de campeurs venus faire leur toilette. Rien de déterminant. Il n'y a que le fil de fer qu'on a identifié ; il a certainement été prélevé sur l'un des grillages qui ferment votre camping.

– J'irai faire un tour pour vérifier si c'est bien chez nous qu'on l'a découpé.

– On est déjà sur le coup. De notre côté, on va essayer de cuisiner un peu la bande des jeunes Parisiens qui sont installés au fond du terrain, côté ouest.

– Ils sont un peu bruyants, mais ce ne sont pas de mauvais gars.

– Contrôle de routine, vous savez ce que c'est...

Bouldini a repoussé sa chaise et les pieds métalliques ont couiné sur le carrelage. Il s'est levé, a rajusté son pantalon, resserré sa cravate au risque d'une brutale apoplexie, et m'a fait un petit signe en sortant. Il était clair que la police pataugeait et ce ne sont pas les événements de la fin de matinée qui l'ont beaucoup éclairée.

Sur le coup de 10 heures, papa a envoyé Souley vérifier des canalisations qui semblaient bouchées, tout en haut de l'allée F. C'était un boulot de gars et on ne serait pas trop de deux. J'ai laissé Hortense seconder maman à l'accueil et j'ai rattrapé mon pote turkmène au pas de course.

– Eh, Souley, attends-moi !

Sans s'arrêter, mais en me jetant un regard de côté, Souley a brandi son jeu de clés anglaises et sa paire de bottes en caoutchouc :

– Si tu viens m'aider aux canalisations, c'est que t'as pas peur de te salir les mains…

– Avec ce qui se passe en ce moment, ce n'est vraiment pas ce qui m'inquiète le plus, ai-je acquiescé. Il ne t'a pas trop pris la tête, Bouldini ?

Souley a hésité avant de me répondre, jetant un œil à la porte toujours fermée des douches ouest.

– Mettons qu'il ne m'a pas ménagé. Mais il a bien vu que je n'avais rien à voir dans cette histoire. Il n'a pas insisté.

J'ai hoché la tête, tout en saluant le père de famille hollandais qui promenait son bébé dans une poussette à la fois *new age* et *high tech*. Et j'ai repris :

– Je la sens mal, moi, cette histoire… Tu crois que ça va recommencer ?

En réponse à ma question pour le moins directe, Souleymane s'est contenté de grimacer, préférant ne pas répondre. Je me suis senti assez moyennement rassuré.

Une fois arrivés au bout de l'allée F, on s'est laissés descendre dans le fossé, trois mètres en contrebas. C'est là que la buse d'évacuation fait un coude et crée des problèmes, à peu près tous les ans. On allait devoir dégager le conduit en retirant à la main les obstacles qui le bouchaient.

J'ai aidé Souly à enfiler ses bottes et à soulever le panneau d'accès. L'odeur qui s'est échappée de l'ouverture nous a écœurés mais ce n'était pas le moment de jouer les chochottes. Souly s'est laissé glisser dans le trou et s'est accroupi. C'est alors qu'un drôle de bruit a éveillé mon attention. On aurait dit un cheval qui renâclait, ou un cochon qu'on marquait au fer rouge.

J'ai laissé Souley à moitié enfoncé dans la buse, et j'ai escaladé le fossé à mi-hauteur. Au-dessus de moi, de l'autre côté du grillage, un type que je ne connaissais pas vomissait violemment sur notre partie de terrain. Au bout d'un moment, comme il n'arrêtait toujours pas de repeindre la pelouse, je l'ai interpellé :

– Eh, m'sieur ? Qu'est-ce qui se passe, ça ne va pas… ?

C'était un gars d'une cinquantaine d'années, vacillant sur ses jambes, qui était revêtu des pieds à la tête d'une panoplie de pêcheur. Pas très étonnant : de ce côté-là du camping s'étend la base de loisirs des Salines, autour d'un vaste plan d'eau.

Il tenait une sacrée gastro, le pêcheur. Il n'arrivait même pas à parler. Il s'est contenté de tendre le bras derrière lui, vers le bord de l'étang et d'agiter la main dans le désordre.

– Souley, ai-je lancé, attends-moi une seconde, je reviens…

Je me suis hissé jusqu'au grillage et je l'ai escaladé tant bien que mal pour me laisser retomber de l'autre côté.

À part le pêcheur gerbant et quelques pédalos accostés sur la rive, l'étang était désert et la surface de l'eau clapotait doucement au soleil. Je me suis quand même dirigé vers l'endroit qu'indiquait le pêcheur, là où justement dérivait un couple de pédalos bleus.

Et je l'ai vue. Flottant entre deux eaux, la peau très blanche, et ses longs cheveux rayonnant autour de sa tête comme une épouvantable méduse, il y avait une femme en bikini.

Ou plutôt le corps d'une femme allongée sur le ventre. On lui avait attaché la jambe et le bras droits au pédalo de gauche et la jambe et le bras gauches au pédalo de droite. De telle sorte que l'ensemble constituait une sorte de catamaran macabre, catamaran pas marrant du tout.

J'ai senti mon cœur se soulever brutalement. Alors j'ai couru rejoindre le pêcheur accroché au grillage et j'ai rendu tout mon petit-déjeuner à côté du sien.

6

On ne pouvait plus faire un pas dans ce pays sans trébucher contre un cadavre, ça commençait à devenir soûlant. Quand Souly a compris ce qu'on avait découvert, il est parti ventre à terre vers l'accueil du camping, laissant dans le sillage de ses bottes quelques délicats reliquats d'égout.

Dix minutes plus tard, les flics en civil avaient investi la base de loisirs et tendu des draps en travers de la scène du crime pour soustraire le cadavre à la curiosité des passants. Bouldini, lui, s'est fait annoncer un peu plus tard par un gyrophare et une sirène hurlante.

Il était dans un mauvais jour et dans un costard apparemment emprunté à son petit frère. Il s'est fait raconter les circonstances de la découverte du corps et m'a jeté un regard fatigué. Quand je me suis accroupi dans un coin, hoquetant toujours un peu, il a remis à plus tard mon interrogatoire, mais je sentais qu'il était à bout, qu'il en avait marre de me croiser toujours sur la route des tueurs du canton.

Ce n'était pas ma faute. Je m'en serais bien passé, moi, de ces morts en série. C'étaient mes vacances, aussi, je n'avais pas envisagé de les passer en tête à tête avec un inspecteur boudiné.

Papa, qui était accouru aussi vite qu'il avait pu, m'a serré contre lui et tapé dans le dos.

– Mon pauvre Clovis, m'a-t-il dit. Tu t'en souviendras, de cet été !

Et il a rejoint la réunion au sommet qui se tenait sur le rivage, entre les policiers, le pêcheur encore un peu tremblant, un garde forestier et un des adjoints au maire. En l'observant bien, à la façon dont il redressait les épaules et prenait un air presque détaché, je n'ai pas pu m'empêcher de penser que mon père était soulagé : ce nouveau crime n'avait pas eu lieu directement sur le camping, ce qui élargissait un peu le cercle des recherches. Le coupable n'était pas forcément un de "ses" campeurs.

Quand l'inspecteur-chef a estimé que j'allais mieux, il est venu vers moi en roulant des épaules, au risque de faire exploser les coutures de son veston. Il n'a même pas fait l'effort de sourire sachant que, comme les autres fois, il n'y arriverait pas.

– Décidément, mon pauvre Clovis, on ne se quitte plus !

J'ai hoché la tête, l'air au moins aussi accablé que lui.

– Je suis désolé que ça tombe sur toi, a-t-il fait, un peu déçu que ça ne tombe pas un peu plus souvent sur lui.

C'eût été plutôt bon pour son évolution de carrière. Il a passé un doigt à l'intérieur de son col pour avaler un peu d'air, avant de reprendre :

– Je sais que tu étais de l'autre côté de la clôture, et que ce n'est pas toi qui as découvert le corps, cette fois, mais est-ce que tu as remarqué quelque chose de particulier, un détail, un truc inhabituel ?

– Le truc inhabituel, c'était ce pêcheur qui dégobillait à travers le grillage. Je n'avais encore jamais vu un truc pareil !

Je savais bien que ce n'était pas ce qu'il cherchait à savoir mais en même temps, il posait toujours les mêmes questions et je commençais à en avoir ma claque. Si un assassin avait couru dans le secteur, avec un couteau dégoulinant de sang à la main, je n'aurais pas gardé l'info pour moi.

– Dites, m'sieur l'inspecteur, ai-je demandé naïvement, en tendant la main vers l'endroit où des types en blouses blanches commençaient à extraire le corps de l'eau, c'était qui, cette dame ?

– Elle est en cours d'identification, a soupiré Bouldini. Sans soute une touriste, puisqu'elle était en maillot de bain ; on est en train de voir du côté des loueurs de pédalos. Elle aussi semble avoir été étranglée avec du fil de fer, et attachée avec…

Et puis il s'est rendu compte qu'il était en train de me donner des infos confidentielles, alors il a grimacé et a fait mine de chasser une mouche devant ses yeux un peu globuleux. J'ai bien vu qu'il n'y avait rien. D'ailleurs les mouches nécrophiles ne se déplacent pas pour des cadavres immergés…

– La mort remonte à combien de temps selon vous, inspecteur ? ai-je tenté.

– Ce matin, sans doute, mais…

Il avait failli marcher.

– Dis donc, Clovis, a-t-il fait en fronçant les sourcils, tu sais que d'habitude c'est moi qui pose les questions ?

– Vous n'étiez pas obligé de répondre, ai-je souri.

Son regard s'est durci et est devenu coupant comme du verre. Il a répliqué :

– Je comprends que cette affaire t'ait perturbé, mon garçon. Je crois qu'il faudrait maintenant que tu restes un peu à l'écart de tout ça. Je vais en parler à tes parents.

Il continuait à me prendre pour un imbécile du genre provincial inculte. Alors, j'ai contre-attaqué pour qu'il voie un peu à qui il avait affaire :

– Je pense que ce corps a été immergé vers les 8 heures. La température d'un cadavre baisse d'en principe 0,8 degré par heure, mais cette remarque vaut pour l'air libre. Il faudrait calculer le rapport entre la température de l'eau et la température du corps en question. Par ailleurs, il faudrait vérifier si les yeux sont opacifiés. Et penser à vérifier la souplesse des mâchoires : c'est par là qu'apparaît la rigidité cadavérique, entre six à douze heures. En tout état de cause, la peau n'est pas encore verdie, donc nous sommes à moins de quarante-huit heures après la mort. Vos suppositions semblent donc plausibles.

Bouldini s'est statufié. Pendant toute mon intervention, je crois qu'il a arrêté de respirer. Il a commencé à me faire peur. Au moment où j'allais lui demander s'il se sentait bien, il a levé la main pour faire signe à un de ses acolytes, et c'est un gaillard en blouse blanche qui est venu vers nous.

– Je peux vous être utile ? a-t-il demandé.

L'inspecteur aux grands yeux bleus m'a désigné du doigt et j'ai pris ça pour une invitation à continuer. Puisqu'on me le demandait gentiment, j'ai enchaîné :

– Il aurait peut-être fallu ne pas piétiner les abords du rivage au niveau des deux pédalos. La terre est molle, et vous voyez que nous laissons tous des empreintes dedans.

Comme s'ils avaient répété ce numéro avant de venir, les deux policiers, muets, ont baissé la tête en visant leurs pieds.

– Les empreintes de pas du meurtrier font sûrement partie du lot. Le problème, c'est qu'elles sont sans doute effacées, maintenant. À moins qu'il soit parti à la nage, un fois son forfait commis, vers l'autre rive de l'étang.

Toujours dans le même geste, ils ont tourné la tête vers l'autre bout du lac, où un soleil pimpant faisait miroiter des vaguelettes. À ce moment-là, papa s'est approché de nous, les sourcils froncés ; alors j'ai évité de leur conseiller de vérifier les derniers appels reçus sur le portable de la victime, et de recueillir le gravier au fond de l'eau pour y retrouver des indices.

J'ai lancé :

– Bon, j'y vais, maman a sans doute besoin de moi !

Et sans me retourner j'ai suivi papa qui repartait sur nos terres.

Quand Pierrot et Jodie sont venus me trouver en milieu d'après-midi, ils étaient excités comme des poux. 1) Des meurtres en série dans notre bled, on n'aurait jamais imaginé ça ! 2) J'étais en train de devenir célèbre ! À part l'inconvénient que ça représentait pour les victimes, c'était quand même drôlement fascinant, c't' affaire !

On est allés s'enfermer dans ma chambre, rideaux tirés et on s'est assis sur mon lit.

– Alors, qu'est-ce que ça fait ?

– T'as eu les jetons ? T'as appelé ta mère ?

– Allez, avoue, t'as failli t'évanouir !

– Elle ressemblait à quoi, ta morte ?

Je leur ai dit la vérité, à part le coup du petit-déjeuner qui était allé décorer le grillage. Je leur ai raconté comment, à chaque fois, les méthodes d'investigation des cerveaux de l'Identité judiciaire m'avaient semblé à côté de la plaque.

– Ils arrivent avec leurs gros sabots, ils détruisent tout et après, ils commencent à faire leurs prélèvements, ai-je déploré. Tout juste s'ils ne crachent pas eux-mêmes par terre, avant de recueillir la salive !

– Aucune stratégie ! Ça ne m'étonne pas, a fait Pierrot, en essuyant pour la dixième fois le verre épais de ses lunettes ; ils sont trop nuls, les flics de chez nous ! Ce qu'il leur faudrait, c'est un bon stage au LAPD* !

– Ou à Washington, a opiné Jodie en mordant férocement dans un chewing-gum. Aux States, ça n'aurait pas traîné, il serait déjà sous les verrous, le meurtrier !

On a discuté un bon moment et on est tombés d'accord : Bouldini n'était pas à la hauteur, c'était évident.

– Il n'a pas avancé d'un pouce sur le premier crime que déjà il se retrouve avec un second sur les bras !

– Il va être dessaisi du dossier, vous allez voir !

Au bout d'une heure, on était complètement remontés contre lui. On avait trouvé vingt arguments critiquant sa façon de mener l'enquête. Pour faire bonne mesure, on s'est repassé dans le salon trois épisodes en DVD de *Washington S.T.*

* Los Angeles Police Department.

C'était autre chose ! Même si ce n'était pas toujours la méthode d'analyse qui jouait en la faveur des expert US :

– Qu'est-ce qu'il est mignon, ce Downey Jr ! a laissé échapper Jodie.

Là, notre unanimité s'est un peu lézardée. Il n'était pas mal, mais bon, on n'allait pas en faire tout un plat, non plus. Des beaux gosses français, il suffisait de regarder autour de soi pour en trouver ; pas besoin d'aller sur l'East Coast pour ça. Du coup, notre discussion a dérivé et on a fini par arrêter la diffusion. De toute façon, on connaissait les épisodes par cœur.

– Clovis !!! T'es où ?

Papa venait de rentrer en coup de vent et avait sans doute besoin d'aide. Finie, la récré !

– J'arrive, p'pa !

J'ai fait la bise à Jodie, j'ai tapé du poing contre le poing de Pierrot et ils se sont éclipsés par la porte de derrière.

Quand j'ai rejoint papa à l'accueil, j'ai trouvé qu'il avait un air soucieux. Sans avoir eu besoin de lui demander pourquoi, j'ai compris : devant le comptoir, et malgré les sourires engageants d'Hortense et de maman, il y avait un défilé ininterrompu de vacanciers qui préféraient subitement changer d'air.

– Tu vois, m'a soufflé papa, on a fait le maximum pour rester discrets, mais les nouvelles se sont propagées quand même…

Rester discrets, c'était exagéré. Des tas d'enquêteurs de tous les services possibles patrouillaient sur le camping. On ne pouvait pas se balader dans le moindre chemin de terre à dix kilomètres à la ronde sans tomber sur un contrôle et une fouille en règle. La discrétion, ce n'était pas son truc, à Bouldini. Avec un dispositif policier si apparent, le tueur ne risquait pas de moisir dans le coin.

Au dîner, la morosité nous a tous envahis. On a fait le point sur les dernières infos, et ça ne nous a pas remonté le moral. Les indices étaient rares, les témoignages inexistants. Les deux morts ne se connaissaient pas, les deux crimes ayant été commis, semblait-il, au hasard. Assise en bout de table, Hortense était blanche comme un suaire et toute sa jolie fantaisie de l'avant-veille s'était évaporée ; on aurait dit une fleur prématurément fanée. Mon pote Souleymane lui-même semblait connaître une baisse de régime ; il mangeait en silence sans lever les yeux de son assiette.

De mon côté, l'image de la baigneuse décédée avec sa couronne de cheveux flottant comme une méduse venait se superposer dans mon esprit au rictus du vieux Marissand, étranglé sous la douche. J'avais quand même remarqué quelque chose : il existait un lien entre ces deux affaires, deux, même. Le premier lien était évident : c'était l'eau, les deux infortunés vacanciers ayant été mis à mort dans l'élément liquide. Pour des raisons encore inexplicables, mais c'était un fait.

Il y avait un autre lien, que je ne pouvais pas négliger, et pour cause : il s'appelait Clovis. Même si le meurtrier ne pouvait pas prévoir que ce serait moi qui découvrirais les cadavres à chaque fois, c'était quand même une coïncidence curieuse.

7

– Comment ça, elle n'est pas venue ce matin ?

– Non. Grosse fatigue. Mes parents lui ont conseillé de se reposer, elle reviendra en fin de soirée.

– Ça tombe mal. Pour une fois que je me lève tôt…

Notre étudiante en histoire de l'art avait tenu le coup deux jours et puis trop d'émotions l'avaient mise sur le flanc. Du coup, Pierrot tirait la tronche. Il n'avait jamais vu Hortense de près, et plus le temps passait, plus je prenais plaisir à lui en faire une description sexy.

Il n'était pas 9 heures ; on était tous les deux assis sur un petit talus au bord de l'allée H. Depuis l'aube, la chaleur avait pris le camping à la gorge et l'air sec crépitait en passant le long de nos bronches. Même les criquets, accablés, dormaient toujours. Après avoir marché cent mètres au soleil, on avait dû s'arrêter au premier coin d'ombre venu, sous un pin massif.

– N'empêche que je la comprends. Pour un job d'été, elle est gâtée !

Pierrot a enlevé sa casquette pour s'essuyer le front.

– Oui, a-t-il dit, songeur, c'est pas de bol. C'est du bol pour personne, d'ailleurs.

Je l'ai regardé triturer sa casquette un moment avant de la remettre sur son crâne. Je ne réalisais pas encore tout ce qui nous arrivait, mais je savais qu'un jour ou l'autre, tout allait me retomber dessus lourdement.

Je savais aussi que pour l'instant, je ne pouvais pas m'arrêter pour réfléchir. Il fallait aller de l'avant et régler ce problème le plus rapidement possible pour la tranquillité de tout le monde. Je lui ai lancé :

– Et Jodie ?

– Quoi, Jodie ? Elle sent le savon au miel, et alors ?

– À la lavande, Pierrot, à la lavande…

Je me suis quand même raclé la gorge avant de continuer :

– Ce que je veux dire, c'est que… depuis les événements, là, on ne se voit plus beaucoup. Elle dit qu'elle va bien mais au fond, je ne sais pas. Toi qui la vois un peu plus, tu es sûr que ça ne la rend pas malade ?

– Jodie ? Tu rigoles, elle le trouve trop génial, ce plan ! Elle trépigne comme une puce chaque fois qu'on en parle ! Elle est comme moi ; on trouve ça complètement dément que ça tombe sur toi !

Et pour le coup, c'était vrai qu'il me regardait avec admiration. Tout ému à l'idée que Jodie pouvait me porter aussi ce genre de regard béat, je me suis remis sur pied, "boosté".

– Allez, au taf !

On est repartis en plein cagnard vers le terrain en pente qui marquait l'extrémité ouest du camping, là où il n'y avait que des mauvaises herbes et des ronces en folie. À cet endroit, la clôture surplombait une partie à pic de la Brèche-des-Pins.

– Eh ! m'sieur !

L'ado qui venait m'interpeller en sortant de sa tente avait deux ou trois ans de plus que moi et ça me faisait drôle qu'il m'appelle comme ça. Mais j'étais habitué, en même temps. J'étais forcément un “m'sieur”, puisque je faisais partie du staff du camping.

– Oui ?

Il s'est approché de nous en enfilant un T-shirt froissé sur son torse bronzé :

– Qu'est-ce qui se passe avec toute cette police, là, qui quadrille le terrain ? C'est une colo de la gendarmerie ou quoi ?

Il avait un accent de la banlieue parisienne à couper au couteau.

– Non, non, j'ai fait, on a juste eu un gros problème avec quelques vacanciers.

– Ouais, c'est ce qu'on a entendu aussi. Mais m'sieur, si vous avez besoin d'un coup de main, ou de quoi que ce soit, vous pouvez compter sur mes potes et moi… On va l'attraper, ce fils de…

– Oui, oui, merci. C'est sympa…

– C'est vrai, quoi, nous on est venus ici pour le fun, pas pour se faire buter par une saleté de...

Pendant qu'il se montait la tête tout seul, on s'est marrés, avec Pierrot, parce que sur son T-shirt, en lettres rouges dégoulinantes sur fond noir, il y avait écrit : "SERIAL QUI LEURRE". C'était bien le moment. On s'est promis de se tenir au courant et on a pris congé.

Cinq minutes plus tard, cent cinquante mètres plus loin et dix litres de sueur écoulés, on était à pied d'œuvre. On allait commencer à s'occuper sérieusement de cette enquête qui ronronnait.

C'était là, dans ce coin retiré, que le meurtrier avait découpé les bouts de grillage dont il s'était servi pour attacher ses victimes. La police avait noté l'info mais elle n'avait pas eu le temps de passer l'endroit au peigne fin. C'était à nous de jouer, sans que l'ombre épaisse et maladroite de Bouldini ne vienne tout gâcher.

– C'est le moment de mettre nos gants.

Tout en les enfilant, j'ai récapitulé à voix haute :

– Bon, toutes les bricoles doivent retenir notre attention. Même les trucs les plus bêtes, ceux qu'on aurait tendance à balancer, justement. Le moindre mégot, les vieux sparadraps, le plus petit bout de papier peut parler, une fois envoyé au labo de la police.

Pierrot a hoché la tête et on s'est avancés, à moitié accroupis pour être au plus près de notre terrain d'études.

Les trous dans le grillage étaient bien en évidence, à ras du sol, découpés net au bas de la pente. On s'en est rapprochés prudemment à cause des pierres qui partaient sous nos pieds. Avec un peu de chance, l'assassin s'était écorché sur les bouts de fil de fer sectionnés, et des fragments de peau étaient peut-être restés accrochés au bout.

Avec ma loupe, gagnée dans une fête foraine quinze jours avant, j'ai passé le grillage au scanner. Mon observation a été vaine : pas le plus petit fragment d'épiderme, pas le moindre globule rouge n'était empalé sur le moindre morceau de ferraille. Je me suis essuyé le front d'un revers de bras, tout en jetant un regard en contrebas.

Deux cents mètres en dessous, au fond de la ravine, des voitures passaient sur la départementale 19, indifférentes à nos petites silhouettes courbées. Je n'ai pas pu m'empêcher de penser que le type devait connaître les lieux pour venir se servir ici en fil de fer. De plus en plus, mon petit doigt me disait que ces crimes n'étaient pas l'œuvre d'un touriste de passage, mais d'un familier du pays.

– Rien de ce côté, a confirmé Pierrot, qui n'avait pas besoin de loupe avec ses lunettes grossissantes.

Alors, à l'aide de bouts de bois, en équilibre au milieu des éboulis, on s'est mis à ratisser les aiguilles de pin, à soulever les épineux. Au bout de dix minutes, notre bilan était maigrichon : j'avais mis la main sur un morceau de fil bleu clair, peut-être échappé d'un jean délavé. Et sur une bouteille de bière ; on pourrait peut-être y retrouver la trace des sillons de lèvres et comparer avec ceux des suspects. J'ai glissé le tout dans un petit sac en plastique.

Quelque part dans mon dos, Pierrot a fait :

– J'ai un papier de chewing-gum, tu crois que ça peut être utile ?

– Si quelqu'un a glissé directement le chewing-gum dans sa bouche, oui, on peut retrouver de l'ADN sur l'emballage.

Et puis, je l'ai entendu glisser.

En me retournant, j'ai juste eu le temps de distinguer un flot de caillasses qui partaient vers le fond du ravin, avalées par le trou entre les mailles du grillage. Pierrot avait dérapé sur les éboulis et c'est la clôture un peu distendue qui l'avait arrêté. Mon cœur a fait un grand saut dans ma poitrine : s'il n'y avait pas eu le grillage, il disparaissait dans le précipice.

– La vache ! a-t-il fait, toujours cramponné aux fils de fer, livide. J'ai failli faire le grand saut !

Je n'ai rien ajouté. J'ai attendu que les battements de mon cœur se calment. Mais j'avais eu le temps de voir quelque chose de métallique accrocher un rayon de soleil en dévalant la pente, avant de disparaître au fond du précipice. Je me suis approché :

– Ça va, vieux ?

– Ouais, ouais… a fait mon pote d'une voix quand même un peu tremblante, en se remettant péniblement sur ses jambes.

– Tu as eu le temps de voir ce qui est tombé ?

– Non… On aurait dit un plaque de métal ; c'est là-dessus que j'ai glissé, je crois.

De toute façon, là où c'était maintenant, c'était perdu.

– Bon, le coin est un peu dangereux. Je crois qu'on va arrêter là l'expérience.

– Non, pourquoi ?

Pierrot a un peu insisté pour la forme, mais il avait eu une giga frayeur. On a ôté nos gants et on est péniblement retournés vers l'accueil, fendant l'air chaud comme si on découpait des monceaux de gélatine avec les genoux. La chaleur était de plus en plus insupportable et à ce rythme, ce serait un miracle s'il n'y avait pas d'orage avant la fin de la soirée.

Heureusement, Jodie a pu venir nous rejoindre vers les midi et demi, dans un endroit ombragé. Son sourire a été comme une bouffée d'air frais ; cette fille, on aurait dit une pub pour les pastilles à la menthe. En plus, elle portait une robe vert diabolo.

– Alors, les experts, vous avez trouvé quelque chose ? a-t-elle demandé en souriant.

J'ai sorti mon emballage plastique de mon petit sac banane en soupirant :

– La pêche n'a pas été très bonne, mon commandant, et en plus on a failli perdre un collègue !

Pierrot lui a raconté sa mésaventure ; il a eu droit à un câlin, le veinard.

Je me suis mis à réfléchir à voix haute.

– C'est bizarre, j'ai dit ; je crois que je me mets à sentir des trucs. On dirait que j'ai des flashs…

– Des intuitions ?

– Mieux que ça. Des sensations. Des odeurs. Il me semble que je sens des trucs, l'odeur laissée par l'assassin sur les lieux qu'il a fréquentés.

– Il s'était lavé, au moins ? s'est interrogée Jodie, toujours très à cheval sur la propreté.

– Vous savez que, comme les bruits qui ne s'éteignent jamais vraiment, les odeurs ne s'effacent jamais complètement non plus ?

Jodie a lentement hoché la tête, ses yeux devenus bleu électrique :

– Oui, elles persistent. C'est d'ailleurs comme ça dans l'épisode 13 de *Washington S.T.* : ils mettent au point une technique de conservation des odeurs. Ils les recueillent et les font sentir à des chiens policiers. Qui font le lien avec des odeurs de suspects entrées dans une base de données.

– Ouais, ben, c'est ça, ai-je confirmé : j'ai senti quelque chose que je connais, mais j'arrive pas à retrouver quoi…

– Cherche, Médor, cherche ! s'est moqué Pierrot.

Je ne me suis pas fâché parce que Jodie m'a caressé la tête comme un gentil toutou. On a continué à discuter comme ça un bon moment avant que maman ne me rappelle à l'ordre par un message clair sur les haut-parleurs du camping :

– "Clovis est demandé à l'accueil, et que ça saute !"

– Bon, à plus, ai-je fait en m'élançant, on se rappelle !

Tout en courant vers le hall d'accueil, je me suis demandé quelle serait ma prochaine intuition. Sans pour autant deviner ce qui allait nous tomber sur la tête à peine trois heures plus tard…

8

Rien, ce soir-là, n'a pu déloger la chaleur qui s'était installée sur la région. Tout le monde s'économisait dans l'attente d'un rafraîchissement qui ne venait pas, évitant tout déplacement qui n'était pas vital, renonçant à tout effort. Le seul fait de respirer nécessitait une énergie qui mettait sur le flanc la plupart des êtres vivants. Les joueurs de pétanque avaient laissé leurs cochonnets à l'abri dans leurs mallettes, les courts de tennis, désertés, étaient livrés aux papillons et les cyclistes faisaient reposer leurs montures. Sous le ciel qui commençait à s'obscurcir, chacun s'éventait.

Jodie, Pierrot et moi, on était plus ou moins vautrés sur notre banc habituel près de l'entrée, essayant de sucer l'air, les bouches ouvertes en grand comme une famille de morues échouées sur une plage déserte.

Exceptionnellement un peu désœuvrés, Hortense et Souleymane sont venus nous retrouver ; d'un pas lourd pour lui et d'une sandale traînante pour elle. Pierrot, en voyant approcher notre étudiante en robe de coton tombant à mi-cuisses, a connu un bref regain de vitalité ; une lueur a palpité dans son œil, vite anéantie par la pesanteur de l'atmosphère.

– Hello…

– Pleins d'énergie, à ce que je vois, s'est moqué Souly.

– Il va falloir que je me lève pour essorer mon T-shirt, ai-je râlé.

– Je crois que j'ai jamais connu une chaleur pareille, a renchéri Hortense.

Souley, qui avait été moniteur dans un club de vacances aux Antilles, a souri :

– C'est comme ça, les tropiques !

On leur a fait une place sur notre banc et, au bout de dix secondes, la conversation est revenue sur les "événements" :

– Bouldini doit être sur un coup, m'a dit Hortense ; il commence à faire son mystérieux, à parler à l'oreille de tes parents pour qu'on n'entende pas.

– J'ai cru comprendre qu'ils avaient trouvé des indices sur l'un des pédalos, a confirmé Souley.

– Quel genre ? a demandé Pierrot, soudain en alerte.

– Ah, ça, je ne sais pas ! Ils ne m'ont pas mis dans le secret !

Il y a eu un silence, et puis Hortense et Jodie, sans raison, ont soudain commencé à parler cheveux secs et cheveux gras. Elles sympathisaient ferme, ces deux-là. Nous autres les gaillards, on s'est sentis un peu largués.

Une sorte d'ennui poisseux est venu nous coller aux aisselles.

– Bon, qu'est-ce qu'on fait ? ai-je dit au bout d'un moment.

– À part prendre une douche, je ne vois pas, a soupiré Souly.

J'ai proposé à Pierrot :

– On va chez toi, se regarder un film ?

– Non, non, pas chez moi, a aussitôt répondu Pierrot en baissant les yeux, ce n'est pas possible, en ce moment... Mon... Ma mère est fatiguée, avec ce temps...

J'ai hoché la tête, d'un air de penser que je comprenais bien et que je ne voulais pas déranger. D'autant que marcher jusqu'à chez Pierrot par cette chaleur, c'était comme traverser la Vallée de la Mort à la mi-août sans réserve d'eau. On s'est alors mis à somnoler doucement sur notre banc, jusqu'à ce que papa s'encadre dans la porte ouverte de l'accueil, les cheveux encollés de sueur malgré le courant d'air :

– J'ai appelé la météo ! a-t-il annoncé, nous faisant sursauter. Les nouvelles ne sont pas bonnes : ils lancent une grosse alerte aux orages sur le secteur.

Décidément, le destin nous avait dans le collimateur, en ce début d'été. On s'est secoués et on s'est mis à regarder en l'air. Vers l'ouest, c'était comme si un peintre fou avait barbouillé l'horizon en noir profond avec un pinceau géant. Le front orageux avançait vers nous comme un troupeau des forces du Mal en pleine action.

Après, tout est allé très vite. Il s'est mis à faire presque totalement nuit et les premiers éclairs ont zébré le ciel. Maman a dû faire une annonce au micro :

– "Mesdames, messieurs, votre attention, s'il vous plaît. Le centre de météo régionale lance une alerte rouge sur le secteur : d'importants orages et de fortes précipitations sont à venir dans les minutes qui suivent ; nous vous conseillons de rester abrités et de vous éloigner de toutes sources électriques ou éléments métalliques…"

Ça ne rigolait pas. Dans la foulée, j'ai reçu un truc sur la tête et je me suis demandé qui me faisait une blague, mais quand j'en ai reçu un deuxième puis un troisième, j'ai compris que ce n'était pas une blague, mais des grêlons gros comme des cerises qui me pleuvaient sur la calebasse.

– Tous aux abris, ai-je crié, la grêle attaque !

On s'est rués à l'intérieur du hall d'entrée, suivis par une petite dizaine de campeurs qui n'avaient pas eu le temps de rejoindre leurs tentes. Les derniers arrivés avaient encore des grêlons sur les épaules. On s'est postés face aux fenêtres, et on a regardé, frissonnants. J'ai eu une pensée pour ceux qui malgré la chaleur étaient quand même partis en balade à pied, et qui étaient en pleine nature, sans possibilité de s'abriter.

Bientôt le rideau de grêle est devenu si serré, et son impact au sol si violent que tout le monde s'est tu, fasciné par le spectacle. Le bruit était assourdissant. Toutes les réserves du ciel semblaient s'être donné le mot pour se déverser chez nous, ce soir. Pour ajouter à l'émotion, j'avais contre mon épaule l'épaule nue de Jodie, et malgré la violence du phénomène, j'espérais que ça dure encore longtemps.

Mais du coin de l'œil, je voyais aussi papa secouer lentement la tête, les lèvres pincées. Je savais ce qu'il pensait : alors qu'il n'avait pas plu depuis des semaines, des quantités d'eau risquaient de dévaler sans frein les pentes des collines alentour et venir déferler au milieu du camping.

Hélas, c'est bien ce qui s'est passé : lorsque enfin une légère accalmie s'est produite et que la glace pilée a peu à peu été remplacée par de simples trombes d'eau, un murmure sourd s'est fait entendre au loin, se transformant bientôt en grondement. Sous nos pieds, on aurait dit que le sol se mettait à trembler, qu'une rame de métro perdue était à l'approche.

Sous nos yeux exorbités, "elle" est alors apparue ; tourbillonnante, majestueuse, gonflée de mille remous, brunâtre : une rivière s'était mise à couler le long de l'allée principale.

– Clovis, viens avec moi !

J'ai suivi papa sans réfléchir, et on s'est retrouvés dehors, les pieds dans l'eau jusqu'aux mollets et mille pommes de douche suspendues sur nos têtes.

– Cours vers l'allée K et va voir si elle n'est pas engloutie ; je fonce jusqu'à l'allée H, on se retrouve en K 2 !

J'ai opiné et j'ai remonté le cours d'eau qui venait de naître ; il charriait des débris de toutes sortes, branches cassées, chaises de camping en déroute, et les entraînait vers la départementale 19. Là, le tout traverserait la route et irait se jeter dans les gorges de La Cluze.

Je savais tout ça parce que le camping avait déjà été inondé quand j'étais petit, et que le plan des lieux avait été réaménagé tout exprès. L'allée principale, en particulier, avait été surbaissée et devait drainer tous les écoulements en épargnant les emplacements des campeurs. Ceci étant, il fallait quand même aller vérifier ; on avait déjà perdu assez de monde les deux derniers jours...

En pataugeant, j'ai donc trottiné de K 18 en K 2, suivant la légère pente du terrain. Aux portes des caravanes, sous les auvents des tentes, apparaissaient des faces soucieuses, qui grimaçaient, m'interrogeaient du regard, m'interpellaient d'un coup de menton.

D'une pirouette, je les calmais :

– Sale temps, hein ? Mais ça ne va pas durer !

J'ai vite été soulagé : si des trombes d'eau déferlaient effectivement au travers du camping, c'était selon l'angle et la direction prévus, le long des rigoles ou au fond des fossés. On risquait tout au plus quelques coups de froid, une ou deux bronchites, mais pas de tente noyée, ni de camping-car emporté par la folie des eaux. Comme prévu, j'ai retrouvé papa en K 2, à l'intersection de l'allée centrale. La moitié du ciel lui dégoulinait sur les épaules, mais il avait l'air de ne même pas s'en rendre compte.

– Alors ?

– C'est bon, ça tient. Le torrent va couler un moment, mais ne va rien inonder, à part l'allée centrale ; et on s'en fiche, puisque c'était prévu pour.

On est lentement revenus vers l'entrée, longeant la rivière qui s'était invitée chez nous, tandis que les rideaux de pluie se clairsemaient. Déjà, vers l'ouest, un semblant d'éclaircie se profilait, entrouvert sur un coucher de soleil inespéré. Comme souvent par chez nous en été, l'orage avait été violent mais bref.

À l'angle de l'allée C, on est tombés sur les parents Pithoit, qui hochaient la tête pensivement en contemplant le ruisseau bouillonnant.

– Dites donc, a fait le mari, c'est nouveau, cette attraction ?

– Oui, a répondu, papa, sur le même ton : canyonning et rafting, on s'est mis à la mode, cette année…

J'ai commencé à sourire, mais ma mimique s'est aussitôt transformée en rictus. Mme Pithoit venait de pousser un hurlement strident, qui m'aurait fait dresser les cheveux sur la tête s'ils n'avaient pas été trempés. On l'a vue tendre un doigt tremblant en direction du courant boueux qui passait à ses pieds.

Elle désignait une grande forme allongée et rosâtre, bousculée et emportée par les eaux en direction de l'entrée.

– Nom de Dieu, a fait papa d'une voix blanche.

J'ai agrandi les yeux, sidéré : charrié par le torrent, surnageant au milieu d'une flopée de débris divers, le corps inerte d'un homme plus mort que mort suivait le cours de notre allée centrale, étrange visiteur flottant.

Statufiés, incapables du moindre geste, on a suivi le cadavre des yeux, jusqu'à ce qu'il heurte la guérite en face de l'entrée. Il est ensuite resté là, coincé dans une posture grotesque et macabre, le bras à demi tendu, comme s'il était venu accueillir des clients à l'entrée du camping et qu'il exigeait un droit de passage.

Mais un droit de passage vers quel épouvantable monde ? De là où on était, on a alors clairement entendu les gens hurler à l'intérieur du hall d'entrée. J'ai eu l'impression d'être condamné à revivre toujours le même cauchemar.

9

À cause des routes bloquées un peu partout, les pompiers ont été retardés. Ce sont papa et Souley qui ont dû aller décrocher le corps de ce pauvre type bloqué contre la guérite. Ils l'ont emmené sous l'auvent du garage à vélos et déjà ça nous a soulagés de ne plus l'avoir dans le décor. En même temps, ce n'était pas sa faute… sans doute qu'à choisir, à l'heure qu'il était, il aurait préféré être encore vivant.

L'électricité et le téléphone étant coupés, c'est avec des portables qu'on a réussi à joindre la police. Par malchance, les indics installés chez nous avaient pris leur jour de congé. Ils ont promis d'arriver au plus vite, mais ils allaient devoir faire comme tout le monde, attendre que les routes se dégagent.

Sans jeu de mots, il y a eu un moment de flottement dans nos rangs. On se taisait parce que tout ce qu'on aurait pu dire serait tombé à plat. Hortense, accroupie dans un coin du hall, la tête dans les mains, pleurnichait doucement, soutenue par maman. Souley faisait les cent pas en se mordant l'intérieur des joues. J'ai trouvé que Jodie était devenue super pâle et j'ai failli lui demander “Ça va ?”, mais je me suis retenu de justesse. Pierrot, un tic au niveau des mâchoires, a tourné un peu autour de nous et puis a dit :

– Bon, ben, je vais y aller, moi. Je te raccompagne, Jodie ?

Notre amie a hoché la tête et lui a emboîté le pas. En passant à mon niveau, elle a juste fait glisser sa main le long de la mienne. Puis ils sont sortis sans se retourner. J'ai eu l'impression que je leur portais la poisse, à eux comme à mes parents, ainsi qu'à tous les campeurs et à toutes les victimes à venir de tous les assassinats du monde.

La dizaine de clients qui s'était mis à l'abri chez nous faisait une sale tête. “À qui le tour ?” semblaient-ils se demander en se regardant les uns les autres. C'est vrai que ça commençait à devenir une hécatombe.

– Quelqu'un prendra un thé chaud ? a proposé maman doucement.

Quelques têtes ont opiné et ça nous a secoués un peu. Hortense s'est relevée pour accompagner maman en cuisine tandis que je sortais sur le pas de la porte pour observer l'évolution du temps. Le torrent qui avait déferlé sur notre terrain n'était déjà plus qu'un ruisseau, et les oiseaux commençaient à redonner de la voix, saluant le départ du front orageux vers les montagnes de l'est.

Du peu que je l'avais vu, il ne me semblait pas connaître ce troisième macchabée. Papa, qui l'avait transporté, m'avait d'ailleurs fait à ce sujet un signe de tête clair : il ne faisait pas partie de nos clients. Mais auprès de nos campeurs, ce détail avait peu d'importance. De loin en loin, je voyais des toiles de tentes s'affaisser, des caravanes se désembourber. Des emplacements allaient se libérer et je ne me voyais pas aller retenir nos habitués en les attrapant par la manche.

– Allez, t'en fais pas ! m'a fait la grosse voix de Souly.

Il venait de me rejoindre sur le seuil et a passé son bras autour de mes épaules. Il a essayé de me réconforter :

– D'ici un jour ou deux, ce sera réglé, il va finir par se faire attraper !

Sans m'en rendre compte, je m'étais mis à frissonner des pieds à la tête. L'humidité et la peur me gagnaient petit à petit. En pensant à la prochaine victime sur la liste, je me suis soudain mis à penser à maman, à Hortense et à Jodie ; rien qu'à cette idée, j'ai eu l'impression de devenir fou.

Tout en me laissant aller contre l'épaule solide de Souleymane, je lui ai demandé, d'une voix gémissante :

– Qu'est-ce qu'ils font, à la fin ?!

Au même moment, trois voitures de police ont surgi au bout de la route et sont venues s'échouer devant notre hall d'entrée comme des cétacés perdus, dans de grandes gerbes d'eau. J'ai ravalé mes larmes, je ne voulais pas que l'inspecteur me voie dans cet état, ni lui ni personne, d'ailleurs. L'assassin essayait de nous effrayer, de nous faire perdre nos moyens et si je commençais à craquer, c'était le début de la fin.

Bouldini semblait tenir une grosse fatigue, lui aussi ; il en avait oublié sa cravate et n'a même pas tressailli quand il est descendu de voiture droit dans une grosse flaque.

– Ton père est là ? m'a-t-il fait d'un ton rogue en arrivant sur le seuil.

Le temps n'était plus à la politesse ; j'ai tendu le pouce en arrière, vers l'intérieur du hall, et toute une escouade en uniforme nous est passée devant ; c'est tout juste s'ils ne nous ont pas écrasé les orteils. Après un court conciliabule, ils sont tous ressortis, avec papa en prime, et se sont dirigés vers le garage à vélos ; ils faisaient une mine d'enterrement, forcément.

Quand ils en sont revenus, quelques instants plus tard, papa nous a fait signe. Avec Souley, on s'est donc joints au groupe d'enquêteurs moroses qui remontait vers les hauteurs du terrain, là où sans doute le cadavre avait été mis à l'eau. En longeant l'allée centrale, on a pu constater à quel point le regard des clients sur nous avait changé. Au début, ils avaient semblé nous plaindre, maintenant, on sentait qu'ils avaient peur et qu'ils étaient devenus méfiants. Les Duchâtel, les Zacharie, mêmes les Fernandez détournaient les yeux en nous voyant passer.

– Des gens qu'on connaît depuis dix ans, a grondé papa dans sa barbe.

– Vous dites que cet individu n'était pas répertorié chez vous ? a demandé Bouldini.

– Il faudrait vérifier, mais sa tête ne me dit rien.

– Jamais vu, a confirmé Souleymane.

– Et le fil de fer autour de son cou, il vous dit quelque chose ?

– Je n'ai pas eu le temps de bien voir, monsieur l'inspecteur.

Bouldini est retombé dans son silence, avançant d'un pas lourd, comme s'il voulait tasser le gravier.

Une fois arrivés en F, on a pris à droite vers l'allée G et on a enchaîné sur la H, toujours remontant vers la partie la plus haute du terrain. C'est en cet endroit que les ruisseaux venus des montagnes environnantes s'étaient rejoints pour former le torrent qui nous avait inondés.

Les inspecteurs ont commencé à s'accroupir, à interroger le sol, à collecter des indices trempés. J'ai secoué la tête :

– C'est toujours pareil, ai-je murmuré. Avec la pluie, tout est fichu !

– On va au moins essayer de savoir si ce type a été tué ici... a fait papa entre ses dents.

Bouldini, qui n'avait pas les oreilles dans sa poche, a précisé les choses :

– Et surtout si le cadavre a été emporté par les eaux par hasard, ou si on l'a balancé exprès dans le torrent pour qu'il vienne défiler au milieu de votre camping !

– Vous pensez à une sorte de vengeance ?

– Ce n'est pas exclu, même si vous m'avez assuré ne pas avoir d'ennemis.

– Il y a toujours des clients mécontents, a dit papa, mais de là à venir commettre des meurtres chez nous, il ne faut peut-être pas charrier…

De la hauteur où on se trouvait, on voyait tout le village en contrebas, ses vieilles maisons blotties les unes contre les autres au fond de la vallée. Des éclairs bleus intermittents se reflétaient sur les falaises, témoignant de la présence des pompiers dans les zones inondées, au bord de la rivière. L'un des policiers a soudain appelé son chef :

– Inspecteur, on a trouvé quelque chose de l'autre côté du grillage.

Deux de ses collègues étaient en train de se faufiler sous la clôture distendue ; une fois arrivés de l'autre côté, ils ont dégagé un amoncellement de ronces sous lequel des vêtements avaient été jetés en vrac.

– Il y a des traces de sang ici ! a lancé l'un des deux hommes, en désignant un rocher à proximité.

J'ai vu Bouldini serrer les poings.

– C'est là que ça s'est passé, a-t-il conclu ; "il" s'est attaqué à un randonneur surpris par l'orage.

– Surpris par le tueur, surtout, ai-je cru bon de commenter.

Papa en a profité pour argumenter :

– Vous voyez bien que ça ne se passe pas directement chez nous.

L'inspecteur nous a regardés comme si de la crème anglaise nous sortait des oreilles. C'est parce qu'il essayait de se rassurer que papa niait l'évidence. En tout cas, si le tueur avait mis sa victime à l'eau en sachant le périple qu'elle allait accomplir, c'était forcément quelqu'un qui connaissait la configuration du terrain... Mon intuition se confirmait.

On s'est approchés du grillage au moment où un des policiers dégageait sous les vêtements d'homme un morceau de fil de fer entortillé. Sans doute le promeneur avait-il été tué là, étranglé ; sans doute son agresseur, une fois son forfait commis, l'avait fait passer sous la clôture et lancé dans la rivière. Ça datait de deux heures au plus, et à y penser, un nouveau frisson m'a parcouru.

C'était fou, quand même : on était dans un endroit reculé, mais pas tant que ça. Un promeneur aurait pu assister au drame ! C'est sans doute aussi ce qu'a pensé Bouldini, au même moment :

– Avant que tous vos clients ne vous quittent, monsieur Pinson, j'aimerais les passer encore une fois en revue. Je sais qu'il pleuvait à torrent, mais quelqu'un a forcément vu quelque chose. Ne serait-ce qu'une silhouette, ne serait-ce que quelques instants !

Sans s'en rendre compte, il s'était mis à parler fort. Il semblait sous pression. Même sans cravate, les veines de son cou étaient gonflées et les gros cernes noirs qui descendaient sur ses joues indiquaient qu'il devait poursuivre l'enquête sans relâche, jour et nuit.

– Et puis, a-t-il continué en plantant ses yeux clairs dans les yeux de papa, il va falloir prendre des mesures plus... comment dire... radicales... Envisager de fermer le camping, par exemple.

Je m'attendais à ce que papa réagisse, proteste, tempête, mais il s'est contenté de hocher la tête ; à ses yeux baissés, j'ai compris qu'il s'était déjà fait une raison. Je me suis rapproché de lui. Il m'a pris les mains et s'est contenté de murmurer :

– On ne va pas pouvoir faire autrement...

L'inspecteur ne nous a pas laissés nous épancher.

– Dis-moi, Clovis, a-t-il fait en se tournant brusquement vers moi, tu étais encore bien aux premières loges ?

– Si on veut, oui...

Il a grimacé en voulant sourire, oubliant les leçons des dernières fois.

– Tu sais quoi ? Sans vouloir t'inquiéter, on a l'impression que l'assassin te prend un peu pour son témoin privilégié...

J'ai laissé passer un silence. Ça ne m'inquiétait pas, j'y avais déjà réfléchi. C'est souvent comme ça, dans les histoires de tueurs en série : on en voit plein, dans *Washington S.T.*, qui souffrent de ce qu'ils font. Ils agissent de plus en plus ouvertement, comme s'ils appelaient quelqu'un à l'aide, comme s'ils voulaient qu'on les repère et qu'on les arrête...

10

La nuit avait bien fini par passer, sans qu'on l'ait vue tomber, sans même qu'on se souvienne d'avoir dormi, sans seulement qu'on en ait eu envie. Dès l'aube, le ciel avait été limpide, promesse d'une journée radieuse. Quant à la météo, elle confirmait la disparition des fronts orageux et on espérait tous que la température, plus supportable, calmerait au moins les pulsions du tueur. Hortense et Souley avaient pris leur matinée ; on était entre nous.

Comme tous les matins à la même heure depuis le début des événements, Bouldini est venu faire le point. Il semblait ne pas avoir dormi depuis trois siècles. Toute envie de rasage l'avait quitté, et s'il avait remis une cravate, c'était plus pour la forme qu'autre chose ; elle était nouée sans queue ni tête et il l'aurait passée à travers les narines que ça aurait fait le même effet.

– Merci, a-t-il commencé.

Maman venait de lui apporter une tasse de café. Il a déplié les pages froissées de son petit carnet à spirales, qui étaient noircies d'une écriture nerveuse.

– Bien. D'après nos investigations de la nuit, il se confirme que la dernière victime est un touriste anglais d'une quarantaine d'années qui avait loué un gîte de l'autre côté de la vallée. Il était parti en promenade au milieu de l'après-midi, sur le chemin de grande randonnée qui passe juste à la limite de votre terrain, le long de la crête.

Il s'est raclé la gorge et a bu une gorgée de café avant de continuer :

– Ethan Summers, c'était son nom, a été frappé violemment à la tête, puis étranglé avec un fil de fer de deux millimètres d'épaisseur. Comme dans les deux autres cas. Vous l'avez sans doute remarqué, les trois crimes ont été commis dans le secteur ouest du camping, à proximité de vos clôtures.

On s'est regardés, papa, maman et moi. On avait une sale mine ; on ressemblait à des naufragés isolés sur une île déserte assiégés par une tribu d'anthropophages. Mais on a attendu que l'inspecteur nous livre ses conclusions. Il a d'abord ajouté deux sucres dans sa tasse, qu'il a oublié de remuer, puis a enchaîné :

– Ce secteur est à la limite d'une garrigue, qui donne sur les premières maisons du village en contrebas. D'où l'idée que certainement l'assassin y tiendrait sa base arrière.

Il a laissé le message s'incruster dans nos neurones quelques instants, avant de produire son dernier petit effet, d'une voix gourmande :

– C'est dans ce cadre, suite à un certain nombre de témoignages, que ce matin à l'aube, nous avons procédé à l'interpellation de plusieurs suspects. Il sont actuellement interrogés.

Effectivement, ce n'était pas prévu. Et c'était plutôt une bonne nouvelle. Maman a poussé un long soupir tout en fermant les yeux. Papa, lui, a laissé apparaître des rides sur son front. J'ai deviné qu'il passait en revue tous les visages possibles des suspects du village.

Il en mourait d'envie, mais il a eu la correction de ne pas demander : "Ah bon, des suspects, inspecteur, mais qui ?" Il faut dire qu'on les connaissait tous sur le bout des doigts, les villageois d'en bas : ils n'étaient pas si nombreux que ça ! Mes parents étaient allés à l'école avec la plupart d'entre eux, et moi j'étais au collège avec leurs enfants... On faisait nos courses chez les uns les autres... Ce serait quand même un événement si l'un d'entre eux avait soudain viré tueur en série !

Bon, j'avais déjà suivi tellement d'intrigues policières où des suspects avaient été arrêtés pour rien ou par erreur que je ne me suis pas monté la tête. J'allais attendre confirmation de tout ça.

L'inspecteur s'est tourné vers moi en portant la tasse de café à ses lèvres. Il a grimacé ; voilà ce que c'est de ne pas remuer le sucre qui est au fond. Puis il a posé ses coudes sur la toile cirée et m'a fait son petit speech :

– Pour répondre aux questions que tu te poses sûrement, Clovis, je m'empresse de te rassurer : nos équipes du labo de Toulon ont reçu du matériel de pointe. Ils peuvent largement rivaliser avec leurs confrères américains de… Washington. Tous les indices recueillis passent aux rayons X, au scanner, aux révélateurs de toutes sortes. On a trouvé cinq cheveux éparpillés à l'endroit où le randonneur anglais a été agressé. Ils sont en cours d'analyse. Ils parleront, et quand ils ouvriront la bouche, ils diront : oui, nous sommes bien tombés de la tête de tel individu, de tel âge, de telle race, et à telle heure. Ils donneront même des infos sur l'état de santé de son propriétaire, s'il est convenablement nourri, s'il ne manque pas de fer, s'il n'a pas de diabète. Si c'est ce que tu voulais savoir.

Pourquoi pas le prénom et le tour de poitrine de sa petite amie, aussi ? Il m'a fait un clin d'œil si appuyé qu'on a eu l'impression que sa paupière allait rester scotchée en position basse. Alors je me suis quand même levé et j'ai dit :

– Attendez-moi un instant, monsieur l'inspecteur.

J'ai couru dans ma chambre et je suis allé chercher les indices qu'on avait recueillis l'avant-veille, avec Pierrot, au-dessus de la Brèche-des-Pins.

Quand je suis revenu et que je lui ai tendu mon petit trésor regroupé dans un sac plastique, en lui expliquant quand, où et comment on l'avait trouvé, ses yeux ont pétillé.

– Non, j'le crois pas... a-t-il murmuré.

Il a élevé le sachet au niveau de ses yeux pour en explorer le contenu par transparence.

– Merci, Clovis. Je vais transmettre ça à mes collègues ; ils vont en faire le meilleur usage.

Même s'il avait dit ça juste pour me faire plaisir, ça ne s'est pas senti. J'ai profité que la glace se soit un peu rompue pour revenir sur sa remarque de la veille au soir qui m'avait trotté dans la tête une partie de la nuit :

– Vous voyez, m'sieur, je crois que c'est pas tellement à moi que le tueur s'adresse. Mais à celui qui pourrait réagir à ce qu'il fait. S'il tue comme ça, toujours de la même façon, c'est qu'il a quelque chose à dire et qu'il ne sait pas le dire autrement.

Un grand silence s'est abattu sur notre tablée et le chocolat au lait dans les bols a refroidi d'un coup. Papa et maman me contemplaient avec une sorte de respect un poil inquiet. Je n'avais pas un mérite fou, puisque c'était au mot près une des répliques-cultes de l'épisode 16 de *Washington S.T.* Celui qu'on préférait, avec Jodie.

– Je ne suis pas loin de partager cet avis, a opiné Bouldini. De toute évidence, ce meurtrier ne tue pas pour faire souffrir, ni par sadisme. Il suit une mise en scène précise, en lien avec ce qui l'obsède. Sans doute a-t-il des comptes à régler et veut-il se venger. Mais de quoi ?

Ça a été un moment marrant, parce que j'ai lu dans ses yeux qu'il commençait à me trouver un peu sympa, pile au moment où justement il remontait dans mon estime. On ne s'est pas laissé enivrer par cette constatation, on avait encore du boulot. Et pas des plus marrants, puisqu'il s'agissait d'évacuer le camping. Malgré les interrogatoires en cours, et les suspects interpellés, on ne pouvait plus prendre de risques. À contrecœur, papa s'est levé.

– Allez ! a-t-il dit, en avant pour l'opération "Saison foutue" !

On est sortis et on a fait tantôt du porte à porte, tantôt du tente à tente. On a demandé aux gens de plier bagages, en leur suggérant cependant de ne pas trop s'éloigner parce que des suspects avaient été arrêtés et que le tueur était sûrement dans le lot. Je crois que c'est la position la plus difficile que j'aie jamais eu à expliquer. Entre ceux qui ne voulaient pas partir, ceux qui pouvaient comprendre, ceux qui n'y arrivaient pas et ceux qui essayaient de s'éclipser sans payer, on a ramé. Heureusement nous avons été secondés par une dizaine de policiers avec brassards ; ils en ont profité pour consigner de nouveaux témoignages.

En fin de matinée, de passage dans le hall, j'ai eu un coup de fil de Jodie. Elle n'avait pas l'air trop éprouvée par l'épisode de la veille :

– Hi ! Clovis ! Ça s'est bien terminé, votre soirée macabre ?

– Si on veut… Et toi, bien rentrée ?

– Oui. Le problème, c'est que ma mère commence à se demander si c'est bien prudent que je continue à venir au camping.

J'ai serré les dents ; il ne manquait plus que ça.

– Mais t'inquiète ! C'est pas un pauvre *serial killer* qui va me filer les pétoches.

Je la reconnaissais bien là.

– De toute façon, ai-je embrayé, ce n'est pas trop le moment de venir sur le camping. On est en train de faire partir tout le monde. Mais je te rappellerai dans la soirée. Il y a du nouveau : Bouldini a arrêté des suspects.

– Alors le coupable est encore dans la nature, a-t-elle rétorqué avec perfidie.

Je n'ai pas eu le temps de lui rapporter ma dernière conversation avec l'inspecteur ; papa est entré en coup de vent dans le hall, haletant :

– Viens, on a un problème !

Ça ne m'a pas étonné plus que ça, vu qu'il ne se passait plus une journée sans qu'on en ait un. Je me suis excusé auprès de Jodie et j'ai raccroché. Une fois sorti et m'étant mis à courir au rythme de papa, je lui ai demandé :

– Quel genre ?

– Hortense. Elle vient de se faire agresser au bas de la sente qui coupe à travers la colline, au niveau de la petite cascade.

Mon sang a brusquement gelé dans mes veines et c'est avec un iceberg à la place du cœur que j'ai poursuivi ma course, mécaniquement. On a dévalé la pente.

Moins de trois minutes plus tard, soufflant comme des phoques, on est tombés sur un petit attroupement, à l'endroit où la cascade coupe le chemin. C'est par là que passait toujours Hortense pour monter au camping.

Notre stagiaire était bien là, assise, adossée contre un muret de pierres, avec la jolie psy-flic agenouillée à ses côtés et deux pompiers qui lui posaient des pansements et des perfusions. On devait avoir l'air paniqué parce qu'elle a trouvé le courage de nous faire un petit sourire et de dire :

– Ne vous affolez pas, m'sieur Pinson, c'est rien !

Le rien en question, c'étaient des zébrures un peu partout sur les épaules, autour du cou, et des marques sur son joli visage. J'étais fou, je ne comprenais pas comment on pouvait avoir le cœur de s'attaquer à une étudiante sans défense comme elle, comment on pouvait se montrer aussi lâche !

Des bergers passaient par là et avaient pu intervenir pour la tirer des griffes d'un type tout excité : un grand brun tout pâle et tout maigre, mal rasé, d'après les premières constatations. Deux agents de police compilaient les témoignages, un peu à l'écart. On est allés les trouver.

Heureusement qu'Hortense avait hurlé et s'était défendue, nous ont-ils dit. En s'enfuyant, le type avait laissé derrière lui une petite bobine de cinq ou six mètres de fil de fer. C'était de toute évidence l'agresseur en série.

Parmi toutes les informations qu'on pouvait tirer de ce rebondissement, il y en avait au moins une qui s'imposait : l'hypothèse des suspects arrêtés la veille par Bouldini venait de se crasher dans les grandes largeurs.

11

Par principe, la psy de l'équipe a préféré envoyer Hortense en observation à l'hôpital. Elle ne souffrait que d'égratignures, et continuait à faire la fière pour n'inquiéter personne, mais le choc en retour serait peut-être violent.

En remontant au camping, on a gardé le silence, papa et moi. Chacun était plongé dans ses pensées et sur le lot, il n'y en avait pas beaucoup de rigolotes. On allait se retrouver seuls sur notre grand terrain, comme au mois de novembre. Si on voulait survivre à la fin de la saison, papa aurait intérêt à trouver un petit boulot d'assistant menuisier à la scierie départementale.

Une fois arrivés, trempés de sueur, on s'est laissés tomber sur les deux marches donnant sur notre entrée. En deux mots, on a expliqué la situation à maman, et elle s'est assise à côté de nous, les jambes coupées. Lorsque Bouldini est arrivé un peu plus tard, il nous a trouvés comme ça, dehors, alignés comme des poupées de porcelaine sur une étagère.

Je m'attendais à le trouver dans un colossal état de rage et les carotides à deux doigts d'exploser. Non, quand il est sorti de sa voiture, il avait au contraire l'air très calme et, fait extraordinaire, son cou nageait un peu dans l'échancrure de sa chemise. Il s'est assis sans façon sur le rebord de son capot et s'est adressé à nous.

– La vie n'est pas simple, a-t-il dit en levant la tête vers le ciel pur.

On a suivi son regard et on a observé comme lui un couple de rapaces qui faisait des ronds dans l'azur. Il a repris :

– Le plus difficile, dans la vie, c'est savoir renoncer à ses certitudes.

On imaginait bien où il voulait en venir. Mais il n'abordait pas le sujet comme on aurait pu le penser. C'est là que j'ai commencé à comprendre.

– Par sécurité, a-t-il continué, on va maintenir les suspects de la nuit dernière en garde à vue. Même si de toute évidence, ils ne sont pas coupables.

Au ton qu'il a employé, j'ai eu confirmation de ce que je pensais. Tout cela n'avait été qu'une manœuvre : il n'avait arrêté des gens ou fait courir le bruit qu'il les avait arrêtés que pour déclencher une réaction du vrai coupable. Assez bien vu. L'histoire des tueurs en série est pleine d'exemples de ce genre : les criminels maniaques comme le nôtre ne supportent pas que leurs meurtres puissent être attribués à quelqu'un d'autre.

Manque de bol pour Hortense, c'est elle qui avait fait les frais de cette théorie. Elle l'avait décidément échappé belle.

L'inspecteur s'est remis sur ses pieds, le capot brûlant étant venu à bout de la résistance de ses fesses.

– On a retrouvé sous les ongles de votre stagiaire des morceaux de peau arrachés à l'épiderme de son agresseur. Ils sont en cours d'examen.

– Elle a eu le temps de voir son visage ? a demandé maman, la voix tourneboulée.

– Plus ou moins. On a déjà une petite idée. D'autant que les deux principaux témoins qui l'ont fait fuir l'ont vraiment vu de près, eux. Un portrait robot est en préparation.

Sur ce, Bouldini a contourné sa voiture pour remonter à bord. Ce que voyant, papa a réagi :

– Et nous, qu'est-ce qu'on fait, maintenant ?

Sans doute pensait-il à la situation générale, à notre camping déserté. Mais c'était moyennement son problème, à l'inspecteur. Il s'est contenté de hausser lentement les épaules avant de soupirer :

– Essayez de prendre votre mal en patience… Qu'est-ce que vous voulez que je vous dise ?

Il a ouvert sa portière mais, juste avant de s'asseoir derrière son volant, il m'a fait signe de venir le rejoindre. Je me suis levé à contrecœur et j'ai contourné la voiture à mon tour.

– Oui, m'sieur ?

– Tu sais, Clovis, a-t-il fait en baissant la voix, on a interrogé ton copain, aussi… Le petit brun, qui est toujours avec toi…

– Souley ? Qu'est-ce qu'il a fait ?

– Non, j'ai dit le “petit” brun, à lunettes.

J'ai marqué un temps d'arrêt :

– … Pierrot ?

– C'est ça, oui, Pierrot. Il était dans le secteur, il montait au camping juste derrière Hortense quand elle s'est fait attaquer. Il a vu l'agresseur ; on l'a donc entendu comme témoin.

C'était la meilleure. Pierrot entendu comme témoin ! Et il ne me l'avait pas dit ? Pas un coup de fil, rien !? Bouldini ne m'a pas laissé le temps de réfléchir plus. En me regardant d'un air bizarre, il a dit :

– D'ailleurs, c'est drôle, la description qu'il nous a faite du suspect ne coïncide pas avec celle des autres. Ils ont décrit un grand type voûté, tout pâle, le visage maigre, et lui, c'est un gars plutôt trapu qu'il a vu s'enfuir, tirant sur le châtain clair…

J'ai fait celui qui n'était pas plus surpris que ça.

– Faut dire qu'il est sacrément miro, Pierrot… Vous avez vu l'épaisseur de ses lunettes ?

– Ça doit être ça, a fait l'inspecteur d'un ton songeur. C'est sans doute aussi pourquoi il dit avoir vu l'agresseur s'enfuir à travers les taillis tandis que les autres l'ont vu redescendre vers le village…

Sur ce, il a fait tourner sa clé dans le démarreur et a enclenché la première. Je me suis reculé ; il est parti en me laissant planté sur place, avec tout le poids de mes pensées sur les épaules. Qu'est-ce que c'était que ce nouveau truc ? Je suis rentré dans le hall sans répondre à maman qui me demandait :

– Il te voulait quoi, l'inspecteur ?

J'ai téléphoné chez Pierrot mais personne n'a décroché. Il était peut-être encore au commissariat, filant un coup de main aux dessinateurs pour la mise au point de leur portrait-robot. Je me suis demandé pourquoi sa mère ne répondait pas non plus, même si elle était fatiguée, comme il me l'avait dit. On a beau être fatigué, on peut toujours décrocher un combiné.

J'ai marché un moment de long en large dans le salon, avant de me laisser tomber dans un fauteuil. J'ai un peu fermé les paupières, je suis arrivé à me détendre et, petit à petit, j'ai laissé toute l'histoire remonter en moi. Je savais qu'elle voulait refaire surface depuis quelques jours mais jusqu'alors j'avais tout fait pour la mettre de côté, pour la laisser enfouie, pour ne pas avoir à l'affronter en pleine lumière.

Les yeux clos, j'ai repensé au frère de Pierrot.

Son demi-frère, plutôt, celui que sa mère avait eu avec un autre homme, longtemps avant lui. Marc. Il avait dix ans quand Pierrot était né. Je l'avais toujours connu. Il s'était bien occupé de son petit frère quand leur mère s'était retrouvée seule, une fois de plus. Il venait nous chercher à l'école, à la maternelle et puis nous aidait à faire nos devoirs, quand on est entrés en primaire. Il était super sympa, Marc. Jusqu'à son accident.

Il fallait que je vérifie quelque chose. J'avais déjà perdu assez de temps.

Je me suis remis sur pieds et j'ai foncé vers le garage à vélos, en essayant de ne pas repenser au randonneur anglais qui y avait reposé un moment. J'ai enfourché mon VTT.

En me lançant sur le chemin vers la départementale 19, j'ai croisé Souley qui arrivait. Il m'a demandé :

– Tu vas où ?

– Je reviens.

Il n'y avait pas grand monde dans la descente jusqu'au village, alors j'ai dévalé la pente, fendant l'air comme une flèche à roulettes, le visage constamment percuté par des escouades de petits moucherons... Pierrot ne m'avait rien dit mais, depuis deux trois jours, quelque chose dans son attitude me tarabustait.

Je le connaissais sur le bout des doigts, mon Pierrot. J'avais bien remarqué qu'il n'était pas exactement comme d'habitude, qu'il semblait sur ses gardes, plus préoccupé, plus triste. En y réfléchissant, je me suis dit qu'il n'y avait pas mille explications : Marc avait dû obtenir une permission de quelques jours pour revenir voir sa famille. Mais ça, jamais mon copain ne m'en aurait parlé. Depuis que Marc avait été placé en institut après son accident, Pierrot gardait le secret sur cet aspect de sa vie. C'était devenu un jardin secret dont il ne parlait plus à personne, pas même à Jodie, pas même à moi.

J'ai déboulé dans les ruelles étroites du village à la vitesse d'une Harley Davidson et j'ai dérapé des deux roues en m'arrêtant devant la mairie.

– Eh, petit, attention ! Tu vas finir par faire mal à quelqu'un !

J'avais failli rouler sur les pieds de l'adjoint au maire. De là où j'étais, devant le monument aux morts, j'avais une vue plongeante sur les principaux axes du village qui se croisaient, à savoir l'avenue de la République et deux rues adjacentes. Personne ne pouvait échapper à mon regard d'aigle : ni ceux qui entraient à la poste, ni ceux qui sortaient de l'église, ni les clients du supermarché, ni les abonnés de la bibliothèque.

Quand je l'ai aperçu, il essayait de se défiler, mais j'ai été plus vif. Mon regard l'a capté avant qu'il ne disparaisse dans le chemin montant vers chez lui. J'ai eu vite fait de le rattraper ; en faisant gaffe toutefois, sans avoir l'air d'être trop pressé, non plus. Comme si j'étais juste venu le voir. Comme ça, en me promenant.

Pierrot portait deux gros sacs de courses, un dans chaque main, et ça le ralentissait. Il y avait à manger pour dix, au moins, là-dedans. Une fois arrivé à sa hauteur, j'ai freiné. J'ai tout de suite vu qu'il avait l'air plus suant qu'à l'habitude, que ses mâchoires étaient serrées et ses doigts blanchis sur les anses de ses sacs.

– Hé ? Tu n'essayais de me semer, au moins ?

– Tu rigoles ?

– Ben oui, je rigole.

Mais je ne riais pas, et lui non plus. J'ai fait l'étonné :

– Dis donc, t'aurais pu nous dire que t'avais été témoigner au commissariat !

– J'allais vous appeler.

– J'espère bien. Après un coup comme celui-là, c'est le minimum : t'as vu le tueur, il paraît ?

Pierrot ne pouvait pas s'essuyer le front à cause des sacs qu'il portait ; la sueur glissait sous ses lunettes et lui dégoulinait sur l'arête du nez. Il avait l'air sacrément pressé de rentrer chez lui. L'air agacé, il a fait :

– Vu, vu, non, je ne l'ai pas bien vu… J'étais loin. Il ne m'a pas attendu pour s'enfuir, figure-toi !

On n'a pas tardé à arriver devant la grille de sa maison. J'ai tout de suite levé les yeux vers la fenêtre de l'ancienne chambre de Marc, à l'étage. Les volets étaient rabattus contre le mur, les battants entrouverts. Je suis descendu de ma bécane en me mordant les lèvres. J'ai hésité comme un malade avant de lui demander ce que je voulais à tout prix savoir ; dix fois, j'ai failli ravaler ma question, mais j'ai lutté et elle est sortie quand même :

– On dirait qu'il y a du monde, chez toi ?

Il m'a regardé et alors quelque chose dans ses yeux m'a effrayé. Il a pris ses deux sacs dans une main et de l'autre il m'a refermé la grille au nez, en lançant :

– Qu'est-ce que ça peut te faire ?

Je n'ai pas insisté. Je l'ai suivi des yeux le temps qu'il traverse l'esplanade jusqu'au seuil de la maison et qu'il claque la porte derrière lui.

Une fois de retour sur la place de la mairie, j'ai fouillé mes poches à la recherche d'un peu de monnaie et j'ai poussé la porte de la cabine téléphonique. J'ai appelé le camping. Quand Souley a décroché, je lui ai dit de venir me rejoindre d'urgence. Je lui ai aussi demandé à quel numéro je pouvais joindre Bouldini.

12

C'est comme ça, il y a des moments où l'on doit arrêter de réfléchir. Ce que je venais de comprendre était si terrible, si inquiétant que toute mon amitié pour Pierrot est brutalement passée au second plan. Je ne pouvais pas, sous prétexte qu'ils étaient mes amis, son frère et lui, ne pas révéler à la police ce que je savais ! Sur le coup, ça ne m'a même pas gêné ; j'étais dans l'action, dans l'urgence, il y avait des vies à sauver. C'est après, quelques jours plus tard, que j'ai vraiment réalisé ce que j'ai fait là, que je me suis retrouvé face à mes remords…

L'inspecteur Bouldini était en réunion à la sous-préfecture, à dix kilomètres de là, lorsque son mobile a sonné. Quand il a su que c'était moi, il s'est fait excuser pour sortir de la salle et mieux m'écouter.

– Oui ?… Qu'est-ce qui se passe, Clovis ?

– Je crois que j'ai du nouveau, m'sieur, pour l'enquête.

– … Je t'écoute.

– C'est depuis que vous m'avez parlé du témoignage bizarre de mon copain Pierrot. Eh bien, il se passe quelque chose, chez lui.

– Quelque chose ?

– Ben… Pierrot, comment dire... Il a un frère… Un demi-frère, en fait, beaucoup plus âgé. Dans les vingt-cinq ans. Pas grand monde le sait parce que Marc, il n'est presque jamais chez lui. Il est en hôpital psychiatrique depuis un accident qu'il a eu…

– Hum hum… D'accord… Mais s'il est en hôpital psychiatrique, je ne…

– Justement. On lui donne des permissions de temps en temps, en été. Et je viens de m'apercevoir qu'il était chez lui en ce moment. Ce n'est pas Pierrot qui me l'a dit, c'est moi qui m'en suis rendu compte.

– Il ressemble à quoi, ce Marc ?

– Du genre grand et maigre, le visage creusé, brun.

Le téléphone portable de Bouldini a crachoté, il y a eu un léger blanc et j'ai compris que l'inspecteur cherchait de quoi noter. À sa voix, j'ai senti qu'il était soudain devenu fébrile :

– Bien, écoute-moi, Clovis, tu vas me donner son adresse exacte et tu nous laisses faire, d'accord ? On va aller vérifier.

– D'accord, m'sieur.

Je lui ai donné l'adresse et il a raccroché.

Mais il n'était pas question de le laisser faire, justement ; avec ses méthodes de bulldozer, il allait ramener toute sa cavalerie chez Pierrot, peut-être même faire appel au GIGN et foncer dans le tas.

Je me suis remis en selle et j'ai pédalé ferme pour ne pas être en retard au rendez-vous que j'avais fixé à Souleymane. On devait s'attendre à la croisée de la rue principale et du chemin qui montait à la maison de mon copain. Il était là. Quand il m'a vu arriver, il a fait pivoter la paume de sa main droite vers le ciel, trois doigts écartés, sa façon à lui de demander ce qui se passait.

– Merci d'être venu. Je vais avoir besoin de toi.

J'ai laissé mon VTT dans un taillis, et j'ai entraîné Souley sur un chemin parallèle, contournant, moins fréquenté que le chemin principal. J'avais ma petite idée pour arriver là-haut sans nous faire remarquer. Tout en marchant, je lui ai expliqué l'essentiel : l'histoire tragique du demi-frère de Pierrot, la coïncidence avec les meurtres et sa présence au village. Et puis les doutes qu'on avait eus, Bouldini et moi, sur le comportement de mon pote binoclard, les faux témoignages qu'il avait fournis.

– C'est pas parce que son frère est en HP que c'est forcément un tueur en série ! a objecté Souley, pas convaincu.

– Non, mais en tout, cas, il cherche à le protéger, c'est clair.

– Il a peur pour lui, tout simplement…

– Sauf qu'il y a autre chose, ai-je soupiré.

– Raconte…

Alors je lui ai dit ce que je n'avais encore dit à personne :

– L'autre jour, quand on est partis à la recherche d'indices au-dessus de la ravine des Maures, Pierrot a glissé sur un morceau de métal. En fait, il était un peu particulier, son morceau de métal. C'était une grosse pince, une sorte de sécateur qui sert à couper le fil de fer. J'ai eu le temps de la voir, avant qu'elle disparaisse au fond du ravin. Voilà. Je pense qu'il a fait semblant de glisser, que c'était juste un moyen de se débarrasser de la pince avant que je la ramasse et la refile aux policiers.

– Ah là, oui, effectivement, ça se complique…

– Bon, maintenant que j'ai prévenu Bouldini, je voudrais essayer de parlementer avec Marc et Pierrot. Pour qu'ils se laissent interpeller sans résister, ou quelque chose dans le genre, tu comprends…

– Je comprends.

Souley, songeur, n'a plus rien dit jusqu'à ce qu'on arrive derrière la maison de Pierrot. À demi dissimulée sous des bosquets d'orties, dans le mur du fond de leur terrain, il y avait une vieille porte en bois ouvrant sur leur jardin. Pierrot et moi, on jouait souvent dans ce coin-là avec Marc, quand on était gamins.

En grimaçant, Souley a réussi à décoincer la porte et le montant de bois a raclé la pierre en s'ouvrant. On s'est accroupis un moment dans la végétation envahissante et puis comme rien ne bougeait, on est entrés. Aux yeux de la loi, on était en pleine violation de propriété, mais je crois que la loi, en l'occurrence, elle avait d'autres chats à fouetter.

L'arrière de leur hangar était à proximité ; de la maison, personne ne pouvait nous apercevoir. On s'y est faufilés, en se courbant. Avant d'y entrer, Souley a encore une fois retourné trois de ses doigts vers le haut. En chuchotant, je l'ai renseigné :

– Ça nous évite de passer par l'esplanade devant la maison. En traversant le hangar, on est à deux pas de leur porte d'entrée.

On s'est glissés à l'intérieur du bâtiment. Il y faisait tout noir.

C'est quand nos yeux se sont habitués à l'obscurité qu'on les a vues : les maquettes, les constructions, les sculptures. Les œuvres d'art, si on veut. Il y en avait des dizaines, de toutes les tailles, disséminées çà et là, ou suspendues au plafond du hangar. Un vrai musée.

Au début, alors que Pierrot refusait toujours de comprendre que son frère n'était plus comme avant, il me parlait encore de lui, de sa convalescence. Il me disait que Marc s'était découvert un nouveau hobby, une véritable passion : la sculpture. Mais il ne m'avait pas dit quelle matière il travaillait. Or on les avait sous les yeux, maintenant : ces personnages en mouvement, ces animaux fantastiques aux formes torturées, torsadés dans tous les sens… Ils étaient tous fabriqués en fil de fer.

Évidemment, ça nous a fait un choc. On a tout de suite pensé à la même chose, Souley et moi. On n'a pas eu le temps de réfléchir longtemps. Des vrombissements et des pétarades ont résonné en provenance du chemin montant, signature de la méthode Bouldini, discrète à souhait. Il fallait faire vite ; je ne savais pas du tout dans quel état se trouvait Marc ni de quoi il serait capable…

Suivi par Souley, j'ai joué le tout pour le tout. Nous sommes sortis du hangar par la grande porte, et je suis allé me planter au milieu de l'esplanade, sous leurs fenêtres.

J'ai hurlé, improvisant ce que je disais au fur et à mesure :

– PIERROT ! MARC ! NE FAITES PAS LES ANDOUILLES ! LA POLICE ARRIVE, ELLE NE VOUS FERA PAS DE MAL !!!

Là, je m'avançais peut-être un peu. Les projectiles de flash-ball, ça peut faire un mal de chien. Pendant que je gueulais comme un putois – il paraît que ça hurle, les putois, mais je ne sais pas vraiment à quelle occasion –, Souley essayait de forcer la porte d'entrée, qui avait l'air plus fermée que fermée. Derrière les rideaux, rien n'a bougé. Je me préparais à repousser un coup de beugloir quand la voix harmonieuse de Bouldini, amplifiée par l'entonnoir de son mégaphone, m'a interrompu :

– NOM DE DIEU, CLOVIS, QU'EST-CE QUE TU FOUS LÀ ? DÉGAGE TOUT DE SUITE !!!

En me retournant, j'ai essayé de le retenir, lui et ses hommes qui piaffaient. Déjà deux ou trois gaillards dans des tenues à faire peur sautaient par-dessus la grille, pour aller se dissimuler dans les massifs d'hortensias.

– Un instant, m'sieur l'inspecteur, ils vont se rendre !

– TIREZ-VOUS DE LÀ TOUS LES DEUX ! TU M'ENTENDS ?

Évidemment que je l'entendais. Tout le village l'entendait. Il semblait hors de lui. J'ai compris que ça devait être agaçant pour lui, mais en même temps, si je pouvais éviter un bain de sang !... C'étaient quand même mes potes, à l'intérieur !

Soudain une sorte de fusée a jailli par la porte d'entrée, passant à travers les bras de Souly. C'était Pierrot, un Pierrot comme je ne l'avais jamais vu, sanglotant, tremblant des pieds à la tête, rouge comme une orange sanguine, qui se précipitait, seul, en short, sans lunettes, vers les troupes de police en embuscade.

Il s'est mis à crier, lui aussi :

– VOUS N'AVEZ PAS LE DROIT ! LAISSEZ-LE ! IL N'A RIEN FAIT !

Trois mètres avant la grille, il a été intercepté en douceur par des hommes encagoulés, mis à couvert et réduit au silence. C'était déjà ça de réglé. Et puis, d'une voix extraordinairement calme, Souley m'a appelé :

– Cloclo, il y a quelqu'un qui te regarde, à la fenêtre…

J'ai levé lentement les yeux vers la chambre de Marc. Il avait changé, beaucoup maigri, et n'était pas rasé. Je l'ai reconnu cependant. Il me souriait, tout en balançant la tête doucement, de droite à gauche. J'ai dit :

– Ça va, Marc ?

Il ne m'a pas répondu, parce qu'il ne parlait plus depuis l'accident. Mais ses yeux ont cligné, comme s'il me disait merci.

– BON DIEU, CLOVIS ! VIRE DE LÀ !!!

Bouldini s'impatientait. Je me suis retourné vers lui une fois de plus :

– Un petit moment, m'sieur l'inspecteur ! On est en train de tout régler, on arrive !

Marc n'avait pas bougé. Il semblait à peine se rendre compte de ce qui se passait. En faisant attention au choix de mes mots et à mes intonations, j'ai continué à lui parler :

– C'est terminé, Marc. C'est bon, maintenant, on va pouvoir tout arrêter, et passer à autre chose. Tout va bien. Tu vas venir me rejoindre. On va discuter…

J'ai fait un signe discret à Souley, en lui montrant la porte que Pierrot avait laissée ouverte.

– Mon ami va venir te chercher, ai-je repris. C'est un super pote à moi, il ne te fera aucun mal. D'accord ?

Marc n'a pas réagi ; il semblait regarder les oiseaux, ou la course des nuages, dodelinant toujours de la tête. À peine si j'ai remarqué que petit à petit ses yeux s'embuaient. Et puis sa tête s'est retirée de la fenêtre. Dans mon dos, à une quinzaine de mètres derrière, Bouldini a encore hurlé quelque chose dans son mégaphone, mais je n'ai pas pris la peine d'écouter.

Quelques instants plus tard, à la fois soutenu et tenu fermement par Souley qui était sur ses gardes, la grande silhouette efflanquée et vacillante de Marc est apparue dans l'encadrement de la porte, dans un jogging gris fatigué. Il s'est tourné vers moi, souriant sans sourire, me regardant sans me voir, pleurant en ayant l'air de penser à autre chose. Entre ses mains, il triturait un petit morceau de fil de fer. Mais dans ses yeux fous, j'ai lu à quel point il était soulagé. Alors j'ai su que le cauchemar était terminé.

Tandis que Souley conduisait lentement le frère de mon meilleur ami vers l'inspecteur, je me suis laissé tomber assis dans l'herbe, soudain excessivement fatigué et tremblant moi aussi, comme si c'était mon propre frère que j'avais livré à la police.

13

Bouldini m'a passé un savon mémorable ; j'en ai longtemps eu les oreilles ankylosées. Quelle idée d'avoir été risquer nos vies après toutes celles qui avaient déjà été sacrifiées !? Je l'ai joué profil bas, mais en même temps, j'étais bien placé pour savoir que Marc ne nous aurait rien fait.

– On ne sait jamais ! a martelé l'inspecteur fumant. Moi aussi, je suis bien placé pour le savoir !

Il lui a fallu une demi-heure pour revenir à un état de nerfs normal, le temps d'aller observer Marc avant qu'on ne l'emmène, et que la psychologue, dans l'ambulance, console Pierrot qui sanglotait toujours sur son épaule. Leur mère, ce n'était guère mieux : les policiers l'avaient retrouvée au fond de son lit, sous médocs, dépressive au dernier degré.

Quand son rythme cardiaque s'est calmé, Bouldini est revenu à moi pour essayer d'en savoir plus. Je m'étais remis debout doucement, au cas où mes jambes auraient refusé de me porter ; elles ont tenu le choc. Pas rancunier, j'ai commencé par conduire l'inspecteur dans le hangar afin qu'il s'ébahisse devant la collection de trucs en fil de fer. Il s'est ébahi, comme prévu.

– On aurait su ça avant, a-t-il commenté en secouant la tête, on aurait pu l'arrêter plus tôt.

– Vous le suspectiez ?

– À peine. On commençait juste à faire des recoupements. Faut dire que ton pote Pierrot s'est tellement emmêlé les pinceaux dans son témoignage !

Bouldini commençait à respirer mieux ; la sueur séchait lentement sur ses avant-bras et les auréoles sous les bras de sa chemisette s'estompaient. Il m'a ramené au soleil et s'est planté face à moi :

– Bon, tu vas me dire, maintenant... Qu'est-ce que c'était que ce problème dont tu m'as parlé... Qu'est-ce qu'il lui est arrivé, à Marc ? Un accident de voiture, un choc à la tête ?

– Une chute de voilier.

– Pardon ?

Devant son air interloqué, j'ai commencé à lui raconter tout ce que je savais. Tout ce que Pierrot, en fait, avait bien voulu me dire, à l'époque.

– Marc était passionné de voile. Il nous parlait souvent des croisières qu'il faisait en Méditerranée avec ses amis. De ses escales en Grèce, en Espagne... C'était un modèle pour nous, un aventurier. Pierrot et moi, on rêvait de faire explorateur comme métier. Jusqu'à ce jour, il y a quatre ans, à la fin du mois d'août, où ils ont été pris par une énorme tempête.

– Ils étaient combien à bord ?

– Six. Pendant deux heures, leur bateau a été secoué dans tous les sens et à deux doigts de chavirer. Finalement ils s'en sont sortis, mais le calme revenu, ils se sont aperçus qu'il en manquait un. C'était Marc. Il était posté à l'arrière et avait été emporté par-dessus bord. Les autres, occupés à se battre contre la tempête, ne s'en étaient pas rendu compte sur le coup.

– Ils l'ont recherché ?

– Bien sûr. Ils sont revenus sur leurs traces, ils ont fait des grands cercles en mer, mais ils ne l'ont pas retrouvé. Et ont fini par donner l'alerte.

– Et lui, pendant ce temps ?

J'ai reniflé un bon coup, parce que rien qu'en y repensant, j'avais les yeux qui chatouillaient, et j'ai continué :

– Il avait bien été jeté à l'eau par une vague énorme, qui avait balayé tout le pont du voilier à l'arrière. En même temps que lui, une grosse caisse était tombée à la mer. Sous le choc, elle s'était ouverte ; tout le matos à l'intérieur avait été envoyé par le fond. Mais la caisse, elle, elle flottait. Alors Marc a pu s'y accrocher.

Bouldini a sorti son petit carnet pour y noter rapidement quelque chose. Puis il l'a rangé dans une poche et m'a dit :

– Vas-y, continue...

– La première journée, ça allait encore, il a tenu le coup, mais une fois la nuit passée et la deuxième journée écoulée, il a commencé à craquer. Il s'est dit que ses amis l'avaient abandonné, qu'ils avaient fait exprès de le laisser mourir. En même temps, c'est sans doute la rage qu'il a connue à ce moment-là qui lui a fait tenir le coup.

Bouldini m'écoutait, les sourcils arrondis, apparemment fasciné.

– Tu veux dire qu'il s'est trouvé une raison de lutter, une raison de survivre ? Pour que, s'il en réchappe, il envisage de leur faire payer ce qu'ils lui faisaient subir ?

– Exactement. Les secours maritimes l'ont récupéré au soir du quatrième jour. C'était déjà trop tard. Il était déshydraté, il délirait. Il disait qu'on l'avait jeté à la mer, c'était devenu son idée fixe ! Sans manger, sans boire pendant quatre-vingt-seize heures, plongé dans l'eau salée, on le comprend...

– Sans parler du soleil sur le crâne... a renchéri l'inspecteur en reculant d'un pas vers l'ombre du hangar.

– Oui... Les médecins n'étaient pas sûrs de pouvoir le sauver. Finalement, après une longue convalescence, il s'en est remis, mais pas complètement. La tête n'a pas suivi. Il disait qu'un jour il se vengerait de ses cinq compagnons. À l'époque, tout le monde a mis ça sur le compte du choc. C'était il y a quatre ans, mais c'est

comme s'il n'était jamais vraiment sorti de l'eau… Et il en a gardé une peur panique.

En repensant au détail des crimes des derniers jours, Bouldini a récapitulé :

– C'est pour ça… Il s'est attaqué à tous ceux qu'il a croisés sur son chemin, qui étaient à la fois au contact de l'eau et lui faisaient penser à l'un ou l'autre des plaisanciers…

– Hum… le skipper du voilier, un sexagénaire, deux jolies jeunes femmes, et encore deux autres types…

– En comptant Hortense, il aura finalement exécuté une bonne partie de son plan !

On s'est lentement remis en marche vers l'entrée où clignotaient toujours quelques gyrophares. Des voisins, intrigués par toute cette agitation, étaient venus aux nouvelles et Souley essayait de leur répondre sans trop savoir ce qu'il devait dire ou pas. Juste avant d'arriver à la grille, Bouldini s'est pris le pied dans un morceau de fil de fer à moitié enfoui dans le sol, qui faisait une boucle dans le gazon.

Il s'est encore une fois tourné vers moi, les sourcils froncés :

– Ah, au fait… Et le fil de fer ? Pourquoi le fil de fer ? Tu sais, toi ?

– Certaines grosses caisses de marine sont renforcées par des attaches en fer. C'est en glissant les doigts dessous que Marc a tenu ses quatre jours en mer.

– Je vois.

Il m'a souri et, cette fois, ça ressemblait vraiment à un sourire ; faut dire qu'il était soulagé, aussi.

– Bon, Clovis, j'ai du travail, et puis je crois que je t'ai assez embêté comme ça. Je vais te laisser repartir maintenant. Sans rancune ?

J'ai souri par contagion.

– Sans rancune, m'sieur l'inspecteur.

– Alors on se serre la main ?

Et on se l'est serrée.

C'était fini. Fini. Personne ne menacerait plus personne, ni dans la vallée de La Cluze, ni sur la base de loisirs, ni dans le vieux village, ni sur les contreforts de la ravine des Maures. L'été allait reprendre ses droits, droits à la détente, au farniente, au bronzage. Finis les rondes de police, les sirènes hurlantes et les brancards macabres soulevés par les pompiers.

Terminée aussi une bonne partie de mon histoire avec Pierrot. Compte tenu de ce qui s'était passé, sa mère a préféré déménager. Moins de deux semaines après les événements, leur maison était à vendre : on ne les a plus jamais revus. Avec le départ de Pierrot, c'était mes douze plus belles premières années qui s'évanouissaient.

Ceci dit, aucune autre solution n'aurait été possible. Il fallait faire avec et s'asseoir dessus même si ça devait gêner aux entournures des fesses, comme m'a dit papa. Ils n'ont pas voulu le montrer, mais maman et lui ont été tout retournés par cet épilogue. Pierrot et Marc, ils étaient quasiment de la famille, depuis le temps !

On n'a pas eu trop le temps de se torturer les méninges, non plus : il a fallu mettre les bouchées doubles pour se récupérer des clients au camping. On a fait le forcing au syndicat d'initiative, on a repeint nos panneaux publicitaires, on a rappelé des habitués, proposé des rabais. Finalement, on a pu garder Souley et, à force de la supplier, Hortense a même accepté de revenir.

Du coup, je n'ai pas pu faire le point avec Jodie aussi vite que je l'aurais voulu. On ne s'est revus que deux jours après, alors que quelques maigres caravanes reprenaient peu à peu le chemin du camping des Pins.

Elle s'était tenue informée de la fin de l'affaire et comme nous, comme tout le village, elle avait été sidérée par ce qui était arrivé à la famille de Pierrot. Qu'il se passe quelque chose d'un peu neuf au village, elle n'était pas contre, mais elle ne pensait pas que ça pourrait nous concerner de si près.

On s'est donné rendez-vous au début de la balade des pins, près des tables à pique-nique. J'étais un peu en avance et j'ai eu le temps de l'admirer tandis qu'elle approchait. Sous l'ombre caressante des arbres centenaires, elle avançait avec la grâce et la légèreté d'une libellule blonde, ses cheveux flottant au vent comme des ailes translucides.

J'ai fermé les yeux quand son odeur m'est parvenue, quelques secondes avant qu'elle ne soit tout près.

– Je n'aurais pas dû mettre ces sandales ouvertes, a-t-elle dit en souriant. Je me suis planté des aiguilles de pin sous les pieds.

S'appuyant sur mon épaule, elle s'est affairée à les retirer et le spectacle était si prenant que je suis resté muet, pétrifié d'admiration devant la blondeur de sa peau.

– Tu ne dis rien ?

– J'aime bien l'été, j'aime bien que tu sois là, j'aime les aiguilles de pin glissées dans tes sandales.

– Moi pas trop, a-t-elle tranché, pour me ramener à la réalité.

Je me suis secoué et on a commencé à avancer vers un océan de soleil.

– Tu avais raison, Jodie, l'autre jour, malgré les suspects interpellés, les agressions ont continué.

– Oui, mais c'est toi qui étais le plus près de la vérité, avec tes intuitions. Tu n'avais pas mis de nom sur le coupable, mais en même temps, tu l'avais senti proche de toi. Comme le frère de Pierrot l'avait été pendant si longtemps. Et c'était peut-être vers toi qu'il s'était tourné pour se faire arrêter…

Tout en marchant, je me suis dit que ce n'était pas exclu. Pierrot ne l'aurait jamais dénoncé, Marc le savait, alors pourquoi ne pas essayer avec moi…

Au bout d'un moment, je n'y ai plus tenu ; je me suis tourné vers Jodie :

– Euh… Dis, j'ai une question un peu… ennuyeuse à te poser… Et je sais pas trop comment faire…

– Tu veux que je te rende tes DVD de l'intégrale de la saison 4 de *Wahington S.T.* ?

– Non… Tu peux les garder…

Elle a grimacé, craignant que ce soit autre chose, un truc délicat entre elle et moi, mais ça va, je sais me tenir. Je lui ai demandé :

– Jodie… C'est quoi, ton savon ?

– Mon savon ? a-t-elle fait en s'arrêtant, les yeux écarquillés.

– Ouais, parce qu'on s'est engueulés, avec Pierrot. Lui, il est sûr que c'est un savon au miel, et moi sûr qu'il est à la lavande.

Jodie est partie d'un grand rire clair, coloré comme ces arcs-en-ciel qui jouent sous les cascades.

– Bravo, les garçons, match nul ! Mon savon… il est au miel de lavande !

Alors j'ai ri aussi, et on s'est mis à courir, comme ça, pour rien, sur le chemin creux en direction de la Brèche-des-Pins.

À nous voir, de loin, à regarder nos silhouettes cavaler dans la garrigue, n'importe qui aurait juré qu'il n'y avait que nous deux… Mais on n'avait pas besoin de le voir pour savoir que Pierrot était encore avec nous, pour le sentir à nos côtés, pour entendre ses pieds fouler la terre sèche de ce début juillet et soulever leur part de poussière dans l'air lumineux.